GOLDMANN

Buch

Jessamyn Amanda Bonney, alias Jazzbeaux, alias Krokodil, hatte eine verdammt harte Kindheit in der Sperrzone von Denver. Aber jetzt, nach dem Massaker von Spanish Fork, das sie als einzige überlebt hat, bekommt sie Probleme, mit denen sie nie rechnen konnte. Aber zuerst muß sich Jessamyn nach Dead Rat durchschlagen, um sich nach ihren Verletzungen wieder auf Vordermann bringen zu lassen.

Wenn sie es schafft. Denn der satanische Sektenführer Elder Nguyen Seth, der die Apokalypse vorbereitet, hat eine ganze Reihe von Killern auf sie angesetzt. Der Terrorist Duroc ist bereits hinter ihr her, ebenso wie Bronson Manolo, ein kalifornischer Sicherheitsexperte, dem in moderner Tötungstechnologie niemand etwas vormacht, und Dr. Ottokar Proctor, ein psychopathischer Massenmörder, der früher Berater des Präsidenten war. Ihr Plan ist folgender – erst Jessamyn auslöschen, und dann die Welt.

Dark Future – der Riesenerfolg aus England, Cyberpunk-Fantasy mit Grips, Biß und Witz, schrägem Humor und Overdrive-Action.

Autor

Jack Yeovil ist das Pseudonym des 1959 geborenen Horror- und Filmexperten Kim Newman, einer der großen Genrehoffnungen der neunziger Jahre. Zu seinen Romanen gehören *The Night Mayor, Jago, Bad Dreams* sowie der bahnbrechende Ripper-Roman *Anno Dracula*, mit dem ihm in England endgültig der Durchbruch gelang. Kim Newman lebt in Crouch End, London. In der Reihe *Dark Future* folgt nach *Dämonenjagd* (23678) und *Krokodilsjagd* (23679) der Band *Mutantenjagd* (23680).

JACK YEOVIL

DARK FUTURE 2

KROKODILSJAGD

Deutsch von Caspar Holz

GOLDMANN VERLAG

Die englische Originalausgabe erschien unter dem Titel
»Dark Future. Krokodil Tears« bei GW Books,
A Division of Games Workshop Ltd., Nottingham

Umwelthinweis:
Alle bedruckten Materialien dieses Taschenbuches
sind chlorfrei und umweltschonend.
Das Papier enthält Recycling-Anteile.

Der Goldmann Verlag
ist ein Unternehmen der Verlagsgruppe Bertelsmann

Umschlaggestaltung: Design Team München
Umschlagillustration: Ferenc Regös
Satz: IBV Satz- und Datentechnik GmbH, Berlin
Druck: Elsnerdruck, Berlin
Verlagsnummer: 23679
Lektorat: Sky Nonhoff
Redaktion: Andreas Helweg
Herstellung: Peter Papenbrok
Made in Germany
ISBN 3-442-23679-9

1 3 5 7 9 10 8 6 4 2

Tick-tack, tick-tack, tick-tack,
tick-tack.

J. M. Barrie, Peter Pan,
oder
The Boy Who Wouldn't Grow Up, 1904

Für Janet,
etwas mehr als
ein Stern

27. September 1991

BRUCE-HOARE-AGENTUR
(Wir schützen Colorado seit 1985 vor Jugendlichen Kriminellen)

NAME: Bonney
VORNAMEN: Jessamyn Amanda

ALLGEMEINE INFORMATION
BEKANNTE DECKNAMEN: Jazzbeaux, Red Jesse, Juicer, J'Am, Minnie Molotow und andere
GEBURTSDATUM: 15. November 1978
GEBURTSORT: Denver Verbotszone, Colorado
GESCHLECHT: weiblich
RASSE: Kaukasierin/weiß
FAMILIENSTAND: ledig; Jugendliche
GRÖSSE: 168 cm
AUGEN: grün
HAARE: schwarz
BIO-IMPLANTATE: vier rote, in die Fingerknöchel eingesetzte Metallsterne
UNVERÄNDERLICHE MERKMALE: tränenförmiges Muttermal unter dem linken Auge. Zahlreiche leichte Narben quer über den Rücken. Obengenannte behauptet, nicht geschlagen worden zu sein. Ihre Sozialarbeiterin (vgl. DOUANJER, LYNN, Jugendamt) gibt an, ihr Vater (vgl. BONNEY, BRUNO) sei dreimal wegen Kindesmißhandlung verwarnt worden. Es besteht kein

Zweifel, daß der Vater Obengenannte regelmäßig mit Rute oder Stock gezüchtigt hat.

ANMERKUNG DES BEARBEITENDEN BEAMTEN: Typ Marjorette, kleidet sich jedoch wie Morticia Adams. Könnte als Rosanna Arquette durchgehen, wenn sie sich ein wenig zurechtmacht.

BESONDERE BEMERKUNGEN BEI EINLIEFERUNG:
KLEIDUNG BEI VERHAFTUNG: schwarze Netzstrümpfe (zerrissen), schwarzer Pseudolederrock, schwarze Pseudolederweste, schwarze Pseudolederstiefel, Gürtel aus kupfernen Kettengliedern, BH, Unterhose, langer Schal (an einem Ende beschwert, siehe auch unter WAFFEN).

PERSÖNLICHER BESITZ BEI DER VERHAFTUNG: schwarze Pseudolederhandtasche, $ 765,84 in Münzen und Scheinen, ein Röhrchen mit Tabletten (bislang nicht identifiziert), Puderdose, Nadeldrücker mit zwei Ampullen Crack-Synth, drei Lippenstifte (schwarz, blau, rot), Taschenrechner, eine Ausgabe des *Moscow Beat*-Magazins, 3-D-Sticker von Petya Tscherkassov, Hammer & Sichel-Ohrringe (vgl. auch Querverweis WAFFEN?), Kreditkarten (American Express, Dysneycard, Master-Grab), fünf Ampullen Morph-Plus, Walkmanbrille (mit fünf aus Rußland importierten Musichips), N-R-Gi-Riegel, ein Tagebuch (abgeschlossen), Feuchttücher, diverse Ausschnitte aus dem Magazin *Guns and Killing*.

WAFFEN BEI DER VERHAFTUNG: 27 lose Patronen 44er Stoppermunition (Obengenannte war zum Zeitpunkt der Verhaftung nicht im Besitz einer Feuerwaffe), ein Rasiermesser, ein Stilett im Knöchelhalfter, Schweizer Armeenunchaka, scharfgefeilte Fetischarmreifen.

BEMERKUNGEN DES FESTNEHMENDEN BEAMTEN: Kleider und Eigentum der Obengenannten wurden der Oberin zur Aufbewahrung übergeben, die Waffen in die Obhut des Gerichts.

VORGESCHICHTE UND SOZIALSTATUS
ADRESSE: Nordamerikanische Föderation
ANVERWANDTE (SOWEIT BEKANNT): Bonney, Bruno (Vater), verstorben. Als ›Mutter‹ ist auf der Geburtsurkunde der Name Bonney, Robin vermerkt; eine Person dieses Namens ist allerdings nicht bekannt.

KRIMINELLE MITTÄTER (soweit bekannt): Jean, Andrew (Mitglied der Kultgang der Psychopomps); Threadneedle, Simon (Biochirurg); Kristaldo, Gaspar (Zuhälter, Drogendealer, Mietkiller).

KRIMINELLE VERBINDUNGEN (soweit bekannt): Die Psychopomps, Abteilung Denver. Die Obengenannte bekleidet den Rang eines Hilfskriegshäuptlings in der Nachwuchsorganisation.

BERUF/BESCHÄFTIGUNG: Studentin an der High School. Ihr Tutor (vgl. WESLEY, SANDRA JEAN von der Barry Goldwater High) kann sich nicht erinnern, sie jemals auf dem Campus gesehen zu haben.

KREDITFÄHIGKEIT: normal

BISHERIGE VERHAFTUNGEN WEGEN: Besitz und Verkauf kontrollierter Substanzen, Besitz und Gebrauch einer todbringenden Waffe, Körperverletzung unter Inkaufnahme schwerer Verletzungen, Autodiebstahl, Lenken eines Fahrzeuges unter dem Einfluß kontrollierter Substanzen, Zerstörung von Staatseigentum, Anstiftung Minderjähriger zu kriminellen Handlungen, Fahren ohne gültige Fahrerlaubnis, konspiratives Werben um Kunden für Prostitution, Teilnahme an einer nicht genehmigten Sportveranstaltung.

BISHERIGE VERURTEILUNGEN: Teilnahme an einer nicht genehmigten Sportveranstaltung (sie gilt als Hinterhofgladiatorin), Zerstörung von Staatseigentum.

BEMERKUNGEN DES BEARBEITENDEN BEAMTEN: Kluges Köpfchen!

EINZELHEITEN ZUR GEGENWÄRTIGEN FESTNAHME
ANKLAGE: Mord

ORT DER FESTNAHME: The Babooshka Beat Nite Club, Ecke Peebles Drive und 124. Straße.

FESTGENOMMEN VON: Streifenpolizist L. J. Leonowens (mit Unterstützung von Streifenpolizistin L. G. Tuttle; zivile Hilfskraft P. T. Garret)

ANKLÄGER: Staat, im Namen des Verstorbenen (BONNEY, BRUNO)

BEMERKUNGEN DES VERHAFTENDEN BEAMTEN: Wegen dieser Geschichte wird die Verhaftete nicht hinter Gitter kommen. Niemand, der diesen Bericht liest oder an der anschließenden Verhandlung teilnimmt, wird bezüglich der Tatumstände auch nur den geringsten Zweifel hegen. Meiner festen Überzeugung nach wird die Verhaftete weiter Verbrechen begehen. Andererseits ist Jessamyn Amanda Bonney erst dreizehn Jahre alt, und Bruno Bonney war widerlicher Abschaum in Menschengestalt. Der Richter wird ihr eine Medaille und einen Lutscher überreichen, aus dem Hilfskriegshäuptling wird ein Hüter des Staates werden, und dann ist sie wieder auf der Straße. Daran wird sich nichts ändern bis zum 15. November 1996, wenn die Verhaftete volljährig wird und nicht mehr unter der Obhut dieser Behörde steht. Wenn es soweit ist, schlage ich vor, ihre Akte an sämtliche größeren Polizeidienststellen im Südwesten weiterzuleiten.

Hochachtungsvoll
Lucius J. Leonowens

Der Bericht wurde am 27. 9. 1991 in der Zentrale der Bruce-Hoare-Agency hinterlegt. FAX-Kopien gingen an: DOUANIER, LYNN (Abt. Jugendamt), WESLEY, SANDRA JEANE (Barry Goldwater High), RODRIGUEZ, HOLM (Abt. für jugendliche Straftäter), BERGER, HAMILTON (Büro des Staatsanwaltes), CLUTE, JOHN QUINCY (Gerichtsmediziner), PRINGLE, DAVID (United Press International).

TEIL I
Jazzbeaux

I

Sterben ist einfach, wie ihr alter Herr zu sagen pflegte, *was schwierig ist, ist das Zurückkommen.*

In ihrem Kopf herrschte Finsternis. Eine rote Finsternis. Langsam sank sie immer tiefer hinein. Ihr optisches Implantat baumelte nutzlos auf ihrer Wange, ihr Schädelpanzer aus Durium wurde unangenehm nach innen gedrückt. Das durfte eigentlich nicht passieren. Schließlich war Garantie darauf. Doc Threadneedle hatte nur beste wiederverwertbare MedTech-Teile der Thalamus Corporation verwendet.

Mit ihr lagen Tote auf der Straße. Der Feelgood Saloon brannte, überall lagen aufs Dach gerollte Autowracks herum. Die ganze Stadt stand in Flammen.

All you need to be a freedom fighter, sang Petya Tscherkassov in seinem ›The World We Have Lost‹, *is a fiddle and a bow and a cigarette lighter.*

Irgendwo in der Finsternis außerhalb ihres Kopfes heulte etwas – Tier oder Mensch – schmerzgeplagt auf.

Mit einem dumpfen Knall explodierte ein Gastank. Jazzbeaux spürte heiße Flecken auf ihrem Gesicht. Der Asphalt erbebte unter dem Aufprall herumfliegender Trümmer. Sie konnte von Glück reden, daß sie nicht von einer rasiermesserscharfen Autotür zerteilt wurde, die Frisbee spielte.

Ihr Vater war natürlich tot. Er war nie zurückgekehrt.

Je länger sie hier liegenblieb, desto schlechter standen ihre Chancen...

...sie versuchte, ihr Auge zu öffnen – das rechte, das ihr noch geblieben war – und stellte fest, daß es verklebt war. Sie hatte Blut auf ihrem Gesicht. Und das Blut war angetrocknet und mit Straßendreck vermischt.

Der Priester hatte sie aus dem Feelgood geschmissen und sie mit dem Gesicht auf die Straße geschmettert. Dabei hatte sie ihr optisches Implantat verloren, und ebenso war auch ihr Schädelpanzer außer Form geraten.

Die Straße. Alle Schmerzen hatte sie der Straße zu verdanken.

Hol dir deine Kicksssssssss, hatte der Priester gezischelt, *auf Route Sixty-Sixxxxxxxxxxxx!*

Sie hatte Kopfschmerzen, als wollte ihr Schädel platzen. Vermutlich war sie an mehreren Stellen von einem Messer aufgeschlitzt und an anderen von Klumpen flüssigen Feuers gebrandmarkt worden.

Krankkrankkrankkrankkrank.

...sie verlor sich immer wieder, immer wieder schweiften ihre Gedanken ab. Sie wünschte, sie hätte zugehört, als Doc Threadneedle versucht hatte, ihr etwas über ihr Gehirn zu erzählen. *Dort lebst du*, hatte der Doc gesagt, *du solltest also sorgsam damit umgehen*. Nun, versucht hatte sie es. Ein Schädelpanzer aus Durium war nicht gerade billig. Ein Jahr Hehlerei mit wiederverwertbarem Material, und endlich hatte sie sich die Behandlung leisten können. Angeblich war es wie ein Panzer für den Kopf. Hält garantiert alles aus, bis hin zu einem Volltreffer in den Augapfel von einer Kugel Stoppermunition.

Der Priester hatte jedoch einen Riß geöffnet und war in ihre Graumasse vorgedrungen. Irgendwie hatte er sich in ihr eigenstes Selbst eingeschlichen, an den Ort, wo sie lebte. Und hatte dort drinnen eine Menge Unfug angerichtet. Sie wußte, daß ihr Körper repariert werden konnte, aber bei dem wichtigen Zeug war sie nicht sicher. Neuronen und Nervenverbindungen konnte Doc Threadneedle nicht austauschen. Selbst die Kanonen unter den Chirurgen bei GenTech, Dr. Zarathustra und W. D. Donovan, konnten gerade mal ein zerstörtes Gesicht rekonstruieren; eine zerfetzte Psyche, eine zerrissene Persönlichkeit, ein vergewaltigtes Erinnerungsvermögen, das lag auch außerhalb ihrer Möglichkeiten...

...irgendwo in der Ferne ertönte Gewehrfeuer. Ein Schußwechsel. Dann nichts mehr. Sie hörte nur noch das Prasseln des Feuers. Das schmerzgequälte Wesen hatte es hinter sich. Spanisch Fork, Utah, war zur Geisterstadt geworden. Wahrscheinlich war sie hier das einzige, was noch lebte. Schon bald würden Raubtiere aus der Wüste angesprungen kommen, um sich über sie herzumachen. Als sie mit den Psychopomps unterwegs war, hatte sie ein paar ziemlich seltsame Geschöpfe gesehen, Wolfrattenkoyoten, subhumanes Ungeziefer, Karnickel mit Haifischmäulern. Wenigstens einmal alle sieben Tage brauchten sie frisches Fleisch.

Jessamyn.

Amanda.

Bonney.

Sie klammerte sich an ihren Namen, versuchte aus diesem Treibsand ihrer Gedanken an die Oberfläche zu gelangen.

Jessamyn Amanda Bonney.

So nannte sie niemand mehr. Höchstens Cops und Ops und Sozioarbeiter. Außer ihrem Alten hatte sie niemand mehr so genannt.

Jessa-MYN, hatte Daddy ihr ins innere Ohr geflüstert, *kannst du nicht ein bißchen netter sein?*

Nein, konnte Jessamyn nicht. Sie wohnte hier nicht mehr.

Jazzbeaux. Sie war jetzt Jazzbeaux. Das war ihr Name bei den Psychopomps, und das war sie jetzt. Jazz-*beaux*!

Mit der rechten Hand betastete sie ihr Gesicht. Ein dumpfer Schmerz verriet ihr, daß zwei Finger gebrochen waren. Sie rieb sich ihr Auge, und versuchte noch einmal, es zu öffnen. Die Blutkruste brach, und sie blickte in den nächtlichen Himmel.

Star light, star bright, first star I see tonight...

...mit Mühe stützte sie sich auf ihre Ellenbogen und richtete sich mitten auf der Straße zu einer halben Sitzposition auf. Ihr Rücken schmerzte, ihre Wirbelsäule jedoch war unversehrt. Immerhin etwas. Das Feelgood war eine steinerne Hülle voll glühender Asche. Auf den Stufen lag ausgestreckt eine halbverkohlte Leiche, der die obere Schädelhälfte fehlte. Das war der Boß hier in der Stadt gewesen, Judge Colpeper. Mit den Josephinern war ein Windhauch durch die Stadt gefahren und hatte die ganze Welt dieses Mannes davongetragen.

Ich wünschte, ich würde, ich wünschte, schon bald...

...das Licht der Sterne und die grellen Flammen trafen ihren Kopf wie ein Schlag, und sie fing an, unkontrolliert zu blinzeln. Aus ihrem zertrümmerten Implantat sickerte Bioflüssigkeit. Vorsichtig drückte sie das kugelförmige Dings mit dem intakten Daumen und Zeigefinger zurück in die Augenhöhle. Die Verbindungen hatten sich gelöst, und der optische Brenner reagierte nicht auf ihre Befehlssignale. Kein Problem. Das bekam Doc Threadneedle wieder hin. Zumindest, wenn der Fehler bei der Maschine lag, und nicht beim Menschen.

Sie fand ihre Augenklappe auf dem Boden und zog sie über ihre Optik. Dann zupfte sie die Haare unter dem Band hervor und fuhr mit den Fingern hindurch. Blut, Staub und Schmutz lösten sich. Ihre gebrochenen Fingerknochen rieben schmerzhaft aneinander.

...bekäm ich heute nacht meinen Wunsch erfüllt.

... sie hatte sich ein wenig gefangen. Bald konnte sie wieder aufstehen und sich auf ihren eigenen zwei Beinen aus dem Staub machen.

Die Bande war erledigt, vermutete sie. Andrew Jean, ihr Lieutenant während der letzten zwei Jahre, lag ein paar Meter entfernt. Ihre Haut war in Fetzen, und ihre orangene Bienenkorbfrisur in Stücke gerissen. Die Leiche sah aus, als wäre sie von Vögeln mit dolchartigen Schnäbeln angegriffen worden. Die Pomps, die noch nicht tot waren, hatten sich dem Priester angeschlossen.

Der Priester. Mit ihm hatte alles angefangen. Seth war sein Name. Elder Seth. Der Josephiner.

Er hatte so nach gar nichts ausgesehen, hatte in seinem schwarzen Anzug und seinem breitkrempigen Hut bescheiden und sanftmütig gewirkt, hatte hinter seinen verspiegelten Brillengläsern Ruhe ausgestrahlt, inmitten seiner bebenden Herde.

So nach gar nichts.

Die Motorwagen wurden gerade an den Straßenrand der Interstate gezogen, als der Spähtrupp der Psychopomps sie erblickte. Jazzbeaux befand sich bei einem abgesprochenen Ehrenduell mit den Töchtern der Amerikanischen Revolution. Es ging um Gebietsansprüche, die geregelt werden mußten. Der Kampf war wichtig, und sie hätte sich auf solchen Kleinkram wie diese armseligen Hymnensinger nicht einlassen sollen. Sie hätte passieren können, ohne den Argwohn der Josephiner zu wecken, oder ihnen eine leichte Abreibung verpassen und ihnen nur ihre Lebensmittel und das Benzin abnehmen können. Sie hatte andere Dinge zu erledigen, wesentlich wichtigere. Es bestand keinerlei Veranlassung, sich die Zeit zu nehmen und die neuen Pioniere fertigzumachen.

Aber dann stand Elder Seth da, hochaufgerichtet und mit genau dem gleichen Grinsen wie ihr Alter. Auf den ersten Blick wußte sie, daß sie ihn erledigen mußte.

Die Beute war armselig. Sie nahm Seths verspiegelte Brille an sich. Zuerst einfach nur, weil sie ihm in die Augen sehen, seine Angst schmecken wollte. Aber dort war keine Angst. Sie hatte in den Eissplittern, die ihr entgegenstarrten, nicht das kleinste Gefühl entdecken können. Nicht einmal, als Andrew Jean und die anderen ein paar der Pioniere von den anderen trennten und mit ihren Überresten den zweispurigen Asphalt pflasterten.

Sie erinnerte sich an die Namen der Toten. Bruder Akins, Bruder Finnegan, Bruder Dzundza. Sie vergaß nie die Namen ihrer Toten.

Sie hätte ihn töten können. Ganz einfach. Ihm eine Knarre in den Mund schieben, eine Stopperkugel durch den Gaumen jagen und sein Hirn in die Luft jagen können.

Aber sie hatte ihn leben lassen. Sie hatte seine dunkle Brille an sich genommen und ihn leben lassen. Zwei Fehler. Schlimme Fehler.

...Bürger, Psychopomps, Kavallerie. Die Verluste waren hoch. Jazzbeaux war während des Kampfes die meiste Zeit ohne Bewußtsein gewesen, aber an den Überresten konnte sie ablesen, daß es hoch hergegangen war. Einige der Leute sahen aus, als wären sie von Tieren zerfetzt worden, die weit mehr Zähne besaßen, als der liebe Gott für sie vorgesehen hatte. Cheeks, ein fröhliches Mädchen, das seit ein paar Monaten mit den Pomps herumgezogen war, war sprichwörtlich auf der Straße plattgewalzt worden. Ihre Augen starrten aus einem fußbreiten Gesicht. Ein Farmer war in seinem unversehrten Oshkosh-B'gosh-Overall bis auf die Knochen verkohlt. Ein schwarzer Trooper der US-Kavallerie lag zusammengesunken vor dem Schaufenster des Drugstore – tot, ohne die geringste Verletzung. Sie knöpfte sein Halfter auf und zog seine Waffe heraus. Ihre eigene hatte sie im Feelgood verloren.

Das offizielle Schießeisen war schwerer als gewohnt, würde

aber seinen Zweck erfüllen. Sie löste den Patronengurt und legte ihn sich um die Hüften.

Dann hob sie einen halben Ziegelstein auf und schmiß ihn durch die Fensterscheibe des Drugstore. Nachdem sie das Glas aus der Auslage entfernt hatte, schnappte sie sich einen Drükker mit Morph-Plus. Sie legte ihr Handgelenk frei und jagte sich den Schmerzkiller in die Adern.

Ihr Kopf wurde ein wenig klarer, und sie füllte sich die Jakkentaschen mit Pillen und Ju-Jubes. Sie warf eine GloJo-Kapsel ein und ließ sie auf der Zunge herumrollen, ohne draufzubeißen.

Das Summen durchdrang ihren Körper. Die Schmerzen verschwanden zum Teil. Zum Teil.

Die Sonnenbrille des Priesters hatte etwas Seltsames. Jazzbeaux hatte sie mit Unterbrechungen zwei Tage lang getragen. Sie war heller als gewöhnliche dunkle Augengläser und machte komische Sachen mit ihr. Ein oder zweimal glaubte sie am Rand ihres Blickfeldes Dinge zu erkennen, die einfach nicht dort sein konnten. Dinge, die nicht deutlich zu erkennen und doch irgendwie beunruhigend waren. »Was'n los, Jazzbee«, hatte Andrew Jean sie gefragt, »drehst du langsam durch? Siehst du heute schon am Vormittag Gespenster durch deine Brille...?«

Nach einer Weile bekam sie Migräne. Sie nahm die Brille ab, spielte mit dem Gedanken, sie wegzuwerfen, mit ihrem Motorrad darüberzufahren. Statt dessen hängte sie sie sich nur um den Hals.

Die Welt sah wieder wirklich aus, allerdings mußte sie feststellen, daß sie den Wunsch verspürte, die Brille wieder aufzusetzen. Es war wie damals, als sie acht Jahre alt war und ihr Vater sie auf Hero-9 gesetzt hatte, um sie bändigen zu können. Es hatte Jahre gedauert, bis sie sich von der Droge entwöhnt hatte, und noch heute verspürte sie gelegentlich den heftigen

Drang nach einem Schuß H-9. Auch jetzt war das Verlangen irrational, nach einer Weile wurde es jedoch unwiderstehlich. Sie kämpfte dagegen, solange sie konnte, dabei war die Sache so dumm. Sie war Kriegshäuptling. Sie hatte keine Angst, ein paar Augengläser aufzusetzen.

Diesmal stellte sich ein anderer Effekt ein. Die Farben waren leuchtender, aber weniger klar. Schatten tauchten auf, wo es keine hätte geben dürfen. Es war ein bißchen wie Hero-9 oder ein Method-1-Rausch, jedoch ohne das geringste Hochgefühl. Wenn sie die Brille aufhatte, hatte sie ständig das Gefühl, über die Schulter blicken zu müssen.

Wie jemand voller Angst und Pein auf einsamer Straße, *sang Tasha auf ihrem Album* Ancient Mariner, der weitergeht, hat er sich mal umgedreht, denn jetzt weiß er, ein gräßlicher Dämon ist ihm auf den Fersen.

Genauso war es. Sie sah den gräßlichen Dämon nicht, das hieß aber nicht, daß er nicht da war.

Der Priester war hinter ihr her, wollte sein Eigentum zurück. Das hätte ihr eigentlich keine Angst machen sollen.

Tat es aber.

...In der Nähe gab es eine Quelle. Ihr Wasserdetektor – den sie inzwischen verloren hatte – hatte beim Überschreiten der Stadtgrenze von Spanish Fork ausgeschlagen. Sie würde bald etwas zu trinken brauchen – und zu essen.

Sie fand kein einziges Fahrzeug, das funktionierte. Sie nahm an, Elder Seth hatte sie alle mitgenommen, als er mit seinem Motorwagentreck abgezogen war. Er war bestimmt längst auf halbem Weg nach Salt Lake City.

Gut, dann verfolgte sie jetzt eben ihn. Er hatte alles versucht, sie zu vernichten, und sie war immer noch da. Sie war immer noch Jazzbeaux.

Sie hockte sich neben die breiige Masse, die einmal Andrew Jean gewesen war, und sagte ihr Lebewohl. Andrew Jean war ein guter Pomp und ein Kumpel in der Gang gewesen. Niemand hatte es verdient, so zu sterben.

Nur dieser Priester. Elder Seth mußte langsam sterben. Früher, wenn er sich verändert hatte und sein wahres Selbst hinter seiner menschlichen Maske zum Vorschein gedrängt war, hatte man ihn nicht bezwingen können, aber jetzt war er eine leichte Beute für sie.

Der Priester hatte ein junges Mädchen erledigt, hatte es töten wollen, und es dadurch zu einer Waffe gemacht, die man auch gegen ihn selbst richten konnte.

Jazzbeaux ließ Andrew Jean liegen und ging. Ein wenig abseits der Hauptstraße entdeckte sie den ersten Aasfresser. Ein übler Bursche, ein Mutant. Er hatte irgendwo ein bißchen etwas von einer Hauskatze, war aber groß wie ein Elch, hatte weiße Stinktierzeichnungen auf dem Rücken, und im Nackenpelz hingen die verkümmerten Reste seiner zusätzlichen Köpfe. Er hatte drei oder vier Leichen gesammelt und schälte sie spielerisch aus ihren Kleidern. Sein Speichel war ätzend und brannte Muster in die bleiche, tote Haut seiner Opfer.

Jazzbeaux streckte die Finger und legte sie leicht auf den Griff ihrer erbeuteten Waffe. Das Geschöpf drehte den Kopf und blickte sie aus untertassengroßen Schlitzpupillen an. Es zeigte ihr die nadelspitzen Zähne und stellte seine pelzige Halskrause auf. Es hätte sie anspringen können. Mit ihren gebrochenen Fingern hätte sie vermutlich nicht schnell genug ziehen können.

Aber sie blickte ihm in die Augen. Es erkannte die Artverwandtschaft, wich zurück und widmete seine Aufmerksamkeit wieder dem Fressen. Jazzbeaux ging weiter.

Zum erstenmal, seit sie ihren Daddy kaltgemacht hatte, glaubte Jazzbeaux wirklich eine Aufgabe in dieser öden Welt zu haben.

II

Hier ist ZeeBeeCee, der Sender, der es einfach bringt. Wir geben Ihnen alles, was Sie brauchen, vierundzwanzig Stunden jeden Tag. Gesponsort von GenTech, dem Großhersteller von Bioprodukten, der wirklich für Sie da ist…

In kaum fünf Minuten ist es wieder einmal Zeit für Bleib in Topkampfform mit Arnie *und ein paar hilfreichen Tips für die Wartung von Muskelimplantaten bei unseren älteren Mitbürgern. Anschließend zeigen wir Ihnen* Ken Caseys Exekutionen aus aller Welt *mit ein paar bemerkenswerten Aufnahmen von Hinrichtungen mit der Garotte in Marokko, Verbrennungen auf dem Scheiterhaufen in Thailand und, für die Traditionalisten unter Ihnen, eine alte, original englische öffentliche Hinrichtung durch den Strang. Aber zuerst ein Blick auf die Welt, wie sie wirklich ist, mit Lola Stechkin, die ihnen die Frühnachrichten aus ihrem komfortablen Tanz- und Fitneßstudio serviert…*

»Hi, ihr Frühaufsteher Amerikas! Heute haben wir den 27. August 1995, und hier ist Lola, die euch mit ein bißchen Stretching und Schweiß die Schmerzen aus dem Körper treiben will. Und hier kommen sie, Leute, sämtliche Nachrichten, die ihr nur verkraften könnt…

Washington, D. C. Präsident North sah sich gestern abend mit zähen Fragen zur widersprüchlichen Wirtschaftspolitik seiner Regierung konfrontiert. Auf den Vorwurf einiger Splittergruppen hin, er bringe die Nation mit dem Big-Bonus-Programm, seiner personifizierten Kombination aus hohen Ausgaben, hoher Arbeitslosigkeit und steigenden Steuern an den Rand des Bankrotts, entgegnete er, ›Naja, wir werden erst einmal abwarten und schauen müssen, wie die Sache so läuft, oder?‹ Dr. Ottokar Proctor, Kopf des präsidialen Denkapparates und nach allgemeinem Dafürhalten der Architekt des Big-Bonus-Programms, stand für eine Stellungnahme nicht zur Verfügung, allerdings ist sein Auftritt beim Filmfestival in Tampa, Florida, fest eingeplant, wo er einen Vortrag zu dem Thema halten wird, ›Wile E. Coyote und der Roadrunner: ein neuer Mythos von Sisyphus und sein Einfluß auf die zeitgenössische amerikanische Kultur‹...

Salt Lake City, Deseret. Der erste Treck von josephinischen Wiederansiedlern unter der Führung von Nguyen Seth wird im Laufe des heutigen Vormittages im menschenleeren Siedlungsraum erwartet. Elder Seth gelobte, die Wildnis den Elementen zu entreißen, wie es vor ihm schon einmal die Mormonen getan hatten. Ein Gesetz, in dem unter anderem die Umbenennung des Staates Utah geregelt wird, ist vom Kongreß widerstandslos verabschiedet worden. Der Fall des kürzlich verstorbenen Abgeordneten Osmond aus Utah, der sich zu dem Gesetz hatte kritisch äußern wollen, ist weiterhin ungeklärt...

Die entsetzlichen Morde an Bewohnern eines ruhigen Vorortwohngebietes innerhalb der Savannah-Sperrzone müssen nach Ansicht von Ms. Redd Harvest von der Turner-Harvest-Ramirez-Agentur einem Serienmörder zugeschrieben werden, der sich selbst als ›Der Tasmanische Teufel‹ bezeichnet. T-H-R geht angeblich verschiedenen Hinweisen nach und hofft, bald die ersten Verhaftungen vornehmen zu können. ›Der Tasmanische Teufel‹ behauptet, vergangenes Jahr quer durch die Vereinigten Staaten über 350 Menschen umgebracht zu haben. Bekanntgeworden ist er durch den bestialischen Einfallsreichtum seiner rasenden Übergriffe. Es gibt nur wenige Augenzeugen, und die Beschreibungen des Killers sind widersprüchlich. Übereinstimmend berichten sie jedoch von seiner unnatürlichen Kraft und Boshaftigkeit. ›Wir werden ihn erwischen‹, schwor Ms. Harvest. Mehr darüber, sobald es etwas Neues gibt...

Moskau. Heute wurden die Gespräche zwischen den sowjetischen und japanischen Delegationen abgebrochen, die über die neuerlichen Grenzzusammenstöße anläßlich der Erntetätigkeit für Zuchtkrill vor der Insel Sachalin verhandeln sollten. Premier Boris Jelzin ließ verlauten, er hoffe noch immer auf eine gütliche Regelung mit dem Abgesandten des Kaiserreiches und der Firma GenTech. In einer offiziellen Verlautbarung wird Akira Kobayashi, Vorstandsvorsitzender von GenTech East, noch im Laufe dieses Vormittages darlegen, wie unvernünftig und kontraproduktiv sich die Sowjets in dieser Angelegenheit verhalten...

Sind Sie nicht auch der Ansicht, die Natur verhält sich unfair, wenn sie darauf besteht, daß der Mensch nur zweimal Zähne bekommt? Das war so lange in Ordnung, solange die Lebenserwartung kaum dreißig Jahre betrug, aber bei dem heutigen MedTech-Fortschritt, der jedem solventen Bürger ein aktives und erfülltes Leben bis weit über die 100 garantiert, genügt ein Satz Milch- und ein Satz Erwachsenenzähne einfach nicht mehr. Nun, dank GenTech können Sie sich jetzt die Keime für Ihren dritten, vierten, fünften, ja sogar sechsten Satz echter emaillierter Zähne einsetzen lassen. Für gerade mal 500 Dollar pro Zahn verhelfen wir allen Urgroßopas wieder zu Toffee und rohen Steaks. GenTech, das Biokonsortium, das wirklich für Sie da ist...

Glastonbury, England. Heute eröffnet Premierminister Archer das staatlich geförderte Popmusikfestival, auf dem sich die besten britischen Kulturschaffenden präsentieren. Er kündigte an, er werde den patriotischen Sänger Johnny Lydon beim Vortrag seines größten Hits ›God Save The Queen‹ begleiten. Johnny Lydon ist der Moderator des beliebten britischen Unterhaltungsprogrammes *The Johnny Lydon Band Show*. Unter den anderen fest eingeplanten Größen des britischen Showbiz sind

Matt Monroe, Clive Dunn, Tessie O'Shea, Norman Wisdom, Mrs. Mills, Valerie Singleton und das komische Duo Benny Elton und Ricky Mayall, hinzu kommen die amerikanischen Gaststars Liberace und Conway Twitty, die ihre besondere Verbundenheit mit dem Festival zum Ausdruck bringen wollen. Peter Hall, Manager des zurückgezogen lebenden Ken Dodd, wies Gerüchte zurück, denen zufolge der milliardenschwere Entertainer für dieses eine Konzert ein Comeback plant. John Lennon, Führer der Loyalen Opposition Seiner Majestät und während der sechziger Jahre zeitweilig Mitglied der wenig erfolgreichen Gruppe The Quarrymen, wurde offenbar gefragt, ob er für einen Auftritt die Band noch einmal zusammenbringen wolle. ›Damals hat sich niemand für uns interessiert‹, verriet er unserem Reporter, ›ich wüßte nicht, warum das heute anders sein sollte‹...

Manila, Philippinen. Präsidentin auf Lebenszeit Imelda Marcos weihte gestern eine neue Statue ihres verstorbenen Mannes, des früheren Präsidenten auf Lebenszeit, ein, und verkündete der versammelten Menge nach dem Absingen von achtundzwanzig patriotischen Liedern, sie wolle ein neues Programm zur Säuberung der Straßen in Gang setzen und dazu persönlich den ersten Schuß abfeuern. Im Norden des Landes sind nach wie vor rebellische Truppen kaserniert, die offenbar von einem chinesischen Kriegsherrn der Kuomintang und einem in der Schweiz ansässigen Multi unterstützt werden. Präsidentin Imelda wird in den nächsten drei Wochen als Gast die beliebte ZeeBeeCee-Show *You and Your Shoes* moderieren...

Puerto Belgrano, Antarktis. Nach der von Präsident Galtieri erwirkten fünfundsiebzigprozentigen Steuererhöhung auf alle nicht-argentinischen Minenanteile rings um den Südpol kam es erneut zu gewalttätigen Unruhen, als britische Abenteurer und Ölsucher eine alte Rechnung nach ihrer vernichtenden Niederlage im Falklandkrieg von 1981 begleichen wollten. ›Wild‹ Charlie Mander, der britische Konsul, und Sheriff Felipe Almodovar, nach eigenem Bekunden das ›Gesetz südlich von Feuerland‹, trafen sich zu einer Unterredung, um zu einer Einigung zu kommen. Dabei erhitzten sich jedoch die Gemüter, und es kam zu einem Schußwechsel. Ice Kold Katie, die schottische Freischärlerin, die bereits mehrere argentinische Banken und Handelsstationen auf dem Festland überfallen hat, reagierte auf die Steuererhöhung, indem sie einen Trupp argentinischer Schneeraupenkavallerie auf dem Weg nach Esperanza in einen Hinterhalt lockte und tötete...

Meine Damen, hätten Sie nicht auch gerne manchmal so schöne Brüste wie ich? Nun, die Bioabteilung von GenTech kann Ihnen diesen Wunsch erfüllen. Die von Dr. Zarathustra, dem Gewinner des Nobelpreises für Genchirurgie, persönlich entwickelten Pektoralpumpenbehandlung kann zu durchaus erstaunlichen Ergebnissen führen. Selbst Warren Beatty würde keinen Unterschied merken. Das hier ist Shiralee St. Croix aus Saginaw, Michigan. Wir haben eine ihrer Brüste mit der Pektoralpumpe von GenTech behandelt, die andere mit einem Produkt eines unserer Konkurrenten. Ich denke, Sie sehen den Unterschied selbst. GenTech, das Biokonsortium, das wirklich für Sie da ist...

Teheran, Panislamischer Kongreß. Ayatollah Bakthiar, Vorsitzender des Komitees der Dschihad – Schwert Allahs, hat heute den Comicromancier Neil Gaiman, Autor des preisgekrönten Bandes *Tintin im Land der Lumpenköpfe* in Abwesenheit zum Tode verurteilt. Das Buch wurde in weiten Kreisen als ein persönlicher Angriff auf den islamischen Glauben und die noch andauernde Besetzung Griechenlands, Albaniens, Mazedoniens, des Kosovo und Montenegros durch den Islam interpretiert. Gaiman ist untergetaucht, arbeitet aber nach eigenen Angaben bereits an seinem nächsten Werk, einer Aufarbeitung des Mythos von Desperate Dan, in dem die Comicfigur des Cowboys als Indianerhasser und Massenmörder dargestellt wird. Die Zuschauer werden aufgefordert, uns ihre Vorschläge über Gaimans Versteck zuzufaxen. Wer der Wahrheit am nächsten kommt, gewinnt einen Tausend-Dollar-Gutschein für den Titancorps-Comics sowie eine Reise für zwei in das verrückte Beirut, Taschengeld inklusive...

Vatikanstaat. Petya Tscherkassov, das singende Idol der Russen, war heute zu einer persönlichen Audienz bei Papst Georgi geladen. Zehntausende von Fans drängten sich auf dem Petersplatz, um einen Blick auf die beiden zu erhaschen. Was die beiden besprochen haben, blieb ein Geheimnis, Tscherkassov gestand der Presse gegenüber jedoch bescheiden ein, ›dieser *Cheloviek* in Weiß hat mehr Fans als ich‹. Tscherkassovs neuestes Album, *Songs for Suicidal Lovers*, steht mittlerweile seit sechs Monaten ununterbrochen an der Spitze der Musichip-Charts...

Isle of Skye, Schottland. Traurige Nachrichten für Kinder in aller Welt. Trotz einer Spende von mehr als dreißig Millionen ECU, aufgebracht durch Konzerte in Amerika und der Sowjetunion, die von GenTech gesponsert wurden, starb heute Wally der Wal, angeblich der letzte Meeressäuger im Atlantischen Ozean, eines natürlichen Todes, der in keinerlei Zusammenhang mit den vertretbaren Obergrenzen der Umweltverunreinigung in diesem Gebiet steht. Iain Menzies Banks, Bürgermeister der Insel, erörterte einen Plan zur Rettung des Wales als Hauptattraktion von Wallyworld, einem Luxus-Touristenreservat und Familienvergnügungspark. Der Wal soll innen wie außen mit Acryl beschichtet werden. Banks plant die Eröffnung eines Restaurants mit dem Namen ›Jonas' Snackbar‹ in seinem Magen. Natürlich wird Wally dank der laufenden Abenteuer in unserer Samstagvormittag-Zeichentrickserie *Wally und seine* *freundlichen Wale* in unseren Herzen und in unserer Erinnerung weiterleben, und sein lächelndes Gesicht wird auch weiterhin auf der Packung von Wally Walfutter zu sehen sein, dem beliebten Frühstück auf Krillbasis...

Das war Lola Stechkin auf ZeeBeeCee. Das war's für heute. Wenn Sie einverstanden sind, wir sind es schon lange...«

Bleiben Sie auf ZeeBeeCee, dem Sender, der einfach alles hat, wenn Sie an dem heutigen Wettbewerb teilnehmen wollen. Sie könnten die glückliche Gewinnerin einer kostenlosen Pektoralpumpenbehandlung sein oder eines brandneuen Cadillac Cabrios. Sie brauchen nichts weiter zu tun, als drei einfache Fragen zu beantworten und den folgenden Satz zu ergänzen, »Wenn ich größere Brüste hätte, würde ich als erstes...«, und uns Ihre Antwort per Fax zusammen mit drei Coupons irgendeines Produktes von GenTech einzusenden. Die Fragen lauten: a) Welcher frühere Vizepräsident dieser Vereinigten Staaten hat sich unter der Schirmherrschaft von Dr. Zarathustra bei GenTech einer Geschlechtsumwandlung unterzogen? b) Wer schrieb den Text zum ›GenTech Merry Marching Song‹? Denken Sie daran, uns interessiert, wer den Text geschrieben hat! Daß Andrew Lloyd Webber die Musik komponiert hat, wissen wir. Und c) Was ist Transhumanie?

Während Sie die Nachrichten verfolgt haben, haben wir das tragische Ableben von Wally dem Wal betrauert. Wir werden daher dem mutigen Meeressäuger eine dreistündige Gedenksendung widmen. Dadurch verschiebt sich Präsident Norths Ansprache an die Nation und wird nach den Elf-Uhr-Spätnachrichten gesendet. Eine Menge Stars werden zu Gast sein, darunter Drew Barrymore, die Mothers of Violence sowie Susan Sontag. Sie alle werden ins Studio kommen, um mit dem englischen Folksänger Gordon Sumner, der Goodbye, Wonderful Wally *geschrieben hat, um dem toten Wal ein Denkmal zu set-*

zen, Erinnerungen an Wally auszutauschen. Aber jetzt etwas Heiteres, hiiiiiieeeeeer kommt Arnie…

III

Das Katz Motel lag nur einen Steinwurf weit von der Stadt entfernt und war vom Feuergefecht unberührt geblieben. Oben auf einem kleinen Hügel stand ein altes, aus Holz gebautes Haus, und die nichtssagenden Bungalows verteilten sich über das darunterliegende Gelände. Vor zwei Nächten hatten sich die Psychopomps hier einquartiert und geringfügigen Schaden angerichtet. Jazzbeaux hatte einen Teil ihrer Habseligkeiten im Bungalow gelassen und darauf vertraut, daß der piepsige, vogelähnliche Manager zuviel Angst vor den Pomps hatte, um der Kultgang irgend etwas zu klauen.

Auf der Straße, die aus Spanish Fork herausführte, hatte sie eine Wunde dicht oberhalb ihres Knies bemerkt. Es handelte sich um einen tiefen Schnitt, der das Gehen schmerzhaft machte. Sie zerbiß eine Glojo-Kapsel, und der Schmerz ließ nach.

Je mehr sie sich dem Motel näherte, desto stärker wurde sie. Vielleicht sollte sie eine Weile schlafen und sich ein wenig erholen. *He, kleines Girl, du hattest einen schweren Tag heute*, trällerte Tscherkassov in ihrem Kopf.

Es dämmerte fast. Am Himmel war das erste Tageslicht zu sehen. Nichts hatte sie aus der Dunkelheit heraus angefallen.

Ihr Knie fühlte sich an wie ein feuchter Schwamm. Sie humpelte. Der Glojorausch ließ langsam nach, und die Schmerzen kamen zurück.

Solche Schmerzen hatte sie nicht mehr gehabt, seit ihr Dad noch lebte und mit seinen Weidenruten und Aluminiumknuten seine Spielchen getrieben hatte.

Als sie beim Motel ankam, war es taghell. Der Manager erwartete sie am Empfang und fummelte geschickt mit einem halb ausgestopften Wanderfalken herum. Herman Katz war ein dürrer, jugendlich aussehender Mann mit nervösen Augen und einem leichten Stottern. Er trug eine Schürze, mit der er aussah wie eine Hausfrau, und probierte mit Glasaugen herum, nahm sie aus einer Schachtel, hielt sie gegen die leeren Augenhöhlen des toten Vogels und versuchte, ein zusammengehörendes Paar zu finden, das paßte. Es entsprach nicht gerade Jazzbeaux' Vorstellungen von einem Hobby, aber es gab gefährlichere Menschen auf der Welt.

»Morgen«, sagte er. »Das war ein ziemlicher Lärm gestern abend. Sonst ist niemand aus der Stadt zurückgekehrt.«

Sie hatte keine Lust, ihm die Neuigkeiten mitzuteilen. Früher oder später würde er von selbst dahinterkommen, daß Spanish Fork nicht mehr existierte. Sie fragte sich, ob er das Motel weiter betreiben oder wegziehen würde. Nicht ihr Problem.

»Mutter war verärgert. Sie konnte nicht einschlafen bei all dem Schießen und Geschrei und was weiß ich nicht noch alles.«

Herman sprach weiter von seiner Mutter. Sie war behindert und oben in ihrem Zimmer im Haus an einen Schaukelstuhl gefesselt. Jazzbeaux hatte sie nicht kennengelernt, konnte sich aber die Sorte vorstellen. Ein verbittertes, zänkisches altes Weib, das sich selbst bei lebendigem Leib mit ihrer Übellaunigkeit zerfraß und ihre Behinderung vortäuschte, um ihren Sohn an das alte Haus zu fesseln und ihm so alles Leben auszusaugen. Sie wußte alles über herrschsüchtige Eltern.

Das hatte sie gelernt, als sie noch Jessamy Amanda war, als Neunjährige in den Straßen der Sperrzone eine Gallone Trinkwasser wert waren. Ma Katz konnte kaum ein schlimmeres Ungeheuer sein als ihr lieber Daddy, Bruno Bonney. Er hatte ihr erzählt, wegen ihrer Herkunft müsse sie ein Outlaw werden. Der alte Mann hatte behauptet, von Anne Bonney abzustammen, der Piratenkönigin der Südkaribik, und William Bonney, bekannt als Billy the Kid. Eins mußte sie ihrem Vater lassen, wenigstens hatte er sie auf die Welt vorbereitet, in der sie würde leben müssen.

Andere Mädchen graduierten an den High Schools in der Sperrzone und bekamen ihren Abschluß, sie jedoch hatte erst gewußt, daß sie erwachsen war, als sie Bruno seine beschissene Kehle rausgerissen hatte. Die Gerichtsverhandlungen waren ein Kinderspiel gewesen. Sie täuschte völlige Blödheit vor und kam ungestraft frei. Jeder wußte, was sie getan hatte, aber keiner fühlte sich besonders betroffen. Ein paar Scheine wurden in der Jugendbehörde verteilt, und sie kam wieder auf freien Fuß. Seitdem gehörte sie zu dem Pomps.

Bis gestern hatte sie geglaubt, vielleicht eine anständige Karriere vor sich zu haben. Sie hatte nicht daran geglaubt, Petya Tscherkassov zu heiraten und mit ihm in eine Datscha in der Steppe zu ziehen, aber sie dachte, vielleicht fünfundzwanzig werden zu können. Jetzt war alles anders geworden. Sie würde so lange leben, bis sie sicher sein konnte, daß Elder Seth tot war. Danach konnte sie etwas Neues überlegen...

»Die Nacht war hart. Machen Sie sich deswegen keine Sorgen.«

»Wollen Sie Ihren Zimmerschlüssel?«

»Bungalow Nummer eins.«

Herman fummelte mit seinem Vogel herum, wischte sich die Hände überflüssigerweise an der Schürze ab und nahm den Schlüssel vom Brett.

Jazzbeaux nahm den Schlüssel. »Funktioniert die Dusche?«

»Die D-d-dusche?« Herman war entgeistert. Sie wurde vorsichtig.

»Ja, ich bin völlig verdreckt. Ich will mich waschen.«

»S-s-sicher, die Dusche ist in Ordnung. Ich hab die Leitung selbst noch vor einer Woche nachgesehen.«

»Schön.«

»Das ist ein besonderer Service. Kostet extra. Wasser ist

teuer. Wir müssen es uns extra über eine Leitung aus der Stadt kommen lassen. Für dieses Sonderrecht müssen wir Richter Colpeper ein Drittel unseres Umsatzes zahlen, Sie werden also tief in Ihre Tasche greifen müssen.«

Sie zerrte sich die Jacke von den Schultern. Ihr ausgeschnittenes T-Shirt war ausgeschnittener, als sie es gekauft hatte. Herman bekam große Augen. Sie kam nicht dahinter, ob er nur ihre Titten verschlang oder ob der Anblick ihrer Verletzungen ihn erschreckte. Er versuchte, etwas zu sagen, aber sie ließ ihn stehen und ging zum Bungalow Nummer eins.

»Ich habe Ihnen s-s-saubere Handtücher rausgelegt, Miss«, wimmerte Herman.

Sie ignorierte ihn und schloß ihre Tür auf. Das Zimmer war ein völliges Chaos. Sie hatte vorgestern abend mit Andrew Jean, Cheeks und So Long Suin gefeiert, und Herman hatte nicht einmal versucht aufzuräumen. Einer von Andrew Jeans Bienenkorbkämmen lag in einem Durcheinander aus Pillen und Lippenstiften. Das Pornovideogerät war zertrümmert, im rissigen Bildschirm steckte ein rubinroter, hochhackiger Pumps. Cheeks konnte Billy Priamus Pornos nicht ausstehen. Die Eisskulptur war geschmolzen und bildete auf dem Fußboden eine Pfütze aus warmem Wasser. Das weckte interessante, wenn auch kühle Erinnerungen. In der Decke waren Einschußlöcher – die vielleicht schon vor dem Einzug der Pomps dagewesen waren –, und das Queensize Bett war ein Gewirr aus häßlich verknoteten Laken und Armeeklamotten.

Sie dachte an diesen Abend – an alle diese ganzen Abende – zurück. Andrew Jean obendrauf, Cheeks quiekte, und So Long, der sie zu einem Kataklysmax ritt. Sie würde ihre Kumpels aus der Gang vermissen. Die Tage, in denen sie Spaß gehabt und Unfug getrieben hatten, waren vorbei. Scheiß drauf, sie war fast siebzehn. Sie sollte eigentlich erwachsen sein. Heirat und Häuschenbauen kamen für sie nicht in Frage, soviel stand fest. Aber in der Erwachsenenwelt wartete ein Platz auf sie.

Im Bad sah es besser aus. Jazzbeaux nahm die Gummienten und die Wally-Wale aus der Wanne und warf sie weg, dann stellte sie die Dusche an und ließ das heiße Wasser laufen. Das Ausziehen war ein langer und schmerzhafter Prozeß. Dabei entdeckte sie, wie sehr ihr Körper tatsächlich in Mitleidenschaft gezogen worden war. Sie mußte die Strümpfe mit der Nagelschere herunterschneiden, und das Fischnetzmuster zeichnete sich rot auf ihrem geschwollenen Knie ab. Sie blutete nicht mehr, dafür hatte sie riesige Verschorfungen auf Gesicht, Brust und Rücken. Sie streckte sich, und kleine schmerzhafte Stiche schossen durch ihren Körper.

Jazzbeaux trat unter die Dusche und betupfte ihre Wunden mit einem Schwamm. Das warme Wasser rann ihr über Gesicht und Körper. Sie schüttelte ihr Haar und kratzte den Dreck heraus. Zusammen mit dem verkrusteten Blutklumpen löste sich das Weiß ihrer Gesichtsmaske. Die Wärme machte sie schläfrig, und sie ließ sich in die Wanne hinabgleiten. Sie lag unter dem Strahl aus der Dusche und ließ sich das Wasser genau ins Gesicht sprühen. Zwischen ihren Füßen verschwand das Wasser wirbelnd im Abfluß und nahm dabei rote und schwarze Spuren von Blut und Schmutz mit.

Sie dachte an Schlaf, war aber zu müde, sich zum Bett zu schleppen. Matt seifte sie Oberkörper und Bauch ein und säuberte ihre Wunden. Sie brannten, aber es war ein gesunder, heilender Schmerz. Doc Threadneedle hatte ihren Körper auf schnelles Heilen eingerichtet, und das Brennen bedeutete, daß die Mikroorganismen, die er in ihr Fleisch eingebaut hatte, ihren Job gut machten. *Was du brauchst, sind Parasiten, die für dich arbeiten und nicht gegen dich*, hatte er gesagt.

Ihr Kopf rollte zur Seite, ihre Lider flatterten und schlossen sich. Etwas bewegte sich, und sie öffnete die Augen. Auf dem Duschvorhang zeichnete sich ein Schatten ab, eine menschliche Gestalt, die etwas in der erhobenen Hand hielt.

Im Plastik bildete sich eine Falte, und eine silbrige Spitze barst hindurch. Ein langes Messer. Der Vorhang zerriß, und die Gestalt stach zu...

IV

Habicht-Der-Sich-Niederläßt, Sohn von Zwei-Sterbende-Hunde, wartete. Aber er wußte, daß sein Warten fast vorüber war.

Sein Volk, die Navaho, hatten beinahe einhundertundfünfzig Jahre gewartet. Brutal unterdrückt von den Blaujacken unter der Führung von Lassowerfer, den Weißen als Kit Carson bekannt, hatte man sie aus den großen Indianerkriegen herausgehalten, weil die Reservate, die man ihnen überlassen hatte, so öde und trübselig waren, daß kein weißer Mann sie an einen anderen Ort jagen wollte. Kein Gold, kein Öl, nichts zu essen, kein Wasser: nur Navaho, die sich beharrlich behaupteten, wie sie es immer getan hatten, die sich betranken und sich halsstarrig weigerten auszusterben. Mittlerweile sah es im gesamten Westen und Mittleren Westen aus wie im Navaho-Reservat. Bevor Lassowerfer den Großen Häuptling Manolito unterwerfen konnte – unter dessen Lieutenants sich auch Habichts vielfacher Urgroßvater Armijo befunden hatte –, hatten die Navaho Pferde- und Rinderherden besessen, hatten Mais, Kürbisse, Weizen und Melonen angebaut und waren berühmt gewesen für ihre Plantagen voller Pfirsichbäume. Die Navaho hatten Lassowerfer als Krieger respektiert, ihm aber nie die Zerstörung ihrer hochgeschätzten Obstgärten verziehen. Nachdem man sie von ihrem fruchtbaren Boden im späteren New Mexico vertrieben hatte, wurden die Navaho nach Bosque Redondo und in die Berge verschleppt.

Jetzt lebten sie in Monument Valley, auf der Grenze zwischen Utah und Arizona. Habicht zog seinen Stetson tiefer, um sein Gesicht vor dem Gleißen der Sonne zu schützen, und verließ gemächlich den Drugstore, um sich zu dem deprimierten Häuflein Indianer am Straßenrand zu gesellen. Die Motorwagen rollten an ihnen vorüber – eine heruntergekommene Parade. Zwei-Hunde kauerte zusammengesunken in seinem angestammten Sessel mit vier ungleichen Beinen und nuckelte wie ein Baby an der in braunes Papier gehüllten Flasche, die er immer bei sich hatte. Habicht nickte seinem Vater zu, jenem Mann, der ihn zum Traumtänzer erzogen hatte, fand aber keine Beachtung. Er kannte all die anderen beim Namen, beim Namen ihrer Familien seit vielen Generationen. Seine Aufgabe war es, der Ahnen zu gedenken. Er war der Medizinmann, jetzt, wo Zwei-Hunde zum Whisky-Navaho geworden war.

Gebeugt, matt, mit ihren tief zerfurchten Gesichtern, sahen alle Indianer uralt aus, selbst die Kinder. Wenn es überhaupt möglich war, so war das Leben für diese heruntergekommenen Rothäute noch härter als für ihre Vorfahren nach dem Krieg gegen Lassowerfer, als man ihnen alle Lebensfreude ausgetrieben hatte. Nur Jennifer Weiße-Taube erwiderte seinen Gruß mit einem verkniffenen Lächeln. Sie waren gleichaltrig, Habicht und Jennifer, und hatten sich als Teenager sehr nahe gestanden, bevor Habicht sich den Söhnen des Geronimo angeschlossen und das Reservat in der Absicht verlassen hatte, die Welt zu verändern. Dann hatte er diesen Gedanken verworfen und war bereit gewesen zurückzukehren. Aber da war Jennifer schon verheiratet und wieder geschieden und fast wieder zu einer Fremden geworden.

Die Motorwagen waren voller lächelnder, rätselhafter Pilger in Schwarz, die vermutlich froh darüber waren, ihrem Ziel, Salt Lake City, so nahe zu sein. Die Trecks waren schon die ganze Woche durchgekommen. Habicht zitterte immer noch, obwohl er es allmählich unter Kontrolle bekam. Er hatte zusammen mit einer Escorte der US-Kavallerie Straßendienst gemacht, als die ersten Wagen vorbeirollten, und er hatte sich das Gesicht des

Anführers der Josephiner angesehen und sofort gewußt, daß dies die letzten Tage der Welt waren. Nguyen Seth war sein Name. Habicht hatte in der Faxgazette über ihn gelesen. Da er selten fernsah, hatte er sein Gesicht noch nie gesehen. Jedenfalls nicht in Fleisch und Blut.

Er kannte dieses Gesicht seit seiner Kindheit, hatte es auf Gemälden gesehen und selbst gezeichnet. Es war das knochenbleiche Gesicht des Emissärs mit den dunklen Augenhöhlen – einer Sonnenbrille, wie er jetzt erkannte. Zwei-Hunde war nicht immer ein Whisky-Navaho gewesen und hatte seinem Sohn die Geschichten beigebracht, die ihm wiederum sein Vater beigebracht hatte. Die Geschichten von den letzten Tagen, wenn der Emissär die finsteren Bereiche des Geisterlandes öffnen und die schlimmsten *Manitous* herbeirufen würde, damit sie das Land des weißen und roten Mannes in eine Wüste verwandelten.

Seit er den Emissär erblickt hatte, mochte er nicht mehr zusehen, wie die Wiederansiedler nach Utah hereinströmten, denn er wußte, wem sie wirklich nachliefen. Er hatte im Diner des Reservats mit einem jungen Plastikpärchen gesprochen und zugehört, wie sie sich über ihr neu entdecktes Leben und die Vorschriften ihres Glaubens begeisterten, und hatte dabei den Tod in ihrem Herzen gesehen. Einige der Indianer aus dem Reservat waren auf der verzweifelten Suche nach etwas Besserem mitgegangen, als sie abzogen. Die Navaho-Josephiner waren allesamt jung, so jung wie er, als er sich den Söhnen angeschlossen, das Gesicht weiß gemalt hatte, um der Welt des weißen Mannes einen Stoß ins Herz zu versetzen. Jetzt wußte er, wie sinnlos dieser Kreuzzug gewesen war, aber immer noch besser als die Lüge, die Seth ihnen bot. Die Lüge, hinter der sich das Ende aller Dinge verbarg.

Die Stämme aus den Plains – die Apachen und Comanchen, die er bei den Söhnen des Geronimo kennengelernt hatte, sie hatten das Ende des weißen Mannes und die Rückkehr des Büffels beschworen. Aber er wußte, diese Träume waren auf Sand gebaut. Der Büffel vermochte nichts auszurichten gegen die Bürde der Europäer.

Er hatte auf die Kriegerin des Geistes gewartet, von dem sein Vater ihm in seiner Kindheit erzählt hatte, auf dieses einäugige, weiße Mädchen. War der Emissär außer Landes, folgte ihm schon bald jemand. So stand es geschrieben in der Bilderfolge, die man seit Generationen in seiner Familie immer wieder gemalt und erneuert hatte. Zwei-Hunde sagte, das einäugige weiße Mädchen hätte stählerne Muskeln und Feuer in ihrem leeren Auge, und sie würde zu den Navahos – zu Armijas Familie – kommen, um dort zu lernen. Es war die Pflicht des Medizinmannes des Stammes der Armijas, die Kriegerin des Geistes durch die Sieben Ebenen zu führen, sie auf den letzten Kampf gegen die Armee der *Manitous* vorzubereiten, in dem sie Seite an Seite mit den anderen Kriegern des Geistes stehen würde – der Heiligen von der anderen Seite des Großen Wassers, dem Mann mit der Musik im Herzen, dem Rothändigen, dem Gelbbein, das soviel verloren hatte, dem großen Vater in Weiß, dem einsamen Reiter – und dann hätte die Geschichte ein Ende.

Habicht kannte diese Erzählung von einer Serie von Bildern auf Büffelhaut. Die letzten Bilder waren nichts als Dunkelheit. Viel war vorhergesagt worden, das letzte Ergebnis war jedoch unbekannt, niemand konnte es kennen. »Ich beneide dich, mein Sohn«, hatte Zwei-Hund ihm gestern gestanden, »denn du wirst die letzten Bilder sehen.« Zwei-Hunde war der Ansicht, seine Zeit sei beinahe abgelaufen, und trank noch mehr als gewöhnlich. Er hatte seinen Tod so viele Male vorhergesehen, daß Habicht diesen Vorahnungen nicht mehr viel Beachtung schenkte; diesmal jedoch war es etwas anderes...

Die Söhne des Geronimo waren zuletzt am Ende ihrer Kräfte gewesen. Zahlreiche Feuergefechte und große Gesten, Petitionen nach Washington und Proteste, von denen man in John-Wayne-Streifen nichts sah, aber am Ende waren sie eine Bande von dummen Rothäuten gewesen, die sich ihre Köpfe an den vom weißen Mann errichteten Mauern blutig stießen. Ihre politischen Aktionen waren ebenso fruchtlos gewesen wie ihre terroristischen ›Greueltaten‹, die abgesehen von der einen oder anderen Versicherungsgesellschaft niemandem geschadet hatten. Chata, ihr Anführer, war bei einem versuchten Raubüberfall von einem Bankwachmann in Wyoming erschossen worden. Den Söhnen waren die Mittel ausgegangen. Dann hatte Ulzana, der Apple-Apache in seinem Gucci-Geisterhemd, zukünftiger Erbe der Adlerfedern, sein Examen in Berkeley gemacht und eine Firma für Computer-Software aufgebaut. Habicht hatte ihm ein Paket geschickt, das einen in der Mitte durchgetrennten Apfel enthielt: außen rot, innen weiß. Der karge Strom des von den Stämmen aufgebrachten Geldes war versiegt, die TeeVee-Teams kamen nicht mehr, und die weißen Mädchen zogen nach und nach mit oder auch ohne ihre blaßhäutigen Babys fort und baten um Wiederaufnahme in die Herrenrasse. Habicht wußte nicht, wo die anderen steckten. Was war aus Sacheen Kleinfeder geworden? Aus Himmelsbüffel? William Silberhacke? Zwei-Sterbende-Hunde hatte mit den Achseln gezuckt und beschlossen, weiter auf seinen allmonatlichen Scheck von der Stütze zu warten. Nur Habicht-Der-Sich-Niederläßt konnte den Traum noch weitertragen und – falls erforderlich – an seinen Sohn weitergeben.

Nun würde es keinen Sohn mehr geben.

Die Motorwagen waren weg, und alle zogen fort. Jennifer Weiße-Taube lächelte ihm wieder zu, fast als wollte sie wieder sein Interesse wecken. Im Reservat trug ein Medizinmann in diesen Tagen seinen Namen durchaus zu Recht. Er war Leiter des Drugstore, und Jennifers Mann hatte sie mit ein, zwei schlechten Gewohnheiten sitzenlassen. Er wußte, daß sie sich manchmal mit einem Stein verletzte, um ihm etwas Morph-Plus abzuschwatzen. Es gab eine Menge solcher Indianer, die so an den Kreislauf aus Verletzung und Betäubung gewöhnt waren, daß sich die Sucht schneeballartig ausbreitete. Er vermied es, ihr in die Augen zu sehen, und sie machte sich mit den anderen davon.

»Vater?«

Zwei-Hunde schaute auf. Seine Augen erkannten nichts.

»Vater, ich muß fort.«

Zwei-Hunde nickte mit dem Kopf. Ja? »Zu dem Heiligen-Ort-von-der-anderen-Seite-des-Großen-Wassers?«

»Ja, Vater.« Es war der Titel eines der Filme. Zwei-Hunde hatte den tatsächlichen Ort vor langer Zeit entdeckt, ein verlassenes Kloster mitten in der Wüste. Es lag weit im Süden, nahe der mexikanischen Grenze.

»Dort wird sie dich treffen, das einäugige, weiße Mädchen.«

»So hast du es gesagt.«

»Und so hat es vor mir mein Vater gesagt. So haben wir alle es gesagt, bis zurück in die Zeit der Pfirsichbäume.«

Es entstand eine peinliche Pause. Habicht fühlte sich unwohl bei diesen Gesprächen, so als würde man ihn zwingen, den Text einer wilden Rothaut aus einem Hollywoodstreifen abzulesen. So sprach er mit niemandem sonst, nur sein Vater lachte nicht über Ausdrücke wie Jenem-Heiligen-Ort-von-der-anderen-Seite-des-Großen-Wassers oder Gelbbein-Das-So-Viel-Verloren-Hat.

Hinter der Straße sah er die massigen Tafelberge vor dem Himmel aufragen. Hier hatte man zahlreiche Hollywoodstreifen gedreht. Als junger Mann hatte Zwei-Hunde gegen viele Komparsenarmeen gekämpft und mit Spielzeuggewehren auf John Wayne gefeuert – in Streifen wie *Stagecoach*, *Fort Apache*, *She Wore a Yellow Ribbon* und *The Searchers*. Einmal hatte Habicht eine verblichene Fotografie gefunden, auf der Zwei-Hunde in Kriegsbemalung und vollem Kopfschmuck stolz zwischen einem lächelnden John Wayne und einem einäugigen Iren stand – dem Filmregisseur John Ford, wie er vermutete. Später sammelte Zwei-Hunde verschämt das Material ein, auf dem er zu sehen war, und ließ niemanden mehr heran, wenn er auch im kleinen Kreis zugab, bei der Essensausgabe für das Filmteam oft gut gegessen zu haben, während er sonst verhungert wäre. Einmal hatte man Ford eine Nachricht nach Hollywood geschickt, in der man ihn nach einem harten Winter dringend um Hilfe für die Navahos ersuchte. Der Regisseur hatte ein Westernscript ausgegraben, das im Monument Valley gedreht werden konnte, nur um dem Stamm etwas Geld zu verschaffen. Dennoch, Hollywood hat den Indianern nicht wieder gutzumachenden Schaden zugefügt und die Lügen des Schicksalsmanifests von den Wilden Rothäuten und den guten Blauröcken fortgeschrieben.

Zwei-Hunde nahm einen Schluck aus seiner Flasche. Auf diese Weise wollte Habicht keinesfalls alt werden.

»Leb wohl, Vater.«

Zwei-Hunde nickte, und Habicht machte kehrt. Er hatte einen langen Weg vor sich.

V

Die Gestalt stach ins Nichts.

Nackt und naß hüpfte Jazzbeaux aus der Wanne und sprang den Messerstecher an. Sie hatte es nicht nötig, aber sie war vorbereitet. Sie hatte nicht die Hölle von Spanish Fork überlebt, um von einem Feld-Wald-und-Wiesen-Psychopathen aufgeschlitzt zu werden.

Das Messer ritzte in ihre Flanke. Sie ignorierte den Schmerz und stieß dem Psychopathen mit der flachen Hand gegen das Kinn.

Es mußte die Alte sein, vermutete sie. Als das Messer wie ein Habichtschnabel auf sie herabstieß, hatte sie zu einem Dutt zusammengebundenes, eisengraues Haar aufblitzen sehen und das Wehen eines langen Kleides mit Blümchenmuster.

Ihr Stoß traf, und Ma Katz torkelte nach hinten. Die Klinge zerkratzte die Blümchenmustertapete. Jazzbeaux drehte sich halb zur Seite und trat der Alten mit dem Fuß hart in den Bauch.

Das Messer kam noch einmal. Sie hackte mit beiden Händen auf Ma Katz' Handgelenk und vernahm zufrieden das Geräusch brechender Knochen.

Ma Katz kreischte wie ein verwundeter Adler, und das Messer fiel scheppernd zu Boden. Die Finger der Alten verbogen sich zu Krallen, mit denen sie Jazzbeaux' Gesicht zerkratzen wollte.

Viel konnte Ma Katz in Jazzbeaux' Gesicht nicht mehr anrichten, Elder Seth hatte bereits ganze Arbeit geleistet. Trotzdem öffneten sich schmerzhaft klaffende Risse, und Jazzbeaux spürte, wie ihr Blick undeutlich wurde. Sie war daran gewöhnt, nur ein Auge zu haben. Aber jetzt sah sie etwas, das sie eigentlich nicht hätte sehen dürfen.

Ma Katz' haßverzerrtes Gesicht war das ihres Sohnes.

Jazzbeaux formte aus den Fingern ihrer Linken eine Spitze und stieß sie der Alten in die Kehle, zweimal.

Ma Katz hustete und sabberte, gelbliche Tränen liefen ihr übers Gesicht. Jazzbeaux packte die alte Frau beim Haarschopf – und hatte ihn in der Hand.

Schluchzend sank Herman Katz zu Boden. Er zog Arme und Beine an den Körper, krümmte sich zu einem embryonalen Ball und versuchte, in den sicheren Leib seiner Mutter zurückzukriechen.

Jazzbeaux schmiß die Perücke ins Klo und schnappte sich ein Handtuch. Sie hatte die Situation im Katz Motel noch nicht völlig durchschaut, aber sie hatte immerhin die Brände überlebt.

Bruno Bonney hatte gerne Nietzsche zitiert. Was mich nicht umbringt, härtet mich ab. Aber das war natürlich gewesen, bevor sie ihn umgebracht hatte.

Herman? – Ma Katz? – wer auch immer – hatte es nicht geschafft, sie zu töten. Sie war stärker.

Und jetzt wollte sie frühstücken.

VI

In der menschenleeren Stadt wartete Roger Duroc auf Nguyen Seth und die Wiederansiedler. Sein Vortrupp war ein paar Tage zuvor mit dem Helikopter eingeflogen. Für die Bewegung war es jedoch psychologisch wichtig, daß die ersten Ankömmlinge eintrafen wie in alten Zeiten, wie jene Mormonenpioniere, die sich am Ufer des Salzsees niedergelassen und die Wüste zum Erblühen gebracht hatten.

Durocs Leute hatten die Stromversorgung eingeschaltet, außerdem hatte er Exterminatortrupps auf die Straßen geschickt mit dem Auftrag, jenes Ungeziefer zu beseitigen, das sich immer noch in den Ruinen festgesetzt hatte. Er hatte eine Gruppe erfahrener Menschenjäger und Killer aus der Phoenix Sperrzone zusammengetrommelt und sie auf die restlichen Sandratten losgelassen. In Salt Lake City gab es wegen des Wassermangels weniger Sandratten als in den meisten Geisterstädten. In den ersten fünfzig Jahren würde das auch für die Wiederansiedler zum Problem werden, man baute jedoch bereits an einer Pipeline, die die Stadt von Kanada her versorgen sollte.

Seth hatte an alles gedacht.

Mit Unterstützung durch Präsident North schufen sich die Josephiner ihre heilige Stätte im früheren Bundesstaat Utah. Jetzt wurde er in Deseret umbenannt und war nur noch technisch gesehen ein Teil der USA. Er sollte seine eigene Flagge bekommen, sein eigenes Rechtssystem, seine eigene Staatsreligion und seinen ganz eigenen Großen Sinn und Zweck.

Duroc überflog die Berichte der Ingenieure, die er in die trokkengelegte Kanalisation geschickt hatte. Ihre Verluste waren vertretbar gewesen, und das Cynogen hatte den widerspenstischen Unterirdischen ein Ende gemacht. Tunnelkampf. Das brachte ihn auf Vietnam, wo er sich dem Emissär angeschlossen und später mit den Vietcong gegen den Ivan gekämpft hatte.

Das Licht flackerte. Die Spannung schwankte noch, aber es war ein Anfang. Er hatte sein Hauptquartier in der früheren Präsidentensuite des Hilton Hotel eingerichtet. Ein Portrait von Trickydick Nixon blickte auf ihn herab. Irgend jemand hatte ihm die Augen ausgeschossen, vielleicht ein Comanche, in der Hoffnung, den unvollständigen Geist des Ex-Präsidenten auf ewige Wanderschaft zwischen den Winden zu schicken.

Wie schon seine ganze Familie seit Urzeiten war er ein weites Stück Weg zusammen mit Elder Seth gegangen. Er erinnerte sich an jenen Tag vor all den Jahren in Paris, als sein Onkel ihn diesem großen, stillen Mann vorgestellt hatte, dem er sein ganzes Leben widmen sollte. Duroc wußte, daß Nguyen Seth sich seitdem nicht verändert hatte. Andererseits war Elder Seth auch wieder älter, als er aussah. Manchmal vermutete er, Seth existiere bereits seit der Entstehung der Welt. Irgendwann einmal, vor Zehntausenden von Jahren, mochte er vielleicht einmal etwas Menschliches gehabt haben.

Jetzt, in den letzten Tagen, auf die man ihn vorbereitet hatte, war Seth nichts weiter als das, was er war, nicht mehr und nicht weniger.

Manchmal vermißte Duroc seinen Onkel. Aber man hatte die Erbfolge einhalten müssen. Duroc hatte erwachsen werden und den älteren Duroc in den Diensten Seths ablösen müssen.

Blevins Barricune, der Ex-Op, dem Duroc die Stadtgrenzen anvertraut hatte, meldete sich über Intercom.

»Wir sind in Sichtkontakt, Sir.«

Duroc zündete sich eine Gauloises an. »Gut.«

»Zwanzig oder dreißig Fahrzeuge. Sie bewegen sich langsam.«

»Der Wagentreck?«

»Ganz genau.«

Duroc blies einen Rauchring. »Okay, lassen Sie die Blaskapelle antreten. Elder Seth wird einen Willkommensgruß gebrauchen können. Sie kennen die Hymnen, die Sie spielen müssen.«

»Wird gemacht, Sir. Übrigens, wir haben ein paar Kinder in dem alten Tempel entdeckt, im Alter zwischen acht und zwölf. Bis auf ein Grunzen bringen sie keinen verständlichen Laut hervor, aber sie haben hier draußen überlebt.«

»Kinder?«

»Jawohl, Sir.«

»Bemerkenswert. Sie haben einiges aushalten müssen, wenn sie hier am Leben geblieben sind.«

»Ja. Sie haben Vercoe und Wood überwältigt.«

»Vercoe und Wood? Wie ist ihr Zustand?«

»Beides Abgänge, Sir.«

»Die Kinder?«

»Größtenteils unverletzt. Pouncey war Vercoes Handlanger, und da hat er ein wenig mit dem Rinderbolzen zugelangt.«

»Verständlich.«

Duroc nahm seinen breitkrempigen Hut in die Hand und setzte ihn auf. Er betrachtete sich im Spiegel. Er sah aus wie ein Geistlicher.

»Ich bin sofort unten. Halten Sie einen Wagen bereit. Er soll mich zur Stadtgrenze bringen. Der Augenblick muß mit der nötigen Feierlichkeit begangen werden. Das Videoteam wird ihn für die Nachwelt festhalten.«

Das war gelogen. Es würde keine Nachwelt geben.

»Und die Kinder?«

»Ach, sie wissen doch, was Sie zu tun haben. Hängen Sie sie auf.«

»In Ordnung, Sir.«

»Lassen Sie Pouncey das machen. Der Mann hat sich einen Ausgleich verdient.«

»Sehr wohl, Sir.«

Mit ›All Things Bright And Beautiful‹ auf den Lippen verließ Duroc seine Suite.

VII

Mit gesäuberten und verbundenen Wunden und neuen Klamotten am Leib fühlte sich Jazzbeaux wieder fast wie ein menschliches Wesen. Das war gefährlich, wie sie wußte. Seit sie durch Seths Sonnenbrille geblickt hatte, war sie mehr als menschlich. Vielleicht auch weniger. Sie verspürte eine seltsame Losgelöstheit, an die sie sich erst noch gewöhnen mußte. Ihr Menschsein war nutzlos für sie geworden. Es war etwas, das aus der Denver Sperrzone stammte, und das zusammen mit Andrew Jean und den anderen in Spanish Fork hätte sterben sollen. Jedoch schleppte sie es immer noch mit sich herum, wie eine mexikanische Mutter, die ihr totes Baby mitten im Kampfgebiet an ihre Brust gedrückt hält. Die Zugehörigkeit zur menschlichen Rasse war eine psychische Krücke, ohne die sie zwar auskommen konnte, die sie aber noch nicht wegwerfen mochte.

Herman Katz hatte sie im Bad gelassen. Er stand kurz vor einer Katatonie. Gestern noch hätte sie ohne mit der Wimper zu zucken getötet. Jetzt sah sie nicht mehr ein, wieso. Sie hob sich auf für Elder Seth.

Im Bungalow gab es nichts zu essen, also stieg sie hoch zum Haus. Da es offenbar keine echte Ma Katz gab, müßte das Haus leerstehen und Herman etwas zum Frühstücken haben. Sie wollte eine Kanne Rekaffee und ein getoastetes Käsesandwich. Vielleicht noch ein oder zwei Jujubes, um dem Ganzen etwas Pep zu geben. Vielleicht besser nicht. Vielleicht brauchte sie keine Drogen mehr und konnte auf den Pep verzichten. In ihrem Kopf gingen bereits genug neue Dinge vor.

Sie stieg die wackeligen Stufen empor, die in die Flanke des kleinen Hügels gebaut waren, und erreichte die Veranda des Katzschen Hauses. Die Tür stand offen. Drinnen im Flur war es muffig und düster. Sie entdeckte eine alte französische Kommode mit verblichenen Fotografien in Goldrahmen unter einem Himmel aus Spinnweben. An der Wand hing ein Stickdeckchen: DER BESTE FREUND EINES JUNGEN IST SEINE MUTTER. An einem schiefen Kleiderständer hingen drei identische Küchenschürzen. Über der Tür zur Küche hatte sich ein Bussard mit ausgebreitetem Gefieder steif in Positur gesetzt. Seine Glasaugen waren mit einer dicken Staubschicht bedeckt.

Die Küche sah so aus, wie sie es erwartet hatte. Sie wurde von einem antiken Herd und einem buickgroßen Kühlschrank beherrscht. Sie fand etwas Trockenmilch und ein bißchen No-Name-Krill. Damit hatte sie eine Schale Brei zu essen, während der alte Kessel kochte. In der Krillpackung war ein Plastikmodell von Redd Harvests G-Mek V-12 ›Nola Grey‹, von dem allerdings die Räder abgingen, als sie versuchte, es über den Tisch zu rollen.

Die meisten Menschen, darunter auch ihr früheres Selbst, würden wohl kaum losziehen und sich nach einer Attacke durch einen mordlustigen Transvestiten zu einem deftigen Frühstück niederlassen, dämmerte ihr. Offenbar veränderte sie sich bereits.

Es hatte etwas mit Seths magisch verspielter Sonnenbrille zu tun.

Sie hatte nicht geschlafen, fühlte sich aber ausgeruht, ruhig und völlig ausgeglichen. Es war, als hätte der Kampf mit Herman den gleichen Effekt wie acht Stunden auf der Übungsmatte und eine Serie von Doc Threadneedles Aufputschspritzen.

Der Wasserkessel pfiff, und sie goß sich etwas Rekaffee auf. Ihr Vater hatte immer geflucht, wenn er das Zeug trank, und behauptet, er sei noch mit dem echten Zeug groß geworden, bevor die Zentralamerikanische Konföderation den Export aus

Nicaragua eingestellt hatte. Sie hatte sein Gemäkel nie verstanden. Ein-, zweimal hatte sie während eines Raubzuges der Pomps in Mexico echten Kaffee getrunken und nicht verstanden, was daran Besonderes sein sollte. Sie zog Rekaffee vor. An diesem Morgen hatte sie fast keinen Geschmack. Es war wichtig, sich den Bauch zu füllen. Die warme Flüssigkeit rann ihr angenehm durch die Kehle, und das war es auch schon. Die alten Empfindungen machten keinen Spaß mehr.

Auf dem Küchentisch lag ein altes, in Leder gebundenes Buch. KATZ FAMILIENALBUM stand in geprägten Goldbuchstaben darauf. Sie schlug es auf. Zu sehen war ein dickliches Baby mit den glänzenden Augen von Herman Katz, eingemummelt in ein blaues Nachthemdchen, das unsicher auf dem Schoß seiner ausgezehrten Mutter balancierte. Das Paar tauchte auf den nächsten Seiten immer wieder auf. Aus Herman wurde allmählich ein kleiner Junge, dann ein junger Mann – nie jedoch verlor er diesen erschrockenen Gesichtsausdruck, so als wäre das Blitzlicht für ihn ein Schlag ins Gesicht. Niemand sonst drängte sich ins Bild, obwohl irgend jemand dabeigewesen sein mußte, der die Kamera auf sie gerichtet hatte.

Das Buch war zur Hälfte mit perfekt eingeklebten, perfekt gestellten Schnappschüssen gefüllt. Dann entdeckte sie zwischen zwei Seiten etwa dreißig lose Polaroids. Es waren Aufnahmen verschiedener Personen, alles Frauen, jedoch alle aus dem gleichen Blickwinkel: von hinter dem Spiegel in einem der Bungalows. Frauen, die badeten, duschten, sich die Zähne putzten, auf der Toilette saßen, in den Spiegel blickten. Sie waren alle nackt oder fast nackt. Das letzte war kaum zwei Tage alt. Es war Cheeks – die tote Cheeks –, die sich, nackt auf dem Boden hockend, eine Line Zooper-Blast von ihrem Taschenspiegel zog und dabei mit jemandem im Bad sprach. Das war Jazzbeaux gewesen. Sie erinnerte sich an die Situation. Sie hatten sich über die Keilerei mit den Töchtern der Amerikanischen Revolution unterhalten, dabei mit Seths Brille gespielt, sie auf-

und wieder abgesetzt. Mit der Brille im Gesicht war es ihr in diesem Augenblick so vorgekommen, als könnte sie schwach die Umrisse eines Schädels unter Cheeks plumpem Gesicht ausmachen. Die Erinnerung ließ sie frösteln.

Sie hatte zu viele Geisterschädel gesehen, und alle bei Menschen, die mittlerweile tot waren. Einen Augenblick lang schwor sie sich, nie wieder in den Spiegel zu blicken, für den Fall, sie könnte die Umrisse ihrer eigenen duriumverstärkten Knochen erkennen. Irgendwo unterwegs hatte sie ein paar zusätzliche Sinne aufgegabelt. Sie würden lernen müssen, mit ihnen zu leben.

Dieses Buch zum Beispiel drehte ihr den Magen um. Sie konnte hinter die Oberfläche der Schnappschüsse blicken und sah die langsame Zerrüttung von Klein-Hermans Persönlichkeit, während seine Mutter immer dominanter, immer fordernder wurde. Kein Wunder, daß der Junge einen Knacks bekommen hatte.

Wo steckte die echte Ma Katz?

Jazzbeaux trank ihren Rekaffee aus und schob das Fotoalbum von sich. Sie verließ die Küche und sah die Treppe hinauf. Irgendwo hinter dem Absatz war etwas, in einem der Zimmer mit heruntergelassenen Jalousien. Das stand für sie fest. Es rief nach ihr, rief nach ihr aus dem Inneren ihres Kopfes.

»Jessa-*myn*«, zischelte es. Es war eine Frauenstimme, erinnerte sie aber an das Gejammer ihres Vaters. »Jessa-*myn*. Komm herauf, komm herauf.«

Sie merkte, daß sie – der Stimme unbewußt gehorchend – bereits halb die Treppe hinaufgegangen war. Sie bewegte sich wie im Traum, als watete sie durch eine zähe Flüssigkeit. Nichts zählte, nur die Stimme.

»Jessa-*myn*, kannst du nicht ein wenig zu mir kommen?«

Ihre Kopfschmerzen waren wieder da, ihr Sehvermögen zersplitterte. Mit dem rechten Auge sah sie vor sich die Treppe, mit dem linken jedoch erblickte sie im Zeitraffer ihre Vergangenheit. Da war ihr Vater, der aus dem Hals blutete. Da war Andrew Jean mit zuckender Zunge – ihr Gesicht ganz nah. Und da war Elder Seth, die Zähne bleckend, während er ihr Gesicht auf den Asphalt drückte. Sie schüttelte den Kopf, um die unfaßbaren Visionen zu vertreiben. Ihr zerbrochenes optisches Implantat bewegte sich schmerzhaft. Da erst merkte sie, daß sie mit ihrer leeren Augenhöhle gesehen hatte.

Sie hatte ihr Auge verloren, als sie fünfzehn war, in einer Prügelei mit den Spritschluckern vor dem Kaff Welcome in Arizona. Bis zu diesem Augenblick hatte sie es nicht vermißt.

Sie packte das Geländer und zog sich hinauf. Sie hatte irgendeine Art Anfall. Was nichts Neues war.

In der Dunkelheit im Innern lachte Elder Seth still vor sich hin, während seine Augen durch die verspiegelte Brille loderten. Verzerrt spiegelte sich ihr Gesicht in seinen Augen.

Jetzt hatte sie den Absatz erreicht, und etwas wirbelte um sie herum. Sie nahm ihre Kampfstellung ein, konnte aber ihr Gleichgewicht nicht halten.

Die Tür gegenüber öffnete sich knarrend. Das Zimmer dahinter lag größtenteils im Dunkeln. Durch die Schlitze der lädierten Jalousien stachen Balken fahlen Tageslichts. Das Knarren hörte nicht auf, nachdem die Tür längst offen stand. Jazzbeaux erkannte das Geräusch wieder. Es war ein Schaukelstuhl, der von der darinsitzenden Person hin- und herbewegt wurde.

»Mrs. Katz?« fragte sie. Keine Antwort.

In der Dunkelheit blitzte etwas auf. Plötzlich wußte Jazzbeaux, wen sie jeden Augenblick vor sich haben würde. Elder Seth. In der Dunkelheit würde Seth sein wahres Antlitz zeigen, ohne seine menschliche Fassade, aber immer noch mit seiner dunklen Brille.

Das Schaukeln ging weiter. Irgend etwas huschte durchs Zimmer. Ratten. Das Haus war vollkommen verdreckt und praktisch zerfallen. Wie hielten das Herman und seine Mutter bloß aus?

Jazzbeaux hielt sich am Geländer auf dem Absatz fest und versuchte, ihr Gleichgewicht wiederzufinden. Nach dem Verlust ihres Auges hatte sie auch Probleme mit dem Gleichgewichtssinn bekommen, aber sie hatte gedacht, das hätte sie hinter sich. Offenbar genügte ein leichter Anstoß, um ihren Verstand wild herumwirbeln zu lassen.

Sie ließ das Geländer los und trat über die Schwelle. Sie torkelte durch die Tür. Als erstes schlug ihr der Gestank entgegen. Er war überwältigend. In diesem Raum war vieles gestorben und hatte seinen üblen Geruch hinterlassen. Ein starker chemischer Dunst hing in der Luft sowie ein psychischer Rückstand aus Schmerz und Grausamkeit, der einen wie ein Schlag in den Unterleib traf.

In dieser Dunkelheit schaukelte Ma Katz. Jazzbeaux erblickte das graue Haar der Gestalt, deren Kopf durch die messerscharfen Lichtbalken pendelte, und ein Kleid, wie Herman es im Bad getragen hatte.

»Mrs. Katz?«

Sie wußte, die Frau war schon seit langem tot. Sie ging an der schaukelnden Mumie vorbei und zog die Jalousien auf. Licht strömte ins Zimmer und fiel auf die Leiche.

Es war halb so schlimm. Jedenfalls nach den Dingen, die Jazzbeaux in Spanish Fork gesehen hatte. Hermans Ausstopfungskünste waren alles andere als perfekt, trotzdem war Ma Katz eher vertrocknet als verfault.

Die Tote hatte eine Sonnenbrille auf. Sie hatten mit Elder Seths nichts gemein. Ein herzförmiges Lolitagestell in Rosa, dazu blaßblaue Gläser.

Jazzbeaux wandte sich ab und warf einen Blick aus dem Fenster. Am Horizont brannte noch immer Spanish Fork. Rauchsäulen stiegen in den Himmel. Sie würden schon bald die Straßenkavallerie anlocken. Sie täte gut daran, die Gegend zu verlassen, bevor sie auftauchte. Von der Patrouille im Feelgood konnte jemand über Funk Bericht erstattet haben, bevor alles in die Luft geflogen war. Oder vielleicht war sogar jemand davongekommen. Sie hatte nur eine Leiche in blauer Uniform gesehen. Im Cruiser waren sie zu viert gewesen.

Das Knarren hinter ihr verstummte. Jazzbeaux wirbelte herum. Ma Katz stand wackelig auf den Beinen, unbegreiflicherweise zum Leben erwacht. In ihrer Sonnenbrille spiegelte sich das Tageslicht. Dieses Wesen, das es eigentlich gar nicht geben dürfte, ging mit zuckenden Krallen auf sie los.

»Jessa-*myn*!« kreischte es aus seinem trockenen Mund. Es hatte Elder Seths Stimme.

Sie riß die Waffe aus dem Halfter und verpaßte dem Ding eine Kugel in die Brust.

Eine Wolke uralten Staubs stieg auf, als die Kugel einschlug. Die Patrone durchfetzte Ma Katz und versank in der Wand. Das Wesen kam weiter. Sie schoß ein zweites Mal. Die Brille rutschte halb herunter, als das obere Viertel des Schädels auseinanderflog. Ihr Haar löste sich wie Hermans Perücke, und das papierne Fleisch flog in Schuppen von dem explodierenden Schädel. Ein Glasauge rollte aus seiner Höhle.

Aus Ma Katz' Kehle kam ein gurgelnder Laut, und die Tote fiel zu einem Haufen Knochen zusammen.

In ihrem Kopf verhallte das Echo von Seths Gelächter.

»Mama«, rief eine Fistelstimme vom Treppenabsatz.

Herman kam hereingetorkelt. Er hatte seine Schürze wieder umgebunden und ein Tablett mit Frühstücksutensilien in der Hand. Er zitterte, ohne jedoch die Milch zu verschütten.

»Mama...«

Jazzbeaux betrachtete die vor langem Hingeschiedene auf dem Fußboden. Dann sah sie auf und fixierte ihren Sohn. Herman verfügte in seinem emotionalen Repertoire über keine angemessene Reaktion. Er stellte das Tablett vorsichtig neben dem Bett ab und hob die Überreste der Mumie vom Boden. Sie zerfiel in seinen Armen. Er bündelte sie jedoch zusammen und legte sie aufs Bett.

»Sie haben Mutter weh getan«, sagte er.

Jazzbeaux versuchte, ihm nicht in die Augen zu sehen.

»Ich habe Mutter auch einmal weh tun wollen. Sie hat sich jedoch wieder erholt. Sie wird es auch diesmal wieder schaffen, nicht wahr?«

»Ja, Herman«, log Jazzbeaux. »Alles wird wieder gut werden.«

Sie ließ ihn stehen und lief ziellos und ohne zu wissen, was auf sie zukam, hinaus in die Wüste. In ihrem Kopf gingen nacheinander die Lichter aus. Sie lief nach Westen, auf den Punkt zu, wo der Mond gerade untergegangen war. Der Sand begann direkt an der Grenze des Grundstücks. Bei jedem Schritt hinein in den Sand sanken ihre Stiefel ein. Sie ließ das Katz Motel hinter sich.

Tote Frauen konnten nicht laufen. Tote Frauen sprachen nicht mit Elder Seths Stimme. Soviel wußte sie. Ma Katz jedoch war aus ihrem Schaukelstuhl aufgestanden, und der Priester hatte sie aus den Glasaugen der toten Mumie angestarrt.

Im Gehen versuchte Jazzbeaux, ihre Empfindungen und das, was sie gesehen hatte, mit ihrem Wissen in Einklang zu bringen. Als die Sonne höher in den Morgenhimmel stieg, flammten Schaltkreise in ihrer Graumasse auf und verkohlten zu Asche. Sie ignorierte ihre Verletzungen und lief weiter, wenn auch ein wenig schleppend...

In Spanish Fork fanden die Flammen allmählich keine Nahrung mehr.

TEIL II
Die Sandratte

I

In seinem Isolationstank im Joseph-Tempel in Salt Lake City nahm Nguyen Seth, nackt bis auf seine verspielte Brille, Stichproben aus Jazzbeaux' Erinnerung. Er hatte Zugang zu Teilen ihres Gehirns, die ihr selber bereits verlorengingen. Er vermochte nicht zu sagen, was ihn an diesem Mädchen faszinierte. Ähnliches war im Laufe der vergangenen Jahrhunderte des öfteren passiert. Er verband sich im Kampf und in der Liebe so eng mit einem Menschen, daß dadurch eine Verbindung hergestellt wurde, die in beiden Richtungen funktionierte. Gewöhnlich war es eine Frau oder ein sehr junger Mann. Sikander der Grieche, Kleopatra, die Jungfrau von Orleans, Aphra Behn, Emily of Haworth. Lizzy B., Rupert Brooke... Es bedurfte einer besonderen Ansammlung von Eigenschaften, damit sein mentales Auge aufmerksam wurde. Er vermutete darin eine Schwäche, jedoch keine, der er hilflos ausgeliefert war. Besonders lebendig war jene Zeit in Jessamyn Bonneys Leben zwischen ihrem ersten Zusammentreffen mit den Motorwagen der Josephiner und der Brandschatzung von Spanish Fork, als sie seine Brille getragen hatte. Sie hatte ihren Abdruck auf ihr hinterlassen, und jetzt überlappte sich ihr Geist mit seinem, jedesmal wenn er die geheiligten Gläser trug. Er spürte, wie er in eine der vertrauten Schablonen hineinsank...

Die Töchter der Amerikanischen Revolution hatten sich

während der vergangenen Monate einen üblen Ruf verschafft. In der Painted Desert hatten sie Truppen der US-Kavallerie vor vollkommen unlösbare Aufgaben gestellt, und manche behaupteten, sie hätten in den Rocky Mountains einen Verband der Maniax ausgelöscht. Nach dem heutigen Abend jedoch war ihre Zeit unter der Sonne abgelaufen. ABGELAUFEN!! Jetzt hatten die Psychopomps das Sagen!

Jazzbeaux strich sich eine Locke aus den Augen und steckte sie zu einem Haarbüschel auf dem Kopf hoch. Sie setzte die todschicke Sonnenbrille ab, die sie dem Priester abgenommen hatte, nachdem sie ihn am selben Morgen gesprungrammt hatten, und gab sie Andrew Jean zurück. Hatte keinen Sinn, die Beute zu zerstören, noch bevor man sie verhehlt hatte. Sie machte der Tochter ein Zeichen mit ihrem rasiermesserbestückten Handschuh, sie solle vorkommen, und stieß das schrille Gekicher der Pomps aus.

Die anderen hinter ihr fielen ein, und das Gekichere schallte durch die Geisterstadt. Moroni hieß das Kaff. Die Kriegsräte der Gangs hatten es zufällig ausgewählt. Irgendein unbedeutendes Nullkaff in Utah, um das sich keiner ein Byte scherte.

Die Tochter tat, als hätte sie nichts damit am Hut. Sie war jung, vielleicht siebzehn, und blutete deutlich sichtbar. In ihrem flachen Gesicht waren Kampfspuren, und sie hatten einen Körper, den sie eher Steroiden und Implantaten verdankte als der Natur. Das Haar hatte sie grau gefärbt und zu einem Dutt hochgebunden und mit zwei gekreuzten Nadeln durchbohrt. Sie trug ein hellblaues Kostüm, dessen Rock für den Nahkampf bis zur Hüfte aufgeschlitzt war, dazu eine weiße Bluse. Um den Hals trug sie eine Kamee mit einem Bild George Washingtons, dazu praktisches Schuhwerk mit verborgenen Klappmessern. Ihre Akne war noch nicht verschwunden, trotzdem versuchte sie, wie eine Matrone auszusehen.

Mehr als ein Panzerboy hatte die Töchter der Amerikanischen Revolution fälschlicherweise für solide Bürger gehalten, an ihnen die altbekannte Raub-und-Schnapp-Routine durchgespielt und am Ende feststellen müssen, was für ein blutiger und tödlicher Irrtum ihm unterlaufen war. Die TAR waren sehr glitz bei allem, was sie taten – sie gedachten der Gründungsväter, hielten die traditionelle amerikanische Lebensphilosophie hoch, quälten Menschen und brachten sie um. Jazzbeaux selbst hatte für Politik nicht viel übrig. Für sie war eine Kultgang eine Kultgang. Die Töchter jedoch versuchten, sich als konservative Interesssengemeinschaft zu verkaufen. Sie hatten eine männliche Untergruppe, die Minutemen, aber das waren zimperliche Tuntenköpfe. Die Töchter waren es, auf die man ein Auge halten mußte.

»Na los, du Schlitzerhexe«, zischte Jazzbeaux, »komm und hol dir mein Messerchen!«

Die Tochter kam vor, so ruhig, wie man es nur wünschen konnte, und zog mit einer Samuraibewegung die Nadeln aus ihrem Haar. Sie blinkten im Schein der Taschenlampe. Zur Zierde waren sie nicht gedacht, das stand fest. Sie grinste. Sie hatte sich die Zähne abfeilen und mit Stahlkappen überkuppen lassen. Teurer Zahnersatz.

»Nur du und ich, Baby«, sagte Jazzbeaux, »nur du und ich.«

Der Rest der TAR-Kader trat zurück und summte »America The Beautiful.« Die anderen Psychopomps schwiegen. Hier handelte es sich um einen offiziellen Kampf zur Klärung territorialer Streitigkeiten. Utah und Nevada standen zur Verteilung an, seit die gemeinsame Aktion von Turner-Harvest-Ramirez und der US-Kavallerie die Maniax aus dem Geschäft verbannt hatten. Jazzbeaux war überzeugt, die Psychopomps könnten mit einem kurzen Kampf mehr gewinnen als mit einem langen Krieg.

Der Kampf war kein Spaß. Die Geschichte war ernst. Jazzbeaux hatte gehört, in den Sitzungssälen der Japcorps ginge es genauso zu.

Die Tochter zeichnete mit den Nadeln Figuren in die Luft.

Aus ihnen tropfte es. Irgendein psychoaktives Gift, wie Jazzbeaux gehört hatte. Verdammt, ihr Körper hatte so ziemlich jedes Juju verdaut, das die GenTech-Laboratorien illegal in den Markt hatten einschleusen können, und sie lebte immer noch. Bereit zum Zuschlagen, Kratzen, Beißen.

»Hör mal, Süße. Ich hab gehört, nächstes Jahr wollen sie die Wahl der Miss America auf diese Weise regeln. Man muß im Abendkleid auftreten, im Bade- und im Kampfanzug.«

Die Tochter knurrte.

»Ich geb allerdings nicht viel darauf, daß du die Krone gewinnst. Dir fehlt es einfach an *Persönlichkeit.*«

Hinter ihrer Binde öffnete sich das Implantat mit einem Sirren, und die Schaltungen leuchteten auf. Möglicherweise brauchte sie ihren optischen Brenner. Damit ließ sich ein Kampf immer ausgezeichnet beenden.

Jazzbeaux hielt ihre unbehandschuhte Hand hoch, mit den Knöcheln nach vorn, und ließ ihre in die Knöchel eingesetzten roten Metallsterne aufblitzen. Kinderkram. Das Zeichen der Samovar Seven, ihrer russischen Lieblingsmusiker, als sie noch ein Kind war. Auf den Moskau-Beat fuhr sie in diesen Tagen nicht mehr besonders ab, aber sie wußte, daß die TAR das Sowjetzeugs mächtig verärgerte.

»Du Kommie-Punze«, feixte die Tochter.

»Wer schreibt deine Dialoge, Schwester? Neil Simon?«

Jazzbeaux summte tief in der Kehle, »Unzerstörbare Einheit der Sowjetrepubliken...« Die Pomps nahmen die Melodie auf und fielen ein. Die Tochter kniff die Augen zusammen. Sie hatte Sterne auf der einen, Streifen auf der anderen Wange. Die Präsidentin ihrer Truppe trug einen gezackten Hut wie die Freiheitsstatue und einen Feuerwerfer in der Fackel.

»Mach die verhexte Schlampe fertig, Jazz-Babe«, schrillte Andrew Jean, ihr Lieutenant. Immer ein Ansporn, die gute Seele.

Die TAR ging zu »My Country 'tis of Thee« über. Die Pomps

zu »Langhaarige Lover aus Leningrad«, bekannt geworden durch Vania Vaniova und die Kulturkosaken.

Die Tochter schlug die Hacken zusammen, sprang vor und ging zum Angriff über. Jazzbeaux beugte sich zur Seite und tauchte unter den Nadeln weg, dann rammte sie der Tochter ihr Knie ins Zwerchfell. Der Dornenaufsatz zerfetzte die Bluse der Tochter und prallte knirschend auf den gepanzerten Paßform-Hüfthalter darunter. Die Tochter packte Jazzbeaux am Kragen und riß sie von den Beinen.

Jazzbeaux kannte den Trick schon. Ihr Daddy hatte ihn bei ihr schon in der Denver-Sperrzone versucht.

Sie bündelte ihre Finger zu einer scharfen Spitze und stieß oberhalb des Hüftgürtels zu. Sie hatte auf die Kehle gezielt; die Tochter war jedoch zu flink, schlug ihr mit der Handkante aufs Handgelenk und lenkte den Hieb ab.

Genau wie ihr Vater. »Jessa-*myn*, kannst du nicht ein bißchen netter sein!« Dieses miese Rattenaas. Natürlich hatten seine Reflexe dann einmal versagt, und jetzt existierte er nur noch in Form von wiederverwerteten Organen.

Sie umtanzte ihre größere Gegnerin, brachte ein paar Kratzer auf ihrer Rückseite unter, sah sogar ein wenig Blut. Die Tochter wirbelte herum, und Jazzbeaux mußte sich fallen lassen, um den Nadeln aus dem Weg zu gehen.

Die Pomps sangen und grölten, bei den TAR war es still geworden. Was nichts zu bedeuten hatte.

Sie lag im Dreck und wich den spitzen Tritten rollend aus. Offenbar verfügten die TAR über gute nachrichtendienstliche Verbindungen. Die Göre hatte sie dreimal an der rechten Hüfte getroffen, genau dort, wo sie schon einmal den Knochen gebrochen hatte. Und sie hatte sich auf dem Bereich ihres optischen Brenners herausgehalten. Natürlich hatte sie auch Jazzbeaux' Stirn unterhalb des Haaransatzes geschnitten, damit ihr das Blut in ihr echtes Auge lief. Das hätte jeder getan.

Aber auch Jazzbeaux brachte ihre Schläge an. Das linke

Handgelenk der Tochter war entweder gebrochen oder ausgerenkt, und sie konnte ihre Nadel nicht mehr richtig festhalten. Ihr Kostüm war mit ihrem eigenen Blut bespritzt, einige von Jazzbeaux' Tritten dürften also neben dem Panzer gelandet sein. Die Schlampe wurde müde, sie atmete schwer und schwitzte wie ein Schwein.

Sie benutzte ihre Beine, tanzte weg, kam zurückgeflogen, hielt sich an einem uralten Laternenpfahl fest, um viermal in schneller Folge in den Leib der Tochter zu treten. Das Mädel war angeschlagen. Sie hatte jetzt beide Nadeln fallengelassen. Jazzbeaux erwischte sie mit einem Absatz am Hinterkopf und brachte sie zu Fall. Sie wollte wieder auf, doch Jazzbeaux saß rittlings auf ihr und preßte die Knie fest zusammen. Sie brachte einen vollen Nelson an, schlug ihr die Krallen hinten in den Hals und drückte ihr Gesicht in den Straßenstaub.

Schließlich hörte die Tochter auf, sich zu bewegen, und Jazzbeaux erhob sich. Andrew Jean kam auf sie zugerannt, packte ihr Handgelenk und hielt ihre Hand zum Sieg in die Höhe.

»Die Siegerin«, brüllte Andrew Jean und gab Jazzbeaux einen fetten Schmatzer.

Sie riß ihre Augenbinde herunter und betrachtete die TAR. Sie blieben regungslos stehen, als der optische Brenner über sie hinwegstreifte – rot funkelnd zwar, aber noch nicht aktiviert.

»Ist die Sache entschieden?« fragte Jazzbeaux und wischte sich das Blut aus dem Auge.

Miss Liberty trat vor und stellte sich schützend über ihre Schwester. Das Mädchen am Boden stöhnte und versuchte, auf die Ellenbogen zu kommen. Die verschleierte Tochter verpaßte ihr einen Tritt in die Flanke. Die vergiftete Klinge bohrte sich in sie hinein. Die gefallene Tochter zuckte kurz und sackte zusammen. Aus ihrem Mund quoll Schaum.

»Es ist entschieden«, meinte Miss Liberty.

Die TAR hoben das tote Mädel auf und verschwanden in der Dunkelheit.

Die Psychopomps drängten sich um sie, küßten, umarmten, betasteten, bejubelten sie.

»Jazz-*beaux*! Jazz-*beaux*! Jazz-*beaux*!«

Das Geheul der Psychopomps hallte durch die Wüste.

»Los, auf nach Spanish Fork«, überschrie Jazzbeaux das Getöse. »Ich habe Durst. Heute abend will ich eine richtige Party sehen, wir machen ein Faß auf.«

Nguyen Seth lächelte. Er erinnerte sich an diese Party. Damals war er mit Jazzbeaux vereint gewesen. Schade. Sie war so interessant. Im Gegensatz zu den meisten menschlichen Wesen. Aber daran war nichts zu ändern, sie mußte umgebracht werden. Er stand zu dicht vor dem Erreichen des Zieles, als daß er irgendwelche Ablenkung hätte dulden können. Natürlich würde Jazzbeaux sich widersetzen. Seit Spanish Fork wurde sie immer stärker. Sie würde nicht mehr so leicht zu überwältigen sein wie vor dem Feelgood Saloon.

Er würde das Roger Duroc überlassen.

II

Die letzten drei Monate hatte Duroc in Frankreich verbracht und sich um die Geschäfte der gewaltbereiten Kämpfer für die Freiheit gekümmert. Von einer winzigen Mietwohnung am linken Seineufer aus operierend, war es der Zelle gelungen, die Hälfte der Europäischen Gemeinschaft in ein recht interessantes biochemisches Chaos zu versetzen. Die gewaltbereiten Kämpfer bildeten nur eine von vielen Splittergruppen, für die Nguyen Seth Interesse zeigte. Allerdings wußte Duroc, daß Elder Seth in Paris einen wichtigen Ausgangspunkt für die bevorstehende Sintflut sah, daher bedurften sie größerer persönlicher Aufmerksamkeit als ähnliche Gruppierungen in Johannesburg, Puerto Belgrano, Teheran, Shanghai, Mexico City,

Malmö, Berlin, Belfast, Genua oder Birmingham. In der Zeit, die Duroc bei der Gruppe verbracht hatte, hatte Biron, ihr Anführer, das Manifest der gewaltbereiten Kämpfer zahllose Male überarbeitet. Gleichzeitig hatte der wissenschaftliche Flügel der Bewegung, Neumann und Alix, einige faszinierende Verästelungen sich selbsttätig erneuernder DNA entdeckt, die nach Injektion in einen Shamburger dafür sorgte, daß dessen Würzfleischmasse mit den Enzymen jedes Magens verschmolz und seine Masse verhundertfachte. Ihr Angriff auf das Centre LePen war kein unbestreitbarer Erfolg gewesen, die hohe Verlustquote hatte Duroc jedoch erfreut. Und natürlich bedeutete sein Aufenthalt in Paris, daß er sich neu einkleiden, seine Mutter besuchen und Blumen auf das Grab seines Onkels legen konnte. Außerdem hatte er einige seltene Musichips von Charles Trenet und Johnny Halliday ausgegraben.

Jetzt, nach siebenunddreißig Stunden in der Luft, hatte er in Salt Lake City endlich wieder Boden unter den Füßen. Es hatte sich als nützlich erwiesen, von Orly nach Casablanca, von Casablanca nach Lissabon, von Lissabon nach Montenegro, von Montenegro nach Sacramento und von dort nach Salt Lake City zu fliegen und bei jeder Zwischenlandung den Paß zu wechseln. Er war an solche Dinge gewöhnt und hatte sich die Zeit mit der Erfüllung eines langgehegten Wunsches vertrieben: Er hatte Edward Gibbons *Aufstieg und Fall des Römischen Reiches* in der englischen Originalversion gelesen. Das Schicksal des Zollbeamten in Uruguay, dessen Rückgrat er hatte brechen müssen, beschäftigte ihn weit weniger als der Weg jenes uralten Reiches auf seinem langen, langsamen Abstieg in die Barbarei. Elder Seth hatte Gibbons gekannt und ihm offenbar einige Einblicke in die Zerbrechlichkeit der Zivilisation gewährt. Gelegentlich stach ein Satz oder eine Formulierung hervor, und Duroc hörte förmlich, wie er von Elder Seths Lippen kam: »Geschichte, die im Grunde nichts weiter darstellt als eine Auflistung menschlicher Verbrechen, Dummheiten und Unglücke« zum Beispiel, oder »Korruption, das unfehlbarste Zeichen verfassungsmäßig verbürgter Freiheit«, und, höchst erschreckend, »alles Menschliche entwickelt sich zwangsläufig zurück, wenn es zum Fortschritt nicht fähig ist.« Duroc legte den letzten Band beiseite, während der Rotor des Helikopters langsamer wurde, und überlegte, daß Gibbons eine Botschaft ins 20. Jahrhundert gesandt hatte, eine Botschaft, die er lange Zeit nicht aus diesem Text hatte herauslesen können. Dies waren die letzten Tage, und bald würde das reinigende Feuer kommen. Wenn Zivilisation nicht besser war als Barbarei, mußte das gesamte menschliche Experiment als gescheitert betrachtet werden, und es war an der Zeit, reinen Tisch zu machen. Und danach... ah! Danach würden die unglaublichsten Wunder geschehen...

Der Pilot klappte die Tür hoch. Duroc duckte sich unter dem immer noch langsam kreisenden Rotor und betrat die Rollbahn.

Elder Beach und Elder Wiggs erwarteten ihn. Sie gehörten zum Zentralrat des Josephinischen Tempels und wußten mehr als die meisten über den wahren Zweck von Deseret.

»Sei gesegnet«, sagte Beach.

Wiggs nickte. Duroc grinste und schüttelte ihnen nacheinander die Hand.

Jedesmal, wenn er nach Salt Lake City zurückkehrte, hatte sich einiges verändert. Immer mehr Gebäude waren vor dem Verfall gerettet, immer mehr Schlafräume waren für die täglich hereinströmenden Wiederansiedler eingerichtet worden.

Auf dem Weg zum Terminal erläuterte Wiggs die neuesten Errungenschaften. Der Fernsehsender stand und sendete regional, und die Kirche hatte Sendezeit von einem der nationalen Netze gekauft. Der elektronische Datennetzverbund war insgeheim hergestellt worden und durchforstete sämtliche alten Listen der Mormonen, in denen alle Menschen verzeichnet waren, die jemals eine Spur ihrer Existenz auf dieser Erde hinterlassen hatten. Die Wasserpipeline funktionierte ordentlich, und drei Versuche, sie zu zerstören – zweimal durch Kultgangs aus Montana, einmal durch die Jesuiten –, waren vereitelt worden. Das von Duroc entworfene Sicherheitssystem funktionierte einwandfrei.

Am Flughafen wurde gerade feierlich eine neue Rollbahn eingeweiht. Duroc nahm sich die Zeit zuzusehen, wie ein untersetzter, mittelalter Mann mit nacktem Oberkörper und einem strahlenden Grinsen auf den frisch gehärteten Asphalt hinausging. Die Hitze stieg vom Erdboden auf, während er sich mit einer neunschwänzigen Katze geißelte. Das Häuten ging nicht ganz ohne Hilfe ab, den größten Teil seiner Haut streifte er jedoch ab wie eine Strickjacke, und der Priester brauchte ihm nur bei den letzten Streifen zu helfen. Ekstatisch brach er zusammen und verlor Unmengen von Blut, während sieben engelsgleiche josephinische Kinder gemeinsam ›Der Pfad des Joseph‹ anstimmten.

Beach nickte zufrieden. »Ausgezeichnete Darbietung«, sagte er. »Bruder Duroc, die Dinge schreiten unaufhaltsam voran. Wie du siehst, ist die Gemeinde bereit.«

Das geehrte Opfer wurde auf einen Gepäckwagen geladen und zur Entsorgung davongekarrt. Seine Umrisse zeichneten sich wie ein Schatten auf der Rollbahn ab. Der Chor beendete die Hymne, und nacheinander malte jedes Kind einen Buchstaben in das Blut. J. O. S. E. P. H.

Der alte Joseph Shatner, der Begründer der Kirche, hätte es mit Freude gesehen.

»Josephs Werk wird vollendet werden«, sagte Beach.

»Ja, gewiß.«

Die drei stiegen am Flughafengebäude in den Pendelbus und ließen sich in die Stadt fahren. Duroc erstattete kurz Bericht über sein Vorgehen in Paris und seinen kurzen Berlinbesuch. Wiggs lächelte, und Beach nickte. Seine Neuigkeiten wurden überdacht.

»Wie stehen die Dinge im Tempel?« fragte Duroc.

»Alles läuft gut«, sagte Beach. »Elder Seth steht natürlich unter größter Anspannung. Die Kräfte der Finsternis verlangen viel, aber er hat ihnen auf bemerkenswerte Weise die Stirn geboten. Er beschäftigt sich in diesen Tagen sehr mit den Ritualen. Mit Wundern und Vorgängen, die alle in Erstaunen versetzen.«

Duroc wußte, was das bedeutete. Er hatte sein ganzes Leben mit Wundern und erstaunlichen Vorgängen verbracht, seit damals, als sein Onkel ihm von ihrer Familiengeschichte und der Allgegenwart Seths in ihrem Leben erzählt hatte. Sein erstes Lob hatte er sich als Teenager verdient. Dieses dämonische Zeug lag ihm nicht, und eine Phosphorgranate stimmte ihn glücklicher als eine Geistererscheinung, aber er mußte wissen, was er zu tun hatte. Hier oben in Salt Lake City würden sich Pforten öffnen, und Dinge würden über sie hereinbrechen, wie man ähnliches seit Jahrtausenden nicht mehr erlebt hatte. Sie hatten es mit Ereignissen biblischen Ausmaßes zu tun.

Auf dem Tempelgelände stand ein X-förmiges Kreuz, und daran hing eine ausgezehrte Gestalt, die einst ein Mensch gewesen war. »Jesuiten«, schnaubte Wiggs. »Wie du siehst, schickt Rom sie uns dutzendweise. Wenn Seth wollte und seinen Einfluß in Washington geltend machen würde, hätte Sollie Ollie längst bei Papa Georgi protestiert. Diese Priester werden allmählich zu einer Plage.«

Sie verließen den Pendelbus und standen am Fuße des Kruzifixes. Ein schnatterndes Grüppchen Neugieriger scharte sich, größtenteils gelangweilt, um sie herum.

Der gekreuzigte Spion bewegte sich. Aus seiner zerquetschten Kehle kam ein gurgelnder Laut.

»Drei Tage hängt er dort oben«, sagte Beach. »Sein Name ist Rafferty. Ein Ire, wie könnte es auch anders sein. Drei Tage, und er ist noch nicht gestorben. Ich glaube, Jesus Christus hat es nicht so lange ausgehalten.«

»Jesuiten sind für ihre Dickköpfigkeit bekannt«, sagte Duroc nachdenklich.

Ein Tempelgehilfe kam mit einem Eimer Wasser und einem Schwamm an einer Lanze herbei. Zuerst benutzte er ihn, um den Priester ein wenig von dem Schmutz zu säubern, dann hob er den Schwamm an Raffertys Lippen und zwang ihn hinein.

»Wir dürfen nicht zulassen, daß er verdurstet, bevor sein Fleisch zur Zufriedenheit der Kräfte der Finsternis gedemütigt worden ist«, sagte Wiggs.

»Sehr richtig«, pflichtete Beach bei.

Rafferty versuchte zu spucken, aber das Schlucken geschah unfreiwillig. Er stöhnte auf, denn er wußte, jeder Tropfen bedeutete eine Verlängerung seines Lebens um eine Stunde oder mehr. Die Zwangslage dieses Mannes faszinierte Duroc. Da ihm seine Religion den Tod durch Selbstmord verbot, konnte er den Tod nicht dadurch herbeiführen, daß er zum Beispiel seine durchstoßenen Hände oder Füße bewegte, bis ihn der Blutverlust dahinraffte. Er konnte nur warten, bis er verhungerte, erstickte, erfror, an schlichter Erschöpfung zugrunde ging oder gnädigerweise vom Blitz erschlagen wurde.

Wiggs und Beach gluckten. Sie hatten einen Scherz über den Jesuiten gemacht. Duroc überlegte, ob er ihnen eine Rüge erteilen sollte. Einen Feind wie diesen mußte man respektieren. Er starb ebenso wie der Mann am Flughafen. Das war unbestreitbar. Duroc hatte früher einmal versucht, sich der Bestimmung seines Schicksals zum Trotz auf das Priesteramt vorzubereiten. Die Berufung seiner Familie wog jedoch schwerer als der Ruf Roms.

Duroc schaute zu Rafferty hinauf, und der Priester drehte den Kopf und erwiderte seinen Blick aus gequälten, immer noch klaren Augen. Duroc grüßte den Jesuiten, und der sterbende Spion drehte die Augen gen Himmel.

»Kommt«, sagte Beach, »Elder Seth wartet.«

III

Vor ihr war Sand, hinter ihr war Sand, rechts und links von ihr war Sand. Und so war es schon länger, als sie zurückdenken konnte. Der Abend brach herein und mit ihm die Kälte. Die mörderische Sonne war hinter den Horizont getaucht. Dies war die Zeit, in der sie auf Nahrungssuche gehen konnte. Wachsam, das Stilett bereit für einen raschen Stich, schlich sie sich an das Kaninchen heran. In der Wüste gab es reichlich Wild, man mußte nur die Augen offen halten. Kleinere Tiere ernährten sich von Büscheln gelben Grases, die unbeirrt weiterwuchsen, und größere Tiere von den kleineren. Sie war ein größeres Tier, eine Sandratte. Sie war einmal ein ganz normaler Mensch gewesen, aber das war vor jener Zeit gewesen, als die Stimmen in ihrem Kopf angefangen hatten, bevor die Tote aus ihrem Schaukelstuhl aufgestanden war, dieser Priester in ihren Kopf gegriffen und ihren Verstand brutal verdreht hatte...

Die Sandratte hatte mehr Namen, als sie erinnern konnte, und zu jedem einzelnen gehörte ein anderer Mensch. Sie rief sich den Namen ihres Vaters ins Gedächtnis. Bonney. Ein guter Name. Leute dieses Namens kamen während ihrer kurzen Schlafperioden zu ihr, und sie lernte von ihnen.

Da war zum Beispiel Anne in ihren hüfthohen Lederstiefeln, mit zerknitterter Bluse, die weit ausgeschnitten war und einen tiefen Einblick gewährte, mit einem blutverschmierten Entermesser in der Hand, dem schwankenden Deck unter den Füßen und der Kriegsbemalung im Gesicht. Billy, den rauchenden Colt in der Linken, ein breites Grinsen im Gesicht, winzig neben seinen viel zu großen Kumpels, einen zerbeulten Hut auf seinen langen, strähnigen Haaren. Und Bruno, der sich Löcher in sein Unterhemd geschnitten hatte, damit seine sorgfältig aufgepäppelten Muskeln besser zur Geltung kamen – das Ergebnis langer Stunden des Eisenpumpens, nicht etwa teurer Bio-Implantate – mit seiner Zigarre zwischen den Zähnen und seiner biegsamen Aluminiumpeitsche in der Hand. Diese Bonneys waren eine gefährliche Brut.

Sie entdeckte das Kaninchen, das an einem Kaktusstummel knabberte, und stach ihm in den Hals. Es schlug zweimal aus und verendete. Sie wischte das Stilett an seinem Fell ab, ließ es in die Scheide in ihrem Stiefel gleiten, dann saugte sie das warme, salzige Blut aus dem Einstich, den sie ihm beigebracht hatte. Das Fleisch würde morgen in der Sonne trocknen. Gut durchgekaut wurde es tagelang reichen. Was das Wasser anbelangte, das würde in winzigen Tröpfchen aus dem Kaktus kommen.

Sandside war nur für den eine Wüste, der zu sehr an Beton unter seinen Stiefeln gewöhnt war. Ihre Schußwaffe benutzte sie nicht mehr oft – Munition fand sie nur noch sehr selten –, im Jagen mit dem Messer war sie jedoch sehr geschickt. Am Abend zuvor hatte sie einen der Wolfshunde erledigt, die ihr seit Wochen gefolgt waren. Der Rest des Rudels war abgedreht. Sie hatte mit dem Gedanken gespielt, ihnen nachzuspüren, doch das Bedürfnis, sich dieser Mühe zu unterziehen, war nicht besonders groß gewesen. Es gab so etwas wie Ehre unter Raubtieren.

Seit langem sprachen seltsame Stimmen in ihrem Kopf. Nicht nur die Bonneys. Andrew Jean war mit intakter Bienenkorbfrisur zurück und schnatterte drauflos wie in alten Tagen. In jenen Tagen vor dem Sand. Und Mrs. Katz, eine gütige Seele, die keinen Groll wegen ihres verlorengegangenen Schädels hegte. Und all die Stimmen aus Spanish Fork. Richter Thomas Longhorne Colpepper, der mit seiner gedehnten Sprechweise großartig Gesetzesfragen erläuterte; der sanfte Detroiter Akzent von Trooper Washington Burnside, dessen Waffe sie noch immer trug; Cheeks Urschrei, als die Abspaltung von ihrem Körper sie in den Wahnsinn getrieben hatte; die Bemerkungen von Chollie Jenevein, dem Gasmann, über das Wetter; chemische

Tips vom Apotheker Fred Sunderland, der die lateinische Bezeichnung für jeden Kaktus, jede Wurzel und jeden Pilz im Sand wußte, sowie die Wirkung, die sie hervorriefen, wenn man sie kaute, rauchte oder schluckte; zu viele andere, um sie auseinanderhalten zu können.

Früher einmal hatte sie die Welt gesehen, wie sie war. Jetzt blieben ihr nur noch die nackten Tatsachen ihres Selbst, und sie mußte sehen, wie sie mit ihrem Wissen zurechtkam. Alles andere entglitt ihr zunehmend – die Sub-Sprache, die sie gesprochen hatte, Dinge, die sie gewußt hatte, Bruchstücke ihrer Vergangenheit, Leute, die sie umgebracht hatte –, aber sie besaß eine klare Erinnerung daran, wie die Welt wirklich aussah. Das war das Wichtigste.

Nachts lief sie, jagte und aß. Tags errichtete sie einen Schutz gegen die Sonne und lauschte auf das Chaos in ihrem Innern. Jeden siebten oder achten Tag schlief sie durch. Es war ein gutes, sauberes Leben. Als sie anfangs, vor langer Zeit, in den Sand kam, hatte sie eine Tasche voller Pillen und Drücker besessen, an denen sie inzwischen das Interesse verloren hatte. Sie klickten beim Jagen, verscheuchten manchmal ihre Beute, daher hatte sie sie im Sand verstreut, damit sie von den Wesen gefressen werden konnten, die unter den Dünen lebten. Ihr Haar hatte sie mit ihrem Messer kurz gehackt. Um sauber zu bleiben, wusch sie sich mit Sand, und ihren Kot vergrub sie ein gutes Stück von ihrem jeweiligen Unterschlupf entfernt. Sie war ein gutes Tier.

Möglicherweise befand sie sich in Nevada, aber das war schwer zu sagen. Überall nichts als Sand und Steine. Ebensogut hätte es Colorado, Arizona, New Mexico, Kalifornien oder Deseret sein können. Es war alles das Gleiche, das Große Nichts. In ihrem Kopf erinnerte sich Burnside daran, wie jemand Amerika einmal als die Vereinigten Staaten aus Sand und Steinen bezeichnet hatte.

Gelegentlich stieß sie an den unmöglichsten Orten auf die

surrealsten Dinge, die von Gott weiß wem dort liegengelassen worden waren. Die ersten Pioniere waren gezwungen gewesen, die Ladung ihrer Wagen zu verringern, und hatten dabei jede Art überschüssigen Gepäcks über die gesamte Westhälfte des Kontinents verstreut. Bücherkisten, eiserne Geldschränke, Möbelstücke aus der alten Welt, eine Taucherglocke. Und die Wiederansiedler waren nicht anders. Sie ließen ihre weltlichen Güter auf der Suche nach dem Land Canaan zurück. Vor Tagen hatte die Sandratte eine riesige Musikbox mit einer Sammlung sowjetischer Musichips gefunden. Petya Tscherkassovs ›The Girl in Gorki Park‹, ›Love, Sex, Love‹ von Tasha, Vania Vanianovas ›Long-Haired Lover from Leningrad‹, ›Happiness‹ von Andrei Tarkovsky. Sie hatte die Knöpfe probiert, jedoch nichts war passiert. Sie hatte das Chrom poliert, den Sand von der Frontplatte aus buntem Glas gewischt, aber das Gerät war endgültig nutzlos geblieben, nichts weiter als ein Stück Müll aus einer Zeit, die, gemessen an den Spuren, die sie in ihr hinterlassen hatte, ebensogut jemand anderes hätte erlebt haben können.

Sie hatte ihr Bild im spiegelnden Chrom betrachtet. Ihre Wangenknochen standen hervor, wie auch die Ränder ihrer Augenhöhlen. Sie sah den Schädel unter ihrer Haut durchschimmern, aber das Bild sagte ihr nichts, wenn sie auch das Gefühl hatte, daß es das sollte. Ihr Haar war wieder gewachsen, schwarz und sauber. Vor langer Zeit war sie schwer verletzt worden, doch damit wurde ihr Körper fertig. Sie hatte blaue Flecken, aber keinen Wundbrand.

Der Mond schien über ihrem Haupt wie ein neues Zehn-Cent-Stück. Der Sand verwandelte sich in silbriges Grau, über das die Sandratte hinwegwanderte. Sie hatte sich in großen Ellipsen bewegt und ihren Weg in komplizierten Mustern immer wieder gekreuzt. Der Mond rief nach ihr, wie sie glaubte, zog sie mal hier, mal dorthin. Sie folgte ihm, wohin er sie führte, und schrieb dabei ein Muster auf das Antlitz der Erde.

Das Problem war die andere Stimme in ihrem Kopf, die alle

anderen zum Schweigen bringen konnte, die ihre eigenen Bilder mit sich brachte, die ihren Kopf mit Erinnerungen erfüllte, bis sie glaubte, er würde platzen.

Zu der Stimme gehörte ein Gesicht. Ein Gesicht hinter einer dunklen Brille und im Schatten eines breitkrempigen, flachen, schwarzen Hutes.

Ein weißes Gesicht, das jedoch manchmal von einem roten Lächeln gespalten wurde. Hinter der Sonnenbrille funkelten rote Nadelspitzen. Wenn sie die Wüste verließ – und die Sandratte wußte, eines Tages würde sie an den Rand des Sandes kommen –, dann würde das Gesicht schon auf sie warten.

Sie wußte zuviel über ihn, um ihn leben zu lassen.

Sein Name war Nguyen Seth, und er war älter als die Vereinigten Staaten, älter als der schwarze Tod, älter als das geschriebene Wort, älter als das Rad oder die menschliche Sprache...

Nguyen Seth war so alt wie der Tod.

Ein Bild tauchte auf, ein Graffito, das sie an der Mauer eines ausgebrannten Tempels der Josephiner in Denver gesehen hatte, als sie noch in der Mädchenkultgang war. »In aeonenweiter Zukunft mag sogar der Tod einst sterben...«

Damals hatte sie nichts damit anfangen können, aber jetzt war ihr klar, daß es nur für sie dort gestanden hatte. Der Mond hatte sie sogar schon vor Spanish Fork angelockt und sie ihrem Schicksal zugeführt. Ihr ganzes Leben schien auf dieses eine Ziel gerichtet zu sein.

Die aeonenweite Zukunft schien vorbei zu sein, und es war fast an der Zeit, daß die Sandratte den Tod besiegte.

In der Ferne heulten sich die Raubtiere an, Wölfe und Coyoten, Bastarde und Mutanten. Die Sandratte öffnete den Mund und heulte ebenfalls, fiel ein in ihren Jagdgesang.

Den Geschmack des Blutes noch heiß auf der Zunge, sang sie in langen, klagenden Lauten von der Lust am Töten...

IV

ZeeBeeCee, der Sender, der es einfach bringt, fühlt sich verpflichtet, sein Programm Ficken für Dollars *mit Voluptua Whoopee für diese wichtigen Kurznachrichten zu unterbrechen. Es meldet sich Lola Stechkin, direkt aus dem Capitol...*

»Hi, Amerika! Heute haben wir den 3. April 1996. Lola Stechkin bringt Ihnen ein paar Neuigkeiten, die Sie hoffentlich vertragen werden.

Ms. Redd Harvest von der Turner-Harvest-Ramirez-Agentur gab soeben bekannt, daß der letzte Woche in Nome, Alaska, in Verbindung mit der sich auf achtunddreißig Staaten ausweitenden Mordserie festgenommene verdächtige Serienmörder, bekannt unter dem Namen ›der Tasmanische Teufel‹, mit an Sicherheit grenzender Wahrscheinlichkeit mit vierhundertundachtzehn von sechshundertundzweiundvierzig dem Teufel zugeschriebenen Morden in Verbindung gebracht werden kann. Eine weitere Enthüllung hat Washington jedoch erschüttert. Bei dem mutmaßlichen Killer handelt es sich um Dr. Ottokar Proctor, den angesehenen Ökonomen und Berater von Präsident North, um jenen Mann also, den die elektronischen Medien häufig als ›Architekten des Big-Bonus-Programms‹ bezeichnen.

Das Büro des Präsidenten hüllt sich in Schweigen. Man versicherte uns jedoch, eine Erklärung sei in Vorbereitung. Quellen aus der persönlichen Umgebung Präsident Norths ließen durchblicken, daß ihn die Verhaftung von Dr. Proctor tief getroffen habe. Schließlich sei er ein häufiger Gast im Weißen Haus und ein enger Freund der Familie North gewesen, und sogar Pate von Joey North und seinem kleinen Bruder Ollie jr. Angesichts der Bedeutung des Beitrages, den Dr. Proctor nach allgemeinem Dafürhalten für die Regierung geleistet hat, wurde vorgeschlagen, der Präsident solle den Justizminister für den Fall, daß es zu einem Prozeß kommt, bei der Verteidigung von Dr. Proctor beraten. ›Er ist der einzige, der von Wirtschaftsfragen wirklich etwas versteht‹, sagte Präsident North in einer Rede vor drei Wochen, ›und ich denke, bei ihm ist sie in sicheren Händen‹. Gegner von Big Bonus verteilten Handzettel und Vidmail-Fotos mit T-H-R-Aufnahmen vom Tatort des gräßlichen vierfachen Cheerleadergemetzels in Cleveland, Ohio, letzten Dezember. Die Handzettel tragen den Slogan: ›So hat er Mary Lou, Betty Jo, Chrissie Leigh, Rachel Rose und die Vereinigten Staaten von Amerika zugerichtet‹...

›Sonny Pigg, Leadsinger der *Mothers of Violence*, der vergangenen Monat ein erfolgreiches, dem ›Tasmanischen Teufel‹ gewidmetes Soloalbum herausgebracht hat, gab eine Presseveröffentlichung heraus, in der er behauptet, ›der Teufel ist ein vollkommen abgefahrener Typ, und wenn die blutige Woge auf uns zugeschwappt kommt, folgt ihm und seinem Groove. Doc Proc müßte, verdammt noch mal, *sofort* zum Präzz ernannt werden, bevor wir dieses großartige Land an gottlose Kommies, vollgedröhnte Intellektuelle, vegetarische Homosexuelle oder Sovrock-Tunten verlieren‹. Ein bizarrer Zufall wollte es, daß Dr. Proctor in der populären *Musichip Jury* zum letztenmal im Fernsehen auftrat, wo er Piggs *Tasmanischen Teufel* als den übelsten Unrat titulierte, den er je gesehen hätte‹...

Dr. Ottokar Proctor, 42, wurde in Venice, Kalifornien, geboren und machte im Alter von fünfzehn Jahren als Klassenbester sein Examen in Yale. Er gilt weltweit als anerkannter Experte für extensive Mehrfachfinanzierung, post-jungianische Psychologie, amerikanische Animationsfilme, die Geschichte der italienischen Oper und des europäischen Mittelalters. Unter seinen Veröffentlichungen finden wir Titel wie: *Mit vollen*

Händen zum Fenster raus. Vom zeitgemäßen Umgang mit öffentlichen Mitteln; Sylvester P. Pussycat: eine psychosexuelle Fallstudie; Puccini und danach sowie *Die europäische Währungseinheit: bunt bedrucktes Papier oder ein handfester Schwindel?* Er war gerngesehener Gast in zahlreichen Talkshows und moderierte letztes Jahr die ZeeBeeCee Emmy-Preisverleihung *Wie werde ich reich in 80 Tagen.* Dank einer Reihe maßgeblicher Schriften und Artikel galt Dr. Proctor als Vorkämpfer der modernen Wirtschaftstheorie. ›Amerika hat eine Menge Aktivposten‹, meinte er in seiner letzten Rede vor dem Kongreß, ›es ist an der Zeit, daß wir Kapital daraus schlagen‹. Die Regierung unter Präsident North hat die persönliche Einkommensteuer auf praktisch Null reduziert, gleichzeitig die Finanzen durch deftige Zölle auf sämtliche Importwagen aufgebessert – wie Sie wissen, kostet eine Tasse echten nicaraguanischen Kaffees jetzt $ 150. Des weiteren fließen Gelder aus solch gewagten Vorhaben wie etwa dem Verleih amerikanischer bewaffneter Truppen während der Unruhen in Quebec an Kanada in die Staatskassen.

Dr. Proctor wird zur Zeit vorübergehend in der mit einem Zeitschloß versehenen Stahlkammer der GenTech-Nomura-Genossenschaftsbank in Anchorage unter Verschluß gehalten. Bislang war es ihm noch nicht möglich, sich mit seinen Anwälten zu beraten oder eine Erklärung an die Öffentlichkeit herauszugeben. Ms. Redd Harvest hat diesem Network umfangreiches Beweismaterial zur Verfügung gestellt, das zur Zeit von unseren Experten gesichtet wird. Im Augenblick besteht jedoch wenig Hoffnung, die Schlußfolgerung von T-H-R könnte sich als falsch erweisen. Ms. Harvest teilte uns via Satellit mit: ›Dr. Proctor war der Tasmanische Teufel... daran besteht kein Zweifel.‹ Wir werden Sie auch weiterhin über diese mißliche Geschichte auf dem laufenden halten. Und bis dahin führt Sie Lola Stechkin wieder durch das gewohnte Programm.«

Bevor wir uns aber wieder Voluptua und ihrem Gasmann aus Bixby, Mississippi, zuwenden, rasch noch eine Neuigkeit von GenTech...

V

Durch den Sand führte eine Straße. Irgendwann, beschloß Bonney, war es wieder an der Zeit, in die Welt von Autos, Beton und Menschen zurückzukehren. Sie hatte alles gelernt, was ihr Mond und Sand hatten beibringen können, und jetzt mußte sie woanders weitersuchen. Sie würde Seth am Ende töten, aber bis dahin mußte sie sich ändern. Sie war bereits eine wandelnde Waffe, Seth jedoch hatte sie nur zu einer groben Steinaxt gemacht. Sie mußte an sich feilen, bis sie die Form ihres geliebten Stiletts angenommen hatte. Sie würde nur ein einziges Mal zum Schuß kommen und wollte alles dafür tun, daß der ins Schwarze traf.

Sie hockte am Straßenrand und wartete, drei Tage lang. Sonne und Mond zogen über sie dahin, die erste brütend heiß, der zweite mit einem Flüstern. Sie hörte das Motorrad aus zwanzig Meilen Entfernung und hatte Zeit, sich vorzubereiten. Sie stellte sich auf ihre zwei Beine und vertrieb das Tier aus ihrer Seele. Sie mußte wieder zum Menschen werden. Ihr Gesicht war immer noch verzerrt, ihr Körper jedoch war wieder vollkommen ausgeheilt, geschmeidig und stark. Sie knickte provozierend die Hüfte ein, winkte ihr Knie ein wenig an und hielt den Daumen raus.

Aus dem Motorradgeräusch wurde ein winziger Punkt auf der Straße, der mit dem Näherkommen größer wurde. Aus dem Motorengeräusch schloß sie auf eine Electraglide. Das bedeutete, daß die Maniax wieder da waren, oder vielleicht auch eine der kleineren Kultgangs, die Sturmtruppen des Satans oder die

Apple Valley Hogfreakers. Sie wußte, was sie von dem Kradmann zu halten hatte, und zählte darauf, daß er keine Ahnung hatte, was ihm bevorstand.

Das Motorrad kam näher und wurde langsamer. Sie stellte sich vor, wie der Kradmann sich unter seinem Helm in der Vorfreude auf einen Leckerbissen bereits die Lippen leckte. Es war tatsächlich ein Maniak, in vollen Farben, mit zwei gekreuzten abgesägten Schrotflinten auf dem Rücken und einem langen, geflochtenen Haarzopf, die wie eine epileptische Schlange unter seinem gehörnten Sturzhelm hervorzuckte.

Sie hatte sich in dem Motorradfreak getäuscht. Er war klüger als die meisten. Als er noch sechs Meter von ihr entfernt war, jagte ihm irgend etwas einen Schrecken ein. Er gab Gas und raste an ihr vorbei. Vor ihrem Schienbein ging ein Hagel aus Kieseln nieder. Er stieß die Faust in die Luft und brüllte irgend etwas, während er sich, nach rechts und links schleudernd, im Zick-Zack-Kurs aus dem Staub machte.

Offenbar versuchte er, etwaigem Beschuß auszuweichen. Sie hatte sich ganz auf ihre Klinge, ihre Zähne und ihre Hände verlassen. Die Schußwaffe, die sie monatelang sandfrei gehalten, aber niemals abgefeuert hatte, hatte sie ganz vergessen.

Den nächsten, das schwor sie sich, würde sie von seinem Schlitten herunterschießen und für die Aasfresser liegen lassen.

Drei weitere Tage mußte sie warten. Und dann war es mehr als nur ein Kradmann...

VI

So hatte Duroc Nguyen Seth noch nie gesehen. Gewöhnlich war sein Gesicht so undurchschaubar wie die bandagierte Maske einer Mumie. Jetzt schienen ihn Schmerzen zu quälen, und die Linien auf seinen Wangen sahen fast aus wie Risse. Er nahm seine dunkle Brille ab, und Duroc sah die blutunterlaufenen Punkte in Elder Seths uralten Augen.

Sie befanden sich in der Privatbibliothek, wo Seth seine Bücher aufbewahrte. Es handelte sich um eine einzigartige Sammlung von Verbotenem, Überspanntem und Mystischem. Für Duroc schien die Bibliothek Seths persönlicher Biografie sehr nahe zu kommen. Durch die Seiten aberhunderter Bücher, viele berühmt, einige unbekannt, ließ sich sein Werdegang über die Jahre verfolgen. Seit dem Brand in Alexandria war nirgendwo das wahre Wissen der Welt in einem einzigen Gebäude konzentriert gewesen. Hier gab es Geheimgeschichten, die Geschichten hinter den Geschichten, Wahrheiten, die so entsetzlich waren, daß man sie nur als Fiktion wiedergeben konnte, Chroniken der Wahnsinnigen, die Lebensgeschichten der Verdammten.

Irgendwo hier befanden sich auch die Beiträge von Durocs Vorfahren: eine Reihe von Artikeln, gemeinsam verfaßt von Pierre Henri Duroc und Donatien Alphonse François, Marquis de Sade, die über die Grenzen des menschlichen Verstandes spekulierten, sobald er nicht endender Qual ausgesetzt wurde; einige Abschriften der Protokolle von Robbespierres Komitee für öffentliche Sicherheit, bei deren Zusammenkünften die Schicksale einiger der ersten Familien Frankreichs aus einer Laune heraus entschieden wurden; ein geheimgehaltener Bericht über verschiedene Entdeckungen in einer prähumanen Stadt, die während des 19. Jahrhunderts in Französisch-Äquatorialafrika ans Licht gekommen waren, bevor die zyklopischen Steine auf geheimnisvolle Weise im weichen Dschungelboden versanken; *Cauchemar et Fils, Maîtres des Mondes Perdues*, ein nie veröffentlichter Roman von Jules Verne, den ein Ur-Ur-Urgroßonkel dem Autor abgekauft und der Vergessenheit übergeben hatte, denn er beschrieb eine dampfbetriebene Maschine, mit der sich das Tor zu einer Welt der Träume öffnen ließ und die eine bemerkenswerte Ähnlichkeit mit einem in jener Zeit von dem damaligen Duroc tatsächlich entwickelten Apparat aufwies.

Seth saß, umgeben von seinen Büchern, an seinem riesigen Schreibtisch. Er trug einen mit Drachen bestickten chinesischen Hausmantel und eine schwarze Kappe. Seine Hände sahen aus wie die einer wochenalten Leiche.

»Dieses Mädchen«, sagte er mit ungewöhnlich schwacher Stimme, »diese Jessamyn Bonney.«

Duroc erinnerte sich. Elder Wiggs hatte ihm alles über Spanish Fork berichtet. »Jazzbeaux? Sie ist tot, ganz bestimmt. Ihr habt sie auf die Straße hinausgeschleppt und... lebensgefährlich zugerichtet. Das muß ihr Ende gewesen sein.«

»Nein«, sagte Seth und hob den Zeigefinger mit langem Nagel, »sie ist nicht tot. Sie ist in der Wüste und verändert sich.«

Er drückte den Finger an die Stirn. »Und sie ist hier drinnen. Sie hat die Brille getragen, und nun befindet sich ein Teil ihres Selbst in meinem Kopf, genau wie sich auch ein Bruchstück meines Selbst in ihrem Kopf festgesetzt hat. Tick-Tack, Tick-Tack.«

Duroc war beunruhigt. Seth sprach nur selten über die Dinge, die ihn von den übrigen Menschen unterschieden.

»Die Sache ist also ernst?«

»Roger, es könnte unsere ganze Arbeit gefährden... alles.«

Duroc dachte an die Dateien von Bruyce-Hoare, zu denen er sich in Denver Zugang verschafft hatte. Er hatte alle überprüft, die dem Pfad des Joseph in die Quere gekommen waren.

»Jessamyn Bonney. Sie ist doch nur ein junges Mädchen, eine jugendliche Straftäterin.«

Seths dünne Lippen nahmen eine Form an, die man vielleicht als Lächeln hätte deuten können. »Das war sie, Roger, das war sie einmal. Jetzt verwandelt sie sich in etwas völlig anderes. Durch mich hat sie dazugewonnen. Ich glaube, sie könnte zum Brennpunkt werden, durch den der Ewige Widersacher die Pläne der Kräfte der Finsternis durchkreuzen will.«

Von dem Ewigen Widersacher hatte Duroc nur selten gehört. Er wußte jedoch, daß er zu den Großen Unsichtbaren Kräften gehörte, die sich gegen die Mächte der Finsternis stellten, jenen extradimensionalen Herrschern, denen Seth sein langes Leben gewidmet hatte. Der Ewige Widersacher hatte auch noch andere Namen: Harry Half-Moon, Puistikkakaa, Reptil der Dämmerung.

»Ich habe sie geschaffen. Jeder Mann ist der Schmied jenes Schwertes, das ihn fällen wird, und ich habe Jessamyn Bonney geschaffen.«

Das Ganze hatte etwas Beunruhigendes, etwas, das über die Bedrohung des Großen Planes hinausging. Duroc hatte den Eindruck, Seth sei stolz auf das Mädchen, das er fürchtete. Jahrhundertelang war er niemandem begegnet, der ihm angst hatte machen können. Vielleicht fand der alte Mann das... anregend? Erregend? Ganz zuunterst war Seth schließlich, zumindest teilweise, ein Mann. Duroc durfte nicht darauf hoffen, seinen Herrn jemals ganz zu verstehen. Das war eine der Herausforderungen seines Lebens.

Seth blätterte in einem Buch. Nicht, was Duroc erwartet hätte, nicht das *Necronomicon* oder irgendein Band von Undercliffe oder Karswell. Es war *Peter Pan in Kensington Gardens*, mit Illustrationen von Arthur Rackham. Duroc erinnerte sich an die Geschichte. Sein Onkel hatte ihn in den Walt-Disney-Film mitgenommen, als er noch ein Kind war. War es möglich, daß Nguyen Seth sich mit dem Jungen identifizierte, der niemals erwachsen werden konnte?

»Ich habe J. M. Barrie gekannt, wie Sie wissen. Ich war 1912 dabei, als er die Peter-Pan-Statue enthüllt hat, die immer noch in einem Londoner Park steht.«

Plötzlich begriff er. »Tick-Tack, Tick-Tack! Das ist Teil der Geschichte, stimmt's?«

»Richtig, Roger. Eine der Prophezeiungen. Ich bin Captain Hook, und sie ist das Krokodil. Sie trägt einen Teil von mir in sich, und ich weiß, eines Tages wird sie kommen und mich holen. Ich kann sie hören. Auch in ihrem Innern tickt eine Uhr.«

»Tick-Tack, Tick-Tack, Tick-Tack.«

Seth lächelte säuerlich. Er schloß das Buch.

»Bring mir den Kopf des Krokodils, Roger.«

»Ich werde mich persönlich darum kümmern.«

»Nein, Sie sind für das Große Werk zu wichtig, als daß Sie sich von solchen Dingen ablenken lassen dürften. Sorgen Sie nur dafür, daß das einige fähige Leute übernehmen. Je länger wir warten, desto stärker wird sie.«

Duroc verließ Seth und seine Bibliothek. Zwischen den Büchern stand eine hohe Standuhr. Die Uhr tickte laut.

Sekunde um Sekunde kroch die Welt auf ihr Ende zu.

VII

Es war ein Konvoi. Ein gepanzertes Fahrzeug und zehn oder zwölf Motorräder als Eskorte. Die Sandratte kannte diese Art Formation. Sie war selbst mit derartigen Trupps gefahren. Es handelte sich um den Kriegstrupp einer Kultgang. Mit fünfundneunzigprozentiger Wahrscheinlichkeit waren sie feindselig. Schließlich war das ihr Geschäft.

Sie holte ihre Vergangenheit hervor und erinnerte sich an das Mädchen, das einmal Jazzbeaux, der Kriegshäuptling, gewesen war. Die Sandratte vermutete, daß diese Gruppe erledigt war. Nach der Geschichte in Spanish Fork waren sie entweder tot oder verschwunden. Damit waren auch alle sie schützenden Verträge null und nichtig. Die Jagd auf versprengte Einzelkämpfer war eröffnet.

Sie besaß keine ihrer Pomp-Farben mehr, aber sie wußte, daß sie immer noch erkannt werden konnte. Die Augenklappe verriet sie.

Der Trupp kam schnell näher. Keine Zeit, ein Sandloch zu finden und sich zu verstecken. Sie würde es drauf ankommen lassen müssen.

Sie klappte ihr Halfter auf und schob es nach hinten, bis es unsichtbar auf dem Rücken hing.

Vielleicht wollte sie ein Mädchen zur Abwechslung. Das war zu ertragen, wenn sie dadurch in eine Stadt kam oder in die Nähe eines Fahrzeugs, das sie klauen konnte. Es wäre auch nicht schlimmer, als was sie zuvor durchgemacht hatte.

Die Eskorte hatte sie fast erreicht. Sie streckte ihren Daumen raus.

Es war schlimmer, als sie es sich vorgestellt hatte. Das Panzerfahrzeug war rot-weiß-blau lackiert und hatte eine Freiheitsstatue als Kühlerfigur. Ein Musichip für Eiswagen spielte den Yankee-Doodle. Der Fahrer an der Spitze trug enge, blauweiß gestreifte Hosen, einen roten Frack, hatte sich den Bart weiß gefärbt und auf dem Kopf einen hohen Zylinder mit dem Sternenbanner. Auf seinem Tank befand sich eine leuchtende Aufschrift: AMERIKA! UND KEINE FAULEN SCHERZE!

Es waren die Töchter der Amerikanischen Revolution, dazu ein paar Minutemen. Sie erinnerten sich nur zu genau, wer sie war.

Der Fahrer an der Spitze kam schlingernd zum Stehen und gab dem Konvoi ein Zeichen, es ebenso zu machen.

»Na, schau an, schau an, schau an«, sagte Uncle Sam, »wenn das nicht Jazzbeaux Bonney ist, das kommunistische Rattenluder, früher Mitglied der Psychopomps und der menschlichen Rasse. Du siehst aus, als würde dich nicht einmal ein alter Bock bespringen…«

Die Sandratte blieb wie erstarrt stehen und überlegte, ob sie eine Chance hatte.

Die Türen des Panzerfahrzeugs gingen auf, und heraus drängten sich die TAR. Miss Liberty war auch dabei. Sie klemmte sich den ausgeschalteten Flammenwerfer unter den

Arm und lächelte. Sie besaß mehr Zähne als eine Spielshow-Mieze bei ZeeBeeCee und Titten wie Euter.

»Schätzchen!« gurrte sie krächzend wie Katherine Hepburn, »das ist ja schon eine *Ewigkeit* her...«

Die Sandratte leistete keinen Widerstand, als sie ihr die Waffen abnahmen.

Miss Liberty hob ihren Schleier und küßte die Sandratte auf die Wangen. Die Präsidentin der TAR-Truppe war schon reichlich alt für das Kultgangspiel, drei- oder vierundzwanzig. War wohl ihr spezieller Dreh.

Es war später Nachmittag. Das Licht würde bald schwinden. Zwei Minutemen banden zwei mit Stoff umwickelte Holzbalken zusammen. Dann war das Kreuz fertig, und sie pflanzten es in den Sand.

»Zu schade, diese Geschichte mit Präsident North und Big Bonus, nicht wahr?« sagte Miss Liberty. Die Sandratte hatte keine Ahnung, wovon sie sprach. »Tja, ich habe immer schon gesagt, Sollie Ollie war immer eine Spur zu radikal, um das höchste Amt in unseren schönen Vereinigten Staaten zu bekleiden.«

Eine kindliche Matrone sprühte Benzin mit einer Ungezieferspritze an das Kreuz. Uncle Sam holte eine Schachtel Marshmallows und ein paar Bratspieße hervor. Drei blonde, sommersprossige Kinder in makellos sauberen Overalls mit einem Old Glory auf der einen und dem Hakenkreuz auf der anderen Brust sangen *»Row, Row, Row Your Boat.«*

»Ich denke, wir werden uns jetzt ein richtig patriotisches Feuerchen hier machen, Madame Präzz«, meinte Uncle Sam.

Miss Liberty legte ihren Arm um die Sandratte. »Schätzchen«, sagte sie, »du hast nicht zufällig ein Feuerzeug dabei?«

Die Sandratte spie ihr ins Gesicht.

Miss Liberty lächelte und wischte sich den Speichel mit einem Spitzentuch ab, das sie aus ihrem Ärmel gezogen hatte.

»Na schön, nichts für ungut.«

Sie holte ihren Flammenwerfer und drehte daran. Ein Flammenstrahl schoß heraus und legte sich über das Kreuz, das augenblicklich Feuer fing.

»Das wärmt einem das Herz, nicht wahr? Das war einmal ein verteufelt gutes Land, bevor wir damit angefangen haben, rote Huren wie dich frei auf der Straße herumlaufen und die Kinder mit ihren Hämmern und Sicheln erschrecken zu lassen.«

Die Kinder faßten Uncle Sam bei der Hand und tanzten um das brennende Kreuz.

Die Sandratte wurde unsanft zum Kreuz gestoßen. Sie spürte, wie ihr die Hitze in der Abendluft entgegenschlug.

»Was wir hier haben, Jazzbeaux«, sagte Miss Liberty, »ist ein Triumph der Wahrheit, der Gerechtigkeit und des American Way...«

VIII

In der äußeren Finsternis wartete der Ewige Widersacher, bis die Kräfte der Finsternis dem Licht entgegengeschwärmt waren. Er war längst davon abgekommen, sich anders als über seine Feinde zu definieren. Das Spiel, das in den Schatten rings um den Planeten Erde gespielt wurde, war zu alt, als daß selbst er es hätte begreifen können. Eine Ewigkeit lang hatte er allein gegen die Finsteren gestanden, unterstützt nicht einmal durch die zerbrechlichen Hoffnungen der Menschheit. Jetzt streckte er seine Hand aus, wirbelte sein Wesen hinab in das Wurmloch im Gewebe der Finsternis, bereit, sich auf die Erde herabzulassen und eins zu werden mit der, die sein Werkzeug werden sollte. Er hatte durch die Linse des Mondes gelugt und sie aus der Ferne beobachtet und den winzigen Menschenpunkt durch die Sandwüste verfolgt.

Ohne zu wissen warum, nahm er die Gestalt eines Geistes

an. Dimensionen waren in der Finsternis ohne Bedeutung, dann streckte er seinen Schwanz hinaus in die Schatten und schob seine Schnauze ans Licht. Scharfe Zähne wuchsen in Reihen, grobe Zacken erhoben sich auf seinem Rücken. Flache, krötengleiche Augen zwinkerten triefend. Noch war nichts zu sehen, aber das würde sich ändern.

Sich in die Substanz der Finsternis krallend, kroch er auf das Tor zu und zwängte den alles bestimmenden Daseinszweck in die längliche Schwellung seines Echsenhirns.

Ohne es zu merken, sprach er mit sich selbst.

»Tick-tack, tick-tack, tick-tack...«

Unten auf der Erde wartete sein Werkzeug, ebenso wie sein Opfer...

IX

Miss Liberty führte sie zum Kreuz.

»Ich will dir nur eine einzige Frage stellen«, sagte die Führerin.

»Na los«, zischte die Sandratte.

»Bist du oder warst du je ein Mitglied der Kommunistischen Partei?«

Flammen leckten in den dunkler werdenden Himmel. Die TAR standen herum und warteten darauf, daß der Spaß begann. Die Kinder hatten aufgehört zu singen und zündeten kreuzförmige Wunderkerzen an. Sie schwenkten sie umher und stimmten dazu einen monotonen Gesang an. »Verbrennt das Kommunistenschwein, verbrennt das Kommunistenschwein«. Dann verpaßte Uncle Sam einem von ihnen einen Schlag hinters Ohr.

Die Sandratte spürte, wie ihre alten Fähigkeiten zurückkamen. Die menschliche Sprache erwachte wieder zum Leben, und ihr Verstand begann zu rasen. »Wie der Mann in dem Lied sagte: ›Du hast nichts zu verlieren, außer deinen Ketten‹.«

Sie wand sich aus Miss Libertys Griff und versenkte einen Fuß im Unterleib der Frau. Die Führerin ging mit einem zufriedenstellenden, dumpfen Geräusch zu Boden und verlor dabei ihr Dornendiadem.

Die Sandratte schoß gerade noch rechtzeitig zurück, um einem Flammenspeer aus dem Feuerwerfer auszuweichen, dann bewarf sie Miss Liberty mit einer Handvoll Sand. Die Tochter ließ den immer noch züngelnden Flammenwerfer fallen, und rings um sie verbreitete sich eine Pfütze aus Feuer. Damit war sie fürs erste außer Gefecht.

Außer ihr gab es nur etwa fünfundzwanzig oder dreißig weitere. Nicht einfach, aber es war zu schaffen. Schließlich besaß sie einen Verstand, mit dem sie denken konnte, im Gegensatz zu diesen Patrioten, die man zwangsernährte mit den *Gedanken von Spiro Agnew, Die Welt in den Augen von William F. Buckley* und *Wie man Kommunisten tötet für Gott und Vaterland.*

»Diese Wahrheiten sind für uns selbstverständlich...« zitierte sie.

Hände griffen nach ihr, und sie wurde zum Kreuz gezerrt.

Uncle Sam ging mit ausgestreckten Armen auf sie los. Sie trat ihm mit dem Absatz ihres Stiefels ins Gesicht. Er bekam ihr Knie zu fassen.

»... unteilbar unter Gott, und Freiheit...«

Andere Hände schnappten nach ihr, und sie wurde weiter zum Kreuz gezerrt.

Miss Liberty verbrannte derweil kreischend. Die Töchter hatten nicht genug Wasser dabei, um es für sie zu verschwenden, doch die Kinder schaufelten Sand über die Frau und versuchten, die Flammen zu ersticken.

Die Sandratte biß einem der Minutemen ins Handgelenk und kaute, bis sie die Arterie durchtrennt hatte. Das Blut schoß ihr ins Gesicht, als er von ihr abließ und versuchte, den Strom mit seinem Finger zu stoppen.

»...und Gerechtigkeit für alle!« spie sie Uncle Sam blutschäumend ins Gesicht.

Sie stemmte einen Fuß in den Sand und fand keinen rechten Halt. Die Patrioten hatten Schwierigkeiten, sie festzuhalten. Sie zerkratzte ein Gesicht von oben nach unten mit ihren Krallen und brach mit dem Ellenbogen ein paar Rippen.

»Ich mache nur Gebrauch von meinem Recht auf freie Meinungsäußerung.«

Jetzt waren nur noch Uncle Sam und sie übrig. Sie glitt hinter ihn, riß ihm die Arme nach hinten, bis die Schultern knackten, stieß ihn in den Staub. Er hatte eine Waffe im Gürtel, einen langläufigen Buntline Special. Sie befreite ihn davon und jagte fünf Kugeln ins Ziel – Minutemen und Töchter sanken an Ort und Stelle in den Staub.

»Wer will die letzte?« fragte sie.

Die übrigen Typen aus der Gang sahen sich an. Ein großes, gutgebautes Mädchen mit einem Sternenbannerbadeanzug kniete neben Miss Liberty und hob das Dornendiadem auf.

»Keine Freiwilligen, hm?«

Die Betsy-Ross-Type setzte sich die Krone auf ihre Annette-Funicello-Frisur.

»Soso, gerade selbst zum Boß am Strand hier ernannt, oder wie sehe ich das?«

Die neue Führerin stakste auf ihren zehn Zentimeter hohen Spitzhacken – nicht gerade ideal im Wüstensand – und wiegte ihre Hüften. Sie besaß zwei Schlagstöcke mit gefährlich stacheligen Enden. Sie wirbelte sie wie eine Tambourmajorin und machte ein paar Ninjabewegungen.

»Zurück, Tanzteezicke!«

Verdammt, sie brauchte ihre letzte Kugel noch. Sie würde kämpfen müssen. Sie ließ die Waffe in das Halfter gleiten und breitete ihre Arme zum Zeichen des Friedens aus.

»Können wir das nicht verfassungskonform mit einer Debatte und einem Volksentscheid klären?«

Die Strandmieze schwang ihre Schlagstöcke in tödlichem Bogen.

»Nur du und ich, Kommie«, sagte die Tochter. »Miss Liberty war meine Ziehmutter.«

»Es ist immer irgend jemandes Ziehmutter oder Schwester oder Bruder oder Lieblingsklapperschlange, was? Wieso kann man Tote nicht einfach mal Tote sein lassen?«

Ein Schlagstock schoß vor und zerteilte die Luft, wo gerade noch die Schulter der Sandratte gewesen war. Die Tochter tauchte unter einem Ellenbogenstoß hinweg und ließ ihren Majorinnenstab auf den Rücken der Sandratte krachen. Der Schlag war nicht schlecht, und sie mußte all ihre Konzentration zusammennehmen, um nicht in die Knie zu gehen.

Die Tochter war eine Meisterin im Stöckewirbeln. Um ihnen aus dem Weg zu gehen, mußte sie nah an sie ran und sich auf einen heißen Katzenkampf einstellen. Die Sandratte schlang die Arme um das Mädchen und zog sie dicht an sich. Die Tochter verzog angeekelt das Gesicht. Die Sandratte wußte, daß sie am Drücker war. Sie leckte dem Mädchen über den Mund, schmeckte Lippenstift mit Himbeergeschmack und neckte ihre leicht sommersprossige Cheerleadernase mit der Zungenspitze.

Die Tochter zog ein Gesicht, als wollte sie sich in Breitwand und Technicolor hingeben. »Was ist los, Saph? Angst, es könnte dir zu gut gefallen?«

Die Tochter wand sich und versuchte, der Sandratte ein Knie in den Magen zu rammen. Ihre steinharte Frisur geriet in Bewegung.

»Vielleicht küßt du nicht gleich beim ersten Kampf, ist es das?«

Die Tochter schnappte sich eine Handvoll Haare und riß fest daran. Es tat weh, aber die Sandratte kam damit klar.

»He, das ist nicht fair! Tammy schummelt!«

Die Sandratte hielt die Tambourmajorin in die Höhe und schleuderte sie von sich. Sie schlug äußerst ungünstig auf und kroch von dannen.

»Kein Mensch mag schlechte Verlierer, Gidget.«

Die anderen Töchter hatten sich im Halbkreis um die Sandratte aufgebaut. Sie zog ihre Waffe. »Erinnert ihr euch noch alle an die letzte Kugel? Schön, denn nach der Unterbrechung kommt ein Pop-Quiz.«

Sie zielte und schoß dem Panzer in den Tank. Uncle Sam war bis zum Rand mit Stoppermunition vollgestopft. Die Kugel durchschlug die Panzerung, der Tank flog in die Luft, und das Fahrzeug stieg in einem Flammenwirbel in die Höhe. Offenbar bewahrten die TAR ihre gesamte Munition im Bus auf, dachte die Sandratte. Es gab ein recht nettes Feuerwerk. Ein brennendes Rad rollte das Kreuz über den Haufen. Trümmerreste regneten im Umkreis von zwanzig Metern hernieder. Zwei oder drei der Motorräder gingen aus Sympathie gleich mit in die Luft. Miss Liberty war längst nicht mehr die einzige, die in Flammen stand. Überall liefen Patrioten mit lichterloh brennenden Perücken herum. Kreischend riefen sie um Hilfe, wälzten sich am Boden, gruben sich ein.

»Seht ihr, wer die größte Kanone hat, kann es sich erlauben, allen anderen die Scheiße aus dem Leib zu prügeln. Das ist der American Way!«

Die Sandratte stand unberührt im Auge des Hurrikans. Sie wußte, daß ihr das Feuer nichts anhaben konnte. Das war ihre Bestimmung.

Sie sammelte noch ein paar Waffen von den Toten zusammen und fühlte sich nicht mehr nackt. Ein oder zwei von ihnen war immer noch nach Kämpfen zumute, und sie knallte sie ab.

Die Kinder ließ sie in Ruhe. Aus ihnen würden noch einmal gute Sandratten werden. Aus der Tambourmajorin ebenfalls. Sie sah, wie die Kinder ihr aus den Flammen halfen.

»Morgen kannst du wieder an deiner Bräune arbeiten, Schätzchen, aber halt beim Warten auf die Flut nicht zu lange die Luft an.«

Sie fand ein unversehrtes sechs mal drei Fuß großes Sternenbanner im Sand, hob es auf und drapierte es über Miss Libertys rauchende Überreste. Dann verabschiedete sie die durchgebratene Leiche mit einem zackigen militärischen Gruß.

»Wie schon gesagt, Schwester, so ist das in Amerika.«

Sie fand ein Motorrad, das außerhalb der Reichweite der Explosionen abgestellt worden war, und stieg auf. Seltsames Gefühl, nach all den Monaten wieder eine Maschine zwischen den Schenkeln zu haben, doch die Reaktionen waren schnell wieder da. Das vergaß man nie. Sie nahm den Helm vom Lenker. Er war mit Stars & Stripes besetzt, aber immerhin ein Helm. Sie trat den Starter durch und ließ die Flammen hinter sich. Irgend jemand schoß auf sie, traf jedoch nicht. Sie durchsuchte die Satteltasche nach einem Musichip für das Soundsystem im Helm, fand allerdings nur *Ausgewählte Klänge von John Phillip Sousa, The Best of Kate Smith* und *John Waynes America*. Sie schmiß die Chips in den Sand für die Aasfresser und gab Gas. In den Satteltaschen entdeckte sie außerdem einen Vorrat an guter, alter Hausmannskost – Oreos, Hershey Bars, Babe Ruths, Wrigleys Kaugummi und Pork Popsicles. Sie war wieder in der Zivilisation, endlich.

Ihr Haar wehte hinter ihr her, und die reine Luft blies ihr ins Gesicht. Als erstes würde sie etwas mit ihrem Gesicht machen müssen. Sobald sie herausgefunden hatte, wo sie war, konnte sie nach Dead Rat fahren und Doc Threadneedle nach ihren Schädelplatten sehen lassen. Vielleicht sollte sie sich ein paar zusätzliche kunstvoll gearbeitete Bioimplantate leisten. Für einen Kredit dürfte sie gut sein.

Ihre Jahre in der Wildnis waren vorbei.

Sie halluzinierte nicht mehr, das wußte sie. Die Stimmen waren unter Kontrolle. Sie würde auch keine toten Frauen mehr sehen, die sich aus ihrem Schaukelstuhl erhoben. Die Dinge waren wieder im reinen.

Sie lächelte, und mit ihrem Herzschlag rannen die Sekunden dahin – tick-tack, tick-tack, tick-tack.

TEIL III
Jessamyn

I

Duroc hatte mindestens eine Dreiviertelstunde gebraucht, um durch das Holderness-Manolo-Sicherheitssystem zu kommen. Man hatte ihn geröntgt, Handflächenabdrucke genommen, seine Iris fotografiert und ihn dann an zwei adrette junge Männer, die laut Namensschildchen Lawrence und Skipper hießen, zu einem freundlichen Kreuzverhör weitergereicht. Während er auf die Bestätigung seiner Angaben wartete, bot man ihm die Dienste einer Barbie-Doll ›Sekretärin zu Erfrischungszwecken‹ an. Er lehnte das Mädchen höflich ab und wartete darauf, in Bronson Manolos Büro vorgelassen zu werden. Sie waren sich noch nicht begegnet. Als Duroc das Heiligtum der Agentur betrat, sah der Chef-Op sofort von seinem Blondholzschreibtisch hoch, setzte sein Piranhagrinsen auf und tat, als sei sein Besucher ein alter Kumpel vom College, der gerade zufällig hereingeschneit war.

»Rog-Babe! Hi, soll ich Ihnen von Kandi einen Kaffee machen lassen?« Der Op holte eine mit weißem Pulver gefüllte Mickey-Maus-Tabakdose hervor. »Möchten Sie etwas zum Naschen?«

Duroc trug den schwarzen konservativen Anzug und den Pilgrimhut eines Führers der Josephiner.

»Nein, vielen Dank, Mr. Manolo. Ich habe allen Stimulantien abgeschworen.«

Manolo zeigte wieder sein gleichmäßiges, weißes Gebiß.

»Bringen Sie mich raus und knallen Sie mich ab wie einen Köter, alter Freund. Ich vergaß. Lassen Sie sich ins Leder fallen. Ich hoffe, Sie haben nichts dagegen, daß wir schwächere Seelen uns dem Laster hingeben?«

»Nein, natürlich nicht.«

»Komisch.« Er drückte auf einen Knopf auf seiner Schreibtischkonsole, während er gedankenverloren seinen kleinen Finger in das Kokain stippte und es sich auf den Gaumen schmierte. »Kandi, Schätzchen, füllen Sie mir ein Schlückchen Nicaragua ab und pumpen Sie es durch. Ich, äh, werde mit Rog ein paar Tick-Tacks lang die Gedanken austauschen, also wimmeln Sie sämtliche Gespräche bis hoch zur Staatsregierung inklusive ab. Und schönen Tag noch.«

In seinem Geschäft war Manolo der Coolste unter den Schikken. Den Ausdruck ›echten Kaffee‹ hatte er vermieden, aber verdammt noch mal dafür gesorgt, daß jeder wußte, wovon er sprach. Das Büro war auf subtil protzige Art luxuriös – minimalistisch, und doch so gestylt, daß jeder beeindruckt sein mußte, den einen Blick dafür hatte. Wer diesen Blick nicht hatte, kam ohnehin wohl kaum über Lawrence und Skipper hinaus. Eine Wand bestand aus einem Panoramafenster, das einen idyllischen Blick auf Lower Los Angeles bis hin zum Strand bot. Hinter Manolo hing ein David-Hockney-Original. Über dem Gemälde war das zwei Meter lange Horn eines Narwales angebracht. Auf dem Schreibtisch stand ein völlig unbegreifliches Managerspielzeug, das gelegentlich summte und blinkte und aus verchromten Röhren, Juwelen und Kristallbesätzen bestand. In der Ecke stand diskret ein Netzwerk-Terminal, das man wie eine Musiktruhe aus den 30er Jahren aufgetakelt hatte.

Manolo lehnte sich in seinem Sessel zurück und betätschelte seine 1000-Dollar-Fönfrisur. Offenbar gab es bei seinem Haarstylisten ein Tom-Selleck-Bärtchen gratis als Zugabe. Er trug einen silbrig glänzenden italienischen Anzug über einem T-Shirt, auf dem HUPE, WENN DU AUF RICHTIGE MÄNNER STEHST zu lesen war.

Duroc mußte daran denken, warum er Kaliforniern, wenn möglich, aus dem Weg ging.

Eine Schönheitskönigin mit Silikonbusen im Goldfadenbikini wanderte mit Manolos Nicaragua herein, der in einer echten World-Series-Gedenktasse von 1919 dampfte, und verschwand wieder. Manolos Blick folgte ihrem Hüftschwung bis zum Schreibtisch und wieder hinaus. Kandi nahm sich die Zeit, Duroc ein Lächeln zuzuwerfen. Duroc vermutete, die Firma hatte für alle Angestellten ein Kundenkonto beim selben Beverly-Hills-Dentisten. Vielleicht lag es auch an all dem Fluor im Wasser.

»Toller Hintern, was?« meinte Manolo, seinen Schnauzer leckend. »Oh, tut mir leid, Reverend, ich vergaß.«

»Elder, ich werde mit Elder angeredet.«

»Jeeesus, was bin ich doch für ein Trottel. Elder. Jetzt hab ich's. Sagen Sie, sind Sie Franzose?«

»Ursprünglich ja. Ich bin jetzt seit zehn Jahren bei der Kirche.«

»He, kosmisch, Mann, kosmisch. Ich bin selbst auch sehr spirituell. Ich gehe in diese Pyramide unten in der Surfside-Passage. Gari – mein Guru – sagt, es ist sehr wichtig, mit seinem inneren Selbst Verbindung aufzunehmen. Zwischen meinem Squashtraining und meinem Bräunungsstudio nehme ich mir immer Zeit zum Meditieren.«

Dreihundertundfünfzig Tage im Jahr scheint die Sonne, und diese Kalifornier lassen sich unter der Mikrowelle rösten. Oben am Flughafen – dem John Wayne Airport, wie auch sonst – stand ein Schild, auf dem zu lesen war: KALIFORNIEN: BEI UNS HAT DAS 21. JAHRHUNDERT SCHON VOR 25 JAHREN ANGEFANGEN. Duroc hatte lächeln müssen, als er das las. Als eine endlose Folge von Mietcops, Stewardessen, Diplomaten, Beamten der Einwanderungsbehörde, Panzercabbies, Drogenverteilungsexpeditoren, Hotelfunktionären, Waffenhändlern und Nutten ihm einen ›coolen Tag‹ wünschten, während sie seine Kreditkarten durch ihre Maschinen schoben, fragte er sich, wie ihnen wohl das *richtige 21. Jahrhundert* gefallen würde, wenn Nguyen Seth es auf sie herniederprasseln ließ.

»Ihre Agentur wird bestens empfohlen«, sagte er.

»Ja. Ich und Bob Holderness sind das Beste hier an der Küste. Zumindest war Bob das, bis ihn die Surf-Nazis erwischt haben. Von dieser Kultgang sieht man dieser Tage nicht mehr viel, schließlich haben wir sie ausgerottet. Die Sache war persönlich geworden. Ein ekelhafter Job, aber das Karma war gerade richtig. Die Citycops haben weggeschaut, und die California State Angels haben uns ihre Hardware geliehen. Bob war ein toller Kumpel und ein großartiger Kerl... Er hatte eine Menge Freunde, egal was Sie darüber in der Branche hören.«

Auf dem Schreibtisch stand eine gerahmte Fotografie. Duroc hatte angenommen, es sei ein Schnappschuß von Vater und Sohn. Man sah den jüngeren Manolo, daneben einen älteren Herrn mit denselben Zähnen, denselben Haaren, demselben Schnauzer. Sie standen rechts und links neben einem Surfbrett, außerdem waren ein paar Kandi-Klone im Bild zu erkennen.

»Damals in den 70ern hat er mit sämtlichen Top-Ops zusammengearbeitet – Matt Houston, Cannon, Banaceck, Mannix, Lance White. Das war die große Zeit für dieses Geschäft im La-La-Land, bevor wir die Staatsgrenzen dichtgemacht und die dreckigen Immigranten zurück in die Wüste geschickt haben.«

»Eine eindrucksvolle Leistung, durchaus.«

»Und wie er surfen konnte! Ich meine radikal, mitten durch die Röhre!«

Manolo nippte ein paarmal an seinem Kaffee, dann nahm er einen Handgelenkstrainer in die Hand, der vermutlich gleichzeitig als Sexhilfe zu gebrauchen war.

Heftig pumpend, so daß sein Bizeps sich unter seinem Hemd hin- und herbewegte, fragte er: »Rog, wo liegt der Hase im Pfeffer?«

»Wie bitte?«

»Was liegt an? Worum geht es?«

»Richtig. Worum geht es.«

Er stellte seinen Aktenkoffer auf den Schreibtisch.

»Doch nicht um diesen Koffer, Pilger.«

»Nein, um das, was sich darin befindet. Ich habe hier Dokumentationsmaterial für Sie.«

»Absolut cool.«

Duroc zog die Akte über Jessamyn Bonney heraus und entfernte das elektronische Siegel.

»Wir wollen diese Frau.«

Manolo zeigte erneut seine strahlenden Beißer und nahm die Akte entgegen. Er blätterte, bis er auf die Fotos stieß, und ließ ein werwölfisches Pfeifen vom Stapel.

»Schön, schön, wenn Sie auf diesen Typ stehen. Ich stehe auch auf vollbusige Blondinen. Die Kleine hier will bestimmt einmal die Böse in einem Disney Cartoon spielen, wenn sie alt genug ist. Sehen Sie sich das schwarze Make-up um die Augen und die Strapse an. Sind die Haare echt?«

»Sie hat schätzungsweise vierzig bis fünfzig Menschen umgebracht.«

»Donnerwetter. Nicht sehr sozial, die Lady.«

»Darunter auch einige führende Persönlichkeiten der Josephinischen Kirche. Vor zwei Jahren hat sie einen Motorwagentreck überfallen. Damals haben wir mit der Zusammenstellung dieser Akte begonnen.«

»Die Kirche vergißt niemals, was?« In Manolos strahlendblauen Augen leuchtete ein gieriges Funkeln auf, als er zum erstenmal Blutgeld witterte. Er begann, sich in einen Hai zu verwandeln.

»So ungefähr. Wir sind bereit, Ihren normalen Tarif zu zahlen. Obendrein werden Sie bemerkt haben, daß siebzehn verschiedene, von Staats- und Bundesbehörden ausgestellte Haftbefehle gegen sie vorliegen. Sollten Sie Erfolg haben, können Sie für jeden eine Menge Geld kassieren.«

»Was ist die Kleine wert?« Er leckte sich wieder seinen Schnauzer. Duroc überlegte, ob es vielleicht ein Implantat war.

»Steht alles in der Akte.«

Manolo blätterte in den Papieren, bis er auf das Finanzielle stieß. Er ließ seinen Blick über die Zahlenkolonnen gleiten, als betrachte er Voluptua Whoopee in einem einteiligen Badeanzug; dabei pfiff er ›Dixie‹.

»Ein hübscher Brocken. Sie haben uns engagiert, *padrone*. Und wir geben niemals auf. Wir werden diese... äh, Jessamyn hinter die Elektrogitter in Tehachapi bringen, so schnell es unser Zeitplan erlaubt.«

Gedankenverloren blätterte er weiter in der Akte. Dabei spielte er ständig mit der Tabakdose herum, immer darauf bedacht, daß die Goldknöpfe an Mickeys Spielhose das Licht einfingen.

»Nein, Sie mißverstehen mich.«

»Noch mal von vorne, Rog. Wäre doch gelacht, wenn wir uns nicht irgendwie verständigen könnten.«

»Wir, das heißt die Kirche, sind nicht an der Festnahme von Miss Bonney interessiert. In Deseret gilt eher das Gesetz der Bibel als die Richtlinien und Verfügungen der Vereinigten Staaten.«

»He, die Bibel, Mann. Tolles Buch. Ich habe sie gleich hier in meinem Schreibtisch, zusammen mit dem *I Ching, Illuminatus* und all meinen Castanedas.«

»Dann ist Ihnen die Redewendung ›Auge um Auge‹ sicherlich bekannt.«

»*Absolut*, Rog.«

»Dann lassen Sie sich etwas einfallen. Jessamyn Bonney hat Mitglieder der Kirche getötet. Wir wünschen also, daß Sie...«

Zum erstenmal schien das Lächeln auf Manolos Gesicht echt. Zwar sah man seine Zähne nicht, aber es verriet Duroc eine ganze Menge über den wahren Character des Op.

»...das Terminal dieses Rattenaases mit einer massiven Übereingabe außer Gefecht setzen?«

Duroc nickte. Er wußte, daß Manolo dieses Gespräch aufzeichnete, und wollte es nicht laut aussprechen.

»Liquidation ist es also, was Sie im Sinn haben, und nicht Einkerkerung. Schön. Ein solcher Auftrag ist kein Problem. Kostet natürlich eine ganze Stange extra, aber wenn Sie es so wünschen...«

»Der Tempel der Josephiner ist nicht arm.«

»Ich sehe, woher Sie stammen, Rog.«

»Sie nehmen den Auftrag also an?«

Manolo streckte eine behaarte Hand aus, und Duroc schüttelte sie. Goldene Armreifen klirrten leise.

»Wir glauben, daß sie sich irgendwo in Arizona aufhält. Vielleicht versuchen Sie es mal bei einem gewissen Doc Threadneedle in einem Nest namens Dead Rat.«

»Dead Rat? Hab ich richtig gehört? Diese Schwingungen sind verdammt negativ, Rog.«

»Ich bin sicher, daß Sie damit fertig werden.«

»Top-maximum-1-A-positiv, Roger«, zirpte Manolo.

»Soll das heißen: Ja?«

Manolo machte ein gekränktes Gesicht. »Was denken Sie? Natürlich!«

II

Hier ist ZeeBeeCee, der Sender, der es einfach bringt. Es spricht zu Ihnen die knackige Lola Stechkin mit den Nachrichten zur Morgentoilette...

»Hallo, Amerika. Heute haben wir den 9. November 1996, und hier ist Lola, die euch alle unter ihre Dusche einlädt. Nur noch 47 Einkaufstage bis Weihnachten! Und hier kommen sie, die Nachrichten, soviel Sie nur verkraften können...

Sunnydales, Iowa. Dr. Ottokar Proctor, unser ›Tasmanischer Teufel‹, schlug heute sein Quartier im Hochsicherheitstrakt der dortigen Nervenklinik auf. Nach wie vor sind die Experten geteilter Meinung über seinen Geisteszustand während jener Zeit, in der er nachweislich für siebenhundertunddreiundfünfzig Morde verantwortlich ist. Das Oberste Gericht jedoch erklärte ihn für verrückt und unzurechnungsfähig. Präsident North, so wurde vorgeschlagen, möge doch mit einem Gnadengesuch in das laufende Verfahren eingreifen. Schließlich sei Dr. Proctor für die instabile Wirtschaft der Vereinigten Staaten viel zu wichtig, als daß man ihn hinrichten lassen könne. Dr. Proctor, bereits jetzt ein reicher Mann, erhielt für die Filmrechte seiner demnächst erscheinenden Autobiografie *Was ist, Doc?* eine achtstellige Summe, und der Regisseur Kim Newman verkündete seine Absicht, entweder Jeremy Irons oder Steve Martin in der Titelrolle zu besetzen.

Ochotskisches Meer. Nach wie vor bietet das letzte Woche untergegangene GenTech-Forschungstauchboot *Yukio Mishima* Anlaß zu Kontroversen. Das Fahrzeug, das den Meeresgrund nach Mineralvorkommen absuchen soll, wurde heute von einem gemeinsamen Team von GenTech und den Sowjets gehoben und bei Kitashiretoko Misaki auf der Insel Sachalin an Land gebracht. Präsident Jelzin gab persönlich seine Absicht zu völliger Kooperation mit GenTech bekannt, um ›dieser Tragödie auf den Grund zu gehen‹. Kentaru ›Barracuda‹ Ishii, GenTech-Spezialist für Tiefseekatastrophen, schloß die Möglichkeit einer Feindeinwirkung beim Untergang der *Mishima* bislang nicht aus. Die Gesellschaft des Blutigen Banners, eine zwielichtige ultranationalistische japanische Gruppierung, veröffentlichte eine Erklärung, in der es hieß, die *Mishima*, die übrigens nach einem der Helden dieser Bewegung benannt ist, sei einem heimtückischen, nicht provozierten Angriff zum Opfer gefallen, der gerächt werden müsse. Die 102. sowjetische U-Bootflotte in Petropavlowsk ist in Alarmbereitschaft, nachdem die internationalen Gerichte die Beschwerden der Sowjets abgelehnt und GenTech die Erlaubnis erteilt haben, ihre eigenen Untersuchungen in der Region durchzuführen…

Cloudbase, Erdorbit. Daniel Digby, Militärkommandeur auf der G-Mek Raumstation, wies in einer öffentlichen Erklärung die Behauptung Ayatollah Bakhtiars zurück, der flüchtige Comicromancier Neil Gaiman halte sich in der Station auf, und verlangte den Abzug der gegenwärtig auf sie gerichteten ballistischen Intersatelliten-Marschflugkörper. ›Kommen Sie rauf und sehen Sie sich um‹, sagte Digby in einer persönlichen Mitteilung an den Ayatollah. ›Er ist nicht hier. Ich kann Comics nicht ausstehen‹…

Und jetzt etwas weniger Ernstes. Die Schlacht der Bands in Fairport, Rhode Island, während derer die beiden Heavy-Metal-Gruppen Deathtongue und The Mothers of Violence dasselbe Publikum über achtunddreißig Stunden am Stück gleichzeitig bearbeiteten, wurde in einem Zweikampf der rivalisierenden Leadsinger entschieden. Fuh-Q Charlie von Deathtongue und Sonny Pigg von den Mothers werden vermutlich rechtzeitig für ihr großes ›Freak-the-World-Konzert‹ nächsten Monat im Hollywood Bowl aus dem Rekonstruktionstrakt des Cedars of Lebanon Hospitals entlassen werden…

Das war Lola Stechkin auf ZeeBeeCee. Ich seife mir den Rükken ein und sage Ihnen auf Wiedersehen. Wenn Sie nichts dagegen haben, wir erst recht nicht…«

Als nächstes schalten wir live um in die Nikita Chruschtschow Ballsäle in Moskau zum Halbfinale des 1996er Schachturniers der Giganten. *Als besondere Gäste begrüßen wir die Samovar Seven. Aber zuvor noch ein paar Neuigkeiten von GenTech…*

III

Jessamyn lag flach auf dem körpergerecht geformten Tisch, als der Doc die Gesichtsbandagen herunterschnitt. Die Morph-Plus-Spritzen, die sie sich jeden Tag gesetzt hatte, entspannten sie noch immer. Doc Threadneedle summte ›The Girl in Gorki Park‹, während er sein Skalpell schwang. Er sei ein Künstler mit dem Messer, hatte man ihr gesagt, und habe vor seiner ›Suspendierung‹ beim großen Zampano der GenTech BioDiv gelernt. Sein Gebiet waren bio-technische Verbesserungen. Damals war ihm die Verantwortung über ein streng geheimes Militärprojekt übertragen worden, was ihm den Ruf eines Frankensteins seiner Zeit eingebracht hatte. Die ganze Geschichte war ihr nie zu Ohren gekommen. Offenbar jedoch hielten die Traditionalisten in Tokio einige seiner Ideen für zu gewagt, und er mußte mit ansehen, wie man ihm den Teppich unter den Füßen wegzog. Vor ein paar Jahren hatte er ihr zermatschtes Auge gegen ihr erstes optisches Implantat ausgetauscht. Damals hatte er ihr angeboten, sie auch einer teureren Behandlung zu unterziehen – offenbar hielt er sie für ein vielversprechendes Versuchsobjekt –, sie hatte jedoch nicht die nötige Knete gehabt. Jetzt, nach ein paar cleveren Beutezügen, gepaart mit einem Schuß innovativer Buchführung, hatte sie mehr, als die ganze Chose kostete.

Seit über sechs Monaten war sie jetzt in Behandlung. Sie fragte sich, was noch übrig war von dem Körper, mit dem sie geboren worden war. Vermutlich war sie nicht einmal mehr vor dem Gesetz dieselbe Person. Vor ein paar Wochen hatte sie ihren achtzehnten Geburtstag im Drogenkoma verbracht – man hatte ihr den Rücken geöffnet, um ihre Wirbelsäule mit Schutzgelenken aus Durium zu ummanteln. Sie hatte Doc Threadneedle sogar an ihre Graumasse gelassen, damit er ein paar Schaltkreise umleitete, dort jedoch wünschte sie keine zu großen Veränderungen. Stimmen hörte sie nicht mehr oft, nur Seth flüsterte manchmal bedenklich, und gelegentlich träumte sie seine Erinnerungen, wobei sie sich lebhafte Bilder belangloser Ereignisse aus entfernter Vergangenheit ins Gedächtnis rief.

In einer Lehmhütte in einer endlosen Ebene untersuchte sie die Knochen nicht wiederzuerkennender Tiere: An ein Ruder gekettet mühte sie sich in einer Galeere ab, während ein öliger Fleischberg eine riesige Trommel schlug. In den Gewölben eines Klosters plagte sie sich mit der Abschrift eines zerfallenden Manuskripts und übersetzte es dabei von einer unbekannten Sprache in eine andere. In einem Dschungel, dessen dampfendheiße Schwüle ihr den Schweiß unter den Brustpanzer rinnen ließ, durchtrennte sie die Kehlen dreier gefiederter Priester. Auf einem Schlachtfeld stahl sie einem toten General ein ledergebundenes Buch, das jener so fest mit seinen erfrorenen Fingern umklammert hielt, daß zwei von ihnen dabei abbrachen. In einem Luftschutzbunker kopulierte sie in ekstatischer Verzückung mit einer dumpf vor sich hin stierenden jungen Frau, während über ihren Köpfen die Bomben explodierten.

Aber das war nicht sie. Das war er. Nguyen Seth, der Emissär. Elder Seth, der Unnennbare. Je mehr sie von seiner Vergangenheit aufnahm, desto mehr erkannte sie, wie unangemessen ihre Vorstellung von der Welt gewesen war. Sie war in ein Leben voller Gewalt, Tod und Verzweiflung hineingeboren worden, aber nie hätte sie an wandelnde Leichen geglaubt, Geschöpfe in Menschengestalt, die Jahrtausende überdauerten, oder daß der Geist eines anderen in den eigenen einfließen könnte.

»Öffne dein Auge noch nicht«, sagte der Doc. »Ich habe das Licht an.«

Die Bandagen wurden ihr vom Gesicht genommen. Endlich frei, rümpfte sie ihre Nase.

Der Doc pfiff durch die Zähne.

»Hmmm, auch wenn ich es selbst bin, der das sagt, verdammt gute Arbeit. Du könntest glatt als Musickie-Modell durchgehen.«

Jessamyn hob ihre Hand und betastete ihr Gesicht. Die Dellen in ihrer Stirn waren verschwunden, ihre Nase gerichtet. Über ihren Wangenknochen war wieder etwas Fleisch. Ihr Kinn war gerade. Und das verbesserte Opto-Implantat lag schwer unter ihrem linken Lid.

»Das ist nicht einfach nur ein Brenner«, hatte Doc Threadneedle zu ihr gesagt, als er es wie eine Zuckermandel aus dem Seidenpapier wickelte. »Man hat das Produkt bei GenTech verbessert und einen Art Fledermaus-Sonar sowie einen Wärmesensor eingebaut. Du wirst durch das Auge nicht sehen können, dennoch erweitert sich dein Wahrnehmungsfeld. Ein Modell enthält eine Kamera für Überwachungsaufgaben, und das De-Luxe Tripball ist in der Lage, Lichtmuster auszufiltern und dem Gehirn in Form von psychodelischen Impulsen zu übermitteln. Endlich high sein ohne Nebenwirkungen. Du kannst dir Weihnachtsbaumkerzen ansehen und voll auf Trip gehen.«

Sie hatte sich für das Kampfmodell entschieden. Psychodelisches interessierte sie in diesen Tagen nicht mehr. Aus der Disco-Saufphase war sie längst rausgewachsen.

»So, ich habe das Licht gedämpft. Alles klar.«

Sie öffnete ihr Auge und blinzelte ins schummrige Licht. Sie sah den Doc, der sich über den Tisch beugte, und setzte sich auf. Ihr Wirbelschutz summte leise, als die Bioservos sich ihren Nervenimpulsen zuschalteten. Das Summen würde sie bald nicht mehr wahrnehmen, hatte ihr der Doc versprochen. Sie würde es akzeptieren wie ihren Herzschlag und ihren Puls.

»Probier das Implantat aus.«

Sie schloß ihr echtes Auge und öffnete das andere. Das Bild des Raumes wurde klarer, wie eine Strichzeichnung. Doc Threadneedle wurde zu einer mannesgroßen Ansammlung von Wärmepunkten. Die Flecken reichten von tieforange bis hellgelb. Die Heizkörperlamellen leuchteten wie die Stäbe eines elektrischen Kaminfeuers. Sogar das schwache Wärmeschema der Katze im Nachbarzimmer konnte sie erkennen.

»Interessant, nicht?«

»Glitz, Doc.«

Doc Threadneedle mußte lachen.

»Was ist?«

»Glitz. So hast du nicht geredet, seit du hergekommen bist.«

»Kann sein. Irgendwann muß man schließlich erwachsen werden.«

»Nicht, wenn man sich die Zarathustra-Behandlung leisten kann.«

Sie schwang die Beine vom Tisch. Ihre plastisch vergrößerten Kniegelenke funktionierten einwandfrei.

Sie berührte den Boden und stieß sich vom OP-Tisch ab. Sie war etwas unsicher auf den Beinen. Ein wenig schwindelig war ihr auch. Der Doc legte ihr einen Arm um die Hüfte, um sie zu stützen.

»Warte einen Augenblick. Gleich schaltet sich das optische Cyberfeed ein. Dein Gehirn weiß, was es erwartet. Es muß sich nur ein wenig warmlaufen.«

Er ging mit ihr zur Mitte des Raumes und ließ los. Sie schwankte und streckte die Arme aus. Der Doc schob den Tisch auf Rollen gegen die Wand, um ihr Platz zu machen.

Es war, als hätte in ihr etwas geklickt. Das schummrige Gefühl verschwand.

»Probier es aus«, ermutigte der Doc sie. »Die Flamingo-Stellung.«

Sie plazierte einen Fuß in ihrem Schoß, streckte ihr Knie und hob die Hacke vom Boden. Schließlich balancierte sie völlig bequem auf einem Zeh.

»Wie fühlt es sich an?«

»Wunderbar. Überhaupt nicht anstrengend.«

»Du müßtest in der Lage sein, eine Woche so stehen zu bleiben, bevor die Nervenimplantate müde werden. Hier, fang...«

Er warf ihr ein Buch zu. Sie streckte die Hand aus und fing es, ohne auch nur ins Wanken zu geraten.

»Du könntest zum Ballett gehen.«

Sie balancierte das Buch auf dem Kopf und lachte, während sie eine Pirouette auf ihrem Zeh drehte.

Doc Threadneedle fuhr langsam den Dimmer hoch. Die Strichzeichnung wurde schwächer, und sie sah außer den Wärmeschemata jetzt auch die Farben.

Sie sah an sich hinunter. Die Beine unter ihrem Krankenhaushemd waren noch so, wie sie sie in Erinnerung hatte – die verstärkten Hüftgelenke und Wadenbeine machten sie allerdings fünf Zentimeter länger. An ihrem Knöchel hatte sie immer noch die blasse, weißliche Narbe, das Gittermuster aus Kratzern auf ihrem rechten Knie war allerdings verschwunden.

Sie setzte ihren anderen Fuß auf den Boden und drehte sich um. Sie fühlte sich gut. Docs patentierte Mikroorganismen schufteten sich in ihrem Körper ab und hielten sich auf dem Gipfel der Vollkommenheit. Sie war hungrig, allerdings nicht nach Nahrung, sondern nur nach ihrem Geschmack.

»Ein sexy Gefühl, was?«

Sie mußte lächeln. »Ja... schon.«

»Alles wird besser sein, Jessamyn. Essen, Sex, Training. Du solltest dir ein Gehör für gute Musik zulegen. Vergiß Sovrock und hör dir mal Mozart oder Bach an. Die Graumasse dafür hast du jetzt.«

»Doc, haben Sie...?«

Er grinste. Sie merkte, daß sie nicht wußte, keine Vorstellung hatte, wie alt er wirklich war.

»Ja, natürlich. Du glaubst doch nicht, daß ich mit einer Patientin etwas tun würde, was sie nicht auch mit mir tun würde?«

Er streckte die Hände aus und ließ sich vornüber fallen, als wollte er Liegestützen auf den Fingerspitzen machen. Dann kippte er nach vorne, berührte mit der Stirn die Fliesen und schwang die Beine in die Luft. Er streckte sich, die Füße zeigten zur Decke, und er ging in den Handstand. Dann, auf den Fingern der linken Hand balancierend, steckte er seine Rechte in die Hand seines Laborkittels und holte eine Packung Süßigkeiten hervor. Er schüttete sich eins in den Mund und hielt ihr die Packung hin.

»Angeber«, sagte sie.

Er drückte sich vom Boden ab, überschlug sich in der Luft und landete auf den Füßen. Als er sich aufgerichtet hatte, war er wieder ein schlaksiger Schwarzer in mittleren Jahren.

»Ja, stimmt. Hier draußen im Sand habe ich nicht oft Gelegenheit, zu... du weißt schon.«

»Könnten Sie nicht...?«

»Zurück?« Er legte die Stirn in Falten, seine gute Laune verließ ihn. »Nein. GenTech vergißt nicht. Zarathustra will nicht vergessen. Eines Tages wird er versuchen, mich fertigzumachen. Das ist der wahre Grund für all diese ›Verbesserungen‹. Ein kleiner Fehler, und du bist exkommuniziert. Er ist anders, als er in den Spielshows wirkt. Mich haben sie Frankenstein geschimpft, seine Ziele gehen viel weiter. Er ist ein Faust, ein Prometheus... und am Ende, fürchte ich, wird er zur Pandora werden.«

»Ich komm nicht mehr mit. Frankenstein kenne ich aus den Videoschockern, aber wer sind die anderen?«

»Spielt keine Rolle, Jessamyn. Ich bin nicht wie er. Ich habe deinen Körper verändert, und ich habe versucht, ein paar deiner Neuronen neu zu verdrehen. Aber dort, wo es zählt, habe ich dich gelassen, wie du bist.«

»Und Zarathustra?«

»Sein Ziel ist nicht die qualitative Verbesserung des individuellen Lebens. Er möchte die menschliche Rasse nach seinem Ideal neu schöpfen. Zarathustra ist nicht sein wirklicher Name, mußt du wissen. Sein Name ist in Wirklichkeit ein deutscher.«

»Er ist ein... wie heißt diese alte Kultgang... ein Nasti?«

»Nazi. Möglich. Es gibt immer noch ein paar. Der Bürgermeister von Berlin zum Beispiel, Rudolf Heß. Auf jeden Fall hat Zarathustra sich eine ordentliche Dosis seines eigenen Wunderverjüngers verpaßt.«

Sie verließen den Behandlungsraum, und Doc Threadneedle verschloß dieses Teil des Hauses. Er besaß ein großes Haus mit allen modernen Errungenschaften, die ein Sandrattenloch wie Dead Rat zu bieten hatte, aber es war längst nicht das, was jemand wie er in einer Sperrzone haben könnte.

Die technischen Geräte, all die kleinen Spielzeuge, schienen ihm jedoch nicht zu fehlen. Sein Haus war voller Dinge, die sie nur aus alten Filmen mit Rock Hudson und Doris Day kannte: ein Staubsauger, der die Arbeit eines Dröhnsaugers verrichtete; ein Grammophon, das schwarze, runde, unhandliche Musikdiscs spielte, die zusätzlich zur Musik ein wenig zischten und kratzten; einen elektrischen Wasserkessel, der eine Ewigkeit – ganze zwei Minuten – brauchte, bis er das Wasser für eine Tasse Rekaffee heiß gemacht hatte, und der nicht das geringste gegen Verunreinigungen und Dreck im Wasser tat.

Buzzsaw, der Kater, schmiegte sich an Jessamyns Beine.

»Ich habe dir ein paar Kleider besorgt«, sagte der Doc. »Dein Wüstenzeug hatte mehr Löcher als alles andere. Magda ze Schluderpacheru unten im Silver Shuriken hatte ein paar Sachen übrig.«

Er zeigte auf einen säuberlichen Stapel tristfarbener Klamotten.

»Silver Shuriken?«

»So heißt der Saloon hier. Natürlich betreiben ihn die *Ya-*

kuza. Sie sind die einzigen, die irgendein Geschäft hier im Sand betreiben können, ohne daß ihnen die Kultgangs den Laden dicht machen. Magda ist ein Schatz. Du solltest sie kennenlernen.«

»Würde ich gerne. Es ist so lange her, seit ich...«

Der Doc mußte grinsen. »...seit du etwas anderes außer mir häßlichem Bock gesehen hast, ich verstehe. Wird Zeit, daß du wieder unter Menschen kommst. Du mußt einen Lagerkoller haben.«

Sie ging zum Fenster mit dem Hühnerdrahtgitter und sah hinaus. Die Nacht war klar. Die Sternbilder funkelten.

»Du solltest mit jungen Leuten deines Alters zusammensein und wieder in die Gesellschaft zurückkehren.«

»Was?« Sie hatte aus dem vergitterten Fenster geschaut, sich den Mond angesehen und nicht zugehört. »Tut mir leid. Sie haben recht. Ich muß etwas... etwas unternehmen.«

Sie fühlte sich seltsam, so als passierte etwas in ihrem Innern.

»Das wollte ich dir schon die ganze Zeit sagen. Dein Körper ist wie ein Motor. Wenn du ihn nicht regelmäßig in Betrieb nimmst, macht er Mucken. Nach all den Veränderungen wirst du jeden Tag mehrere Stunden hart trainieren müssen. Ich verschreibe dir Laufen, Tanzen, Kampfsport, gesunde Ernährung und athletischen Sex.«

»In den Stadtstaaten würden Sie sich damit ziemlich beliebt machen, Doc.«

Doc Threadneedle lächelte traurig. »Ja, aber nicht bei den richtigen Leuten.«

Jessamy nahm Buzzsaw vom Boden auf und spürte das Kribbeln der statischen Elektrizität im Fell des Katers. Es fühlte sich an wie ein kleiner Minirausch. Sie stellte fest, daß sie von dem Morph-Plus runter war und daß ihre Sinne schärfer als je zuvor waren.

»Mach deinen Finger naß und stecke ihn irgendwann einmal in eine Steckdose«, sagte der Doc. »Du wirst überrascht sein.«

Sie streichelte den Kater. Er miaute, wand sich aus ihrem Griff und verschwand nach oben.

»Du kannst deine Kraft noch nicht einschätzen. Du wirst vorsichtig sein müssen. Hier, probier das mal.«

Er warf ihr ein dickes, gelb eingebundenes Buch zu. Sie hielt es zwischen Zeigefinger und Daumen und riß es glatt entzwei.

»Auf diese Weise werde ich eine Menge Telefonbücher los.«

IV

Dead Rat, Arizona. Welch ein Ort für einen Engländer, um dorthin verschlagen zu werden. Eine verdammte Scheiße, was? Ha, ha, ha. Natürlich, Sergeant Major James Graham Riggleswade kann wohl kaum nach Blighty zurückgehen und erwarten, daß man in Fulham den Teppich für ihn ausrollt, jedenfalls nicht nach dieser gottverflucht miesen Geschichte damals, 81, da unten auf den Falklands – oh, Verzeihung, auf den Malvinas natürlich. War doch wohl eher eine gottverfluchte Schande, wenn man es genau betrachtet, oder? In diesen faulen Tagen sprang kein Mensch mehr, wenn der ältere Mastsarge brüllte. Tatsache war, niemand wußte, wer dieser heruntergekommene James Graham Riggleswade eigentlich war. Die Sandratten nannten ihn einfach Jitters.

Manchmal hörten seine Hände lange genug zu zittern auf, daß er sich eine Zigarette anzünden oder seine Zähne einmal mit Pepsodent bürsten konnte, aber das geschah bestenfalls jeden zweiten Scheißtag in einem Monat mit einem Z in der Mitte.

Er saß in der Ecke des Silver Shuriken, so weit weg wie möglich von dieser verfluchten Video-Musikbox und den piependen Videospielen und nippte an dem fauligen Frostschutzmittel, das man in den verdammten Vereinigten Staaten für Bier hielt. Für eine Dose Six X Wadsorth, zwei Schinken-und-Cheddar-Weißbrotdreiecke und einen Beutel Chips mit Essig und Salz hätte er sein linkes Ei abgeschnitten und es Johnny Galtieri verkauft.

Mrs. ze Schluderpacheru hatte sich mitleidvoll seiner angenommen und ließ ihn als Gegenleistung für Unterkunft, Verpflegung und die gelegentlichen Dienste der fetten Juanita manchmal den Boden fegen. So war die alte Dame nun mal – sie hatte ein verdammt großes Herz. Jitters wußte, daß sie damit zwei Leuten einen Gefallen tat, denn Fat Juanita wurde depressiv, wenn die Typen auf der Durchreise sie unten im Salon mit ihrem Strickzeug sitzen ließen und das ganze Geschäft Gretchen, Connie Calzone, Margaret-Laufendes-Reh und der Herrin der Spiele überließen. Die fette Juanita war wirklich einfach zu verdammt alt und fett und muffig für das Spiel. Nicht gerade erstklassiges Marketenderinnenmaterial. Aber eine verflucht treue Seele, das mußte man ihr lassen. Hätte Jitters in seiner alten Heimat nicht Frau und Kinder – die er, recht bedacht, mittlerweile wohl kaum noch haben dürfte – hätte er die fette, alte, stinkende Juanita vielleicht sogar schon vor den Padre gezerrt und die alten Bande geknüpft. Ein Soldat sollte verheiratet sein, dann wußte er wenigstens, wofür er kämpfte. War nicht leicht, das alte Feuer für Fahne, Ruhm, das Empire und Premier Ian Paisley wieder zu entfachen, aber Heim, Herd und eine gute Nummer ab und zu bedeuteten immer noch etwas in diesem Höllenloch am Arsch der Welt.

Im Augenblick war das Silver Shuriken recht ruhig. Mrs. ze Schluderpacheru machte Kasse auf ihrem musikalischen Armbandkalkulator und rechnete aus, wieviel dieses Quartal an die Yaks zu zahlen war. Gretchen, die Neue, hängte die Weihnachtsdekoration auf und tauschte das schwere Kreppapier um das Samtportrait von Wally dem Wal gegen glänzende Alufolie aus. Die übrigen der gewerblichen Damen hockten vor der Kiste und sahen sich irgendein Kinderprogramm mit dem Titel *Cyk-*

lopaths an. Es ging um ein paar Kumpels auf Motorrädern, die in der Gegend herumfuhren und Leute abschlachteten, von denen sie nicht viel hielten. Das war auch so eine Sache in Amerika – das Fernsehen war einfach Mist.

Jitters vermißte die gute alte BBC mit ihrem Unterhaltungsprogramm und den Berichten aus der Heimat. Vielleicht waren sie nicht in grellbunter Trideocolor und liefen auch nicht die ganze Nacht wie die gottverfluchten 119 Kanäle in Amerika, dafür erschien wenigstens Punkt halb elf ein nettes, altes Weib wie seine alte Französischlehrerin, um ›gute Nacht‹ zu sagen, während man seinen gottverfluchten Malzkaffee trank und auf den Seewetterbericht wartete. Er vermißte die klassischen Serien, mit großen britischen Schauspielern in Adaptionen großer britischer Schriftsteller wie G. A. Henty, Dornford Yates, Sapper, Dennis Wheatley und John Buchan. Sie waren im Home Service zu sehen, zusammen mit den Berichten, wie man in der Küche trotz all der Rationierungen zurechtkommen konnte, und den Plaudereien des Premiers am offenen Kamin. Das war damals, als er zum letztenmal in der guten alten Heimat war, der gute alte Ian Paisley gewesen, aber der hatte den Löffel abgegeben und war erstickt, als er in *Nationwide* Robin Day den Fall von Port Stanley hatte erklären müssen, und jetzt war es dieser Emporkömmling Jeffrey Archer. Und im Unterhaltungsprogramm gab es die *Black and White Minstrel Show*, in der Benny Elton und Ricky Mayall ihren großen Durchbruch hatten; *The Archers*, mit Richard Burton und Joan Collins, die als Dan und Doris die Ambridge Enklave vor Zigeunern und Touristen retteten. Dann *Doctor Who*, mit Barry Humphries auf der Suche nach großen Augenblicken englischer Geschichte; *The Muffin the Mule Hour*… am meisten vermißte er Jack Warner als altmodischen Robocopper in *Dixon of Dock Green*, wo mit seinen bioimplantierten Bazookas die Franzmänner abzappte.

George Dixon hätten wir 81 in Port Stanley gut gebrauchen können, sinnierte Jitters. Die Argies hätten die Eingreiftruppe nicht so schnell nach Hause geschickt, wäre der alte ›'nabend miteinander‹ bei der Geschichte im Südatlantik dabeigewesen.

Gretchen hatte eine Leiter erklommen und klebte Bethlehemsterne über die Einschußlöcher unter der Decke. Sie trug einen Folienmini, eine Miß-Piggy-Perücke und erdbeerfarbene Aufkleber; ihre übliche Aufmachung.

Die Schwingtüren gingen auf, und Curtius Kenne kam tabakkauend hereingeschlendert. Er sah zu Gretchen hoch und besudelte das Spuckbecken mit einem Strahl braunen Drecks.

»Hübsche Aussicht«, meinte er anzüglich. »Har, har, har!«

Curtius war Bauunternehmer und Cowboy. Sein Lieferwagen war mit Bildern von Gene Autry und Hopalong Cassidy bemalt, und er nannte seine Klitsche die ›Boot Hill und Laredo Doppelfenster Gesellschaft‹. Seine Fenster waren garantiert bruchsicher, bis hin zu einer BlastMaster-Minirakete, allerdings war man gewöhnlich zu tot, um sich zu beschweren, sollte er einen tatsächlich mit schadhaftem Material beliefert haben. Er setzte über die Theke hinweg, schwenkte die Hüften, damit man seine Zwillingscolts sehen konnte, und legte seinen polierten Pseudolederstiefel auf die Theke.

»Kriege ich heute einen Shochaiku Double-Blend, Magda?« fragte er Mrs. ze Schluderpacheru.

Die Inhaberin blickte von ihrer Rechnerei auf und zog die Augenbraue hoch. Ihr gefiederter Hut tanzte auf und ab.

»Curtius, Schätzchen, du weißt doch, daß ich das Zeug für meine besonderen Kunden reserviert habe.«

Ursprünglich stammte Magda ze Schluderpacheru aus Rumänien. Wie Jitters war sie ganz schön in der Welt herumgekommen und dann in Dead Rat hängengeblieben. Eine gottverfluchte Schande, wenn man ihn fragte. Hier in diesem Rattennest sammelten sich die netten Leute, während die Sperrzonen voll waren mit Wichsern, Arschlöchern, Nichtsnutzen und Verschwendern.

»Gehöre ich nicht zu deinen ganz besonderen Kunden?«

»Verdammt, nicht, seit du Hot Pants Hannah die Cincinnati-Pocken verpaßt hast.«

»Das war ich nicht.«

»Beweise es, verdammt noch mal, dann hole ich die Flasche vielleicht raus.«

»Jederzeit, Magda. Jederzeit.« Curtius machte sich daran, seinen Pistolengürtel zu lösen.

»Langsam, Cowboy. So war das nicht gemeint. Ich hatte an ein ärztliches Attest gedacht.«

»Scheiße, ich geh doch nicht zu so einem irren Doc und laß mir meinen Schwanz *röntgen*. Der dann dabei womöglich wie ein Kaktus in der Mikrowelle einschrumpft. Har, har, har.«

Curtius Kenne hielt sich für witzig.

»Dann gewöhn dich an den Gedanken, Cowboy, daß du es in nächster Zeit nur noch mit Kühen zu tun haben wirst.«

»Whiskey, pur.«

Mrs. ze Schluderpacheru schenkte Curtius ein Gläschen ein. Selbst ihre Jauche war für die Verhältnisse in der Großen Leere noch in Ordnung. Auf dem Tisch ausgekippt, fraß sie sich wahrscheinlich nicht mal zur Hälfte durch.

»Vielen herzlichen Dank, Ma'am. Wirklich hübsch, der tote Vogel, den Sie da auf Ihrem Hut tragen. Haben Sie ihm selbst den Todeskuß gegeben? Har, har, har.«

Curtius Kenne war eine verdammte Nervensäge. Früher oder später würde ihm jemand eine Stopperladung ins Herz verpassen und sich damit einen Monat freies Saufen verdienen.

Der Cowboy drehte sich um und ließ den Blick durch die Kneipe schweifen. Er entdeckte Connie und leckte sich die Nase. Sie ignorierte ihn und stellte den Fernseher lauter. Enttäuscht suchte Curtius anderswo nach Unterhaltung.

»Kennt ihr schon den von dem Maniax-Häuptling und dem sechs Wochen alten Kamelkadaver?«

»Hast du uns gestern schon erzählt«, sagte Margaret-Laufendes-Reh.

»Richtig, und den Tag zuvor«, sagte Connie, die mit der Fingerspitze ihren Lippenstift nachzog, um die Rasiermessernarbe unter ihrer Nase zu kaschieren.

»Und schon da war er nicht komisch«, meinte die junge Indianerin, die sich die Fingernägel mit einem Stilett zum Skalpieren reinigte.

Nachdem er bei den Mädels nicht besonders erfolgreich gewesen war, entdeckte Curtius schließlich Jitters in der Ecke. Seine Augen nahmen einen fiesen Ausdruck an.

»He, Jitters, alter Limey-Bastard, letzten Donnerstag hab ich ein paar Argentinier mit GenTech-Waffen auf der Hauptstraße herumstolzieren gesehen. Drückst du dich immer noch vor dem Kampf im Südatlantik?«

Jitters hatte sich nicht gedrückt. Man hatte ihm den Befehl zu einem taktischen Rückzug gegeben. Es war eine üble Schlappe geworden, aber das war nicht sein Fehler gewesen. Niemand hatte geahnt, wie verflucht gut ausgerüstet die gottverdammten Argentinier sein würden.

Er sagte nichts. Curtius nahm seinen Drink und trug ihn hinüber in die Ecke. Er setzte sich.

»He, ihr Limeys seid feiger als Katzenpisse. Wir haben euch aus zwei beschissenen Weltkriegen rausgehauen, und ihr jammert immer noch. Ihr solltet langsam mal ein bißchen Rückgrat zeigen. Besorgt euch doch mal ein paar *richtige* Männer, wenn du weißt, was ich meine. Vielleicht könnt ihr ein bißchen tiefgefrorenes John-Wayne-Sperma kaufen und euren frigiden Weibern einsetzen. Für eine Generation von Burschen mit *Cojones*, so groß wie Limonen, was?«

Jitters lächelte nur und nippte an seinem Drink.

»Laß ihn in Ruhe, du Pfeife«, schimpfte Mrs. ze Schluderpacheru. »Jitters ist in Ordnung. Wenigstens hat er niemanden mit einer Geschlechtskrankheit angesteckt.«

Curtius grinste und gab mit dem Diamanten auf seinem Schneidezahn an.

»Ich und der alte Jitters nehmen nur ganz freundschaftlich einen Kleinen zu uns, Magda. Quatschen ein wenig über alte Zeiten. Er war doch so eine Art Kriegsheld, mußt du wissen. Hat sich den Arsch bei Goose Green pfeffern lassen.«

Jitters war bei der ersten Landung an der Schulter verwundet worden. Es war anders, als die *Daily Mail* sie hatte glauben machen wollen. Sie wußten nicht, daß die Argies über GenTech und G-Mek-Hardware verfügten. Sie waren alle mit Johnny Lydons Hit »Who Do You Think You Are Kidding, Mr. Galtieri« auf den Lippen über die Reling gegangen, und 98% hatten es nicht bis zum Strand geschafft. Innerhalb von fünf Minuten waren alle seine Kumpels, mit denen er die lange Reise von Pompeji herüber gemacht hatte, tot. Jitters war verwundet und zurück zum Landungsfahrzeug gespült worden. Sie hatten ihn zu den Toten gelegt, und erst später hatte ein Marineleutnant bemerkt, daß er noch zuckte. Daher stammte auch sein Name. Er zuckte noch immer.

»Du bist schlimmer als ein Furunkel am Arsch«, schrie Mrs. ze Schluderpacheru. »Laß ihn in Frieden, oder du bekommst Lokalverbot auf Lebenszeit.«

Curtius nahm seinen Drink, grinste und zog sich zurück.

»Bis dann, du Held. He, ich hab einen Neuen. Was ist rot, weiß, blau und von oben bis unten bepißt? *Eine britische Flagge in Buenos Aires*, har, har, har! Nicht schlecht, was?«

Jitters leerte sein Glas.

V

Sie rannte die fünf Meilen von Doc Threadneedles Haus in zwanzig Minuten. Nicht gerade Weltrekord, aber akzeptabel. Sie schwitzte nicht, verspürte jedoch das angenehme Gefühl, sich angestrengt zu haben. Noch ein Weilchen, dann würde sie an ihre Grenze gehen müssen, um herauszufinden, wie sehr sie verbessert worden war. Für ein richtiges Training brauchte sie einen Gegner. Sie experimentierte mit ihrem neuen Optikimplantat, indem sie ihre Augenklappe über ihr rechtes Auge zog und die Welt anhand von Wärmemustern wahrnahm. Sie sah, wie der Sand mit dem Sinken der Temperatur erkaltete.

Sie trug ihren schwarzen Karateanzug. Er war weit und fühlte sich gut an. Sie lief barfuß.

Ihre gesteigerten Sinne legten Extraschichten ein. Daran mußte sie sich noch gewöhnen. Sie spürte weit mehr Personen und Fahrzeuge in der Gegend, als überhaupt dort sein konnten. Eine Zeitlang würde sie bei ihren ersten Eindrücken Abstriche machen müssen. Doc Threadneedle hatte sie davor gewarnt.

Er fuhr mit dem Rad neben ihr her, blieb auf gleicher Höhe, stellte gelegentlich eine Frage und nickte vor sich hin.

»Kein Problem«, sagte er immer wieder.

Er stellte ihr die Aufgaben, und sie meisterte sie. »Spring über den Felsen dort drüben« oder »Lauf durch den alten Zaun da.« Es war nicht schwer.

»Wann soll ich ein Klumpen Kohle zu einem Diamanten pressen?«

Doc Threadneedle mußte lachen. »Sobald ich eine rasende Lokomotive im Sprung aufhalten kann.«

Das Städtchen erwachte gerade zum Leben, als sie vor dem Silver Shuriken ankam. Sandratten strömten herbei, um ihre wöchentliche Beute zu verhökern. Die Woche zuvor war eine Gruppe Maniax durchgezogen, und ein oder zwei von ihnen waren noch geblieben, um die Gastfreundschaft der *Yakuza* in der Kneipe der ze Schluderpacheru zu genießen. Die Freudenmädchen wurden auf Trab gehalten.

Doc Threadneedle parkte sein Rad neben zwei Maniax-Maschinen, kettete es an den Pfosten und machte die Sprengladungen im Schloß scharf, für den Fall, daß sich jemand daran zu schaffen machte.

Sie betraten den Saloon.

»Doc, Schätzchen«, sagte eine dicke Frau hinter der Theke. Doc Threadneedle beugte sich vor und gab ihr einen Kuß. Ihre größtenteils freigelegten Brüste schwappten über den Rand ihres schwarzen Korsetts. Jessamyn betrachtete ihr Wärmeschema und sah, wie sich die kalten Umrisse ihres Kris und der Schrotflinte, die sie im Hüftgürtel stecken hatte, kraß von der Körperwärme abhoben.

»Jessamyn, das ist Magda. Eine Freundin.«

»Wie geht's, Schätzchen?« sagte die Frau. »Willkommen im Shuriken. Der erste Drink geht aufs Haus. *Sake*?«

Jessamyn überlegte einen Augenblick. »Scotch und Canada Dry.«

Doc Threadneedle war beunruhigt. »Noch nicht, Jessamyn. Du verbrennst dir deine Graumasse. Probier's mit einem Perrier.«

»Also schön. Ein Mineralwasser.«

Magda holte eine grüne Flasche aus dem Kühlfach und schenkte ein großes Glas sprudelnder Flüssigkeit ein. Jessamyn trank einen Schluck und verspürte ein wohliges Zusammenziehen in ihrem Magen.

»Donnerwetter. Was für ein Kick!«

»Du wirst dich daran gewöhnen.«

Magda fischte eine Flasche Sochaiku hervor und gab Doc Threadneedle ein Gläschen. Er nippte daran.

Jessamyn überlegte. »Jetzt hab ich's. Sie meinten gar nicht den Alkohol...«

»Natürlich nicht. Deine Graumasse könnte selbst einen guten Schuß konzentrierten Synthschnaps vertragen.«

»...sondern den Geschmack.«

»Genau. Deine Sinne sind außergewöhnlich empfindlich. Arbeite dich vorsichtig an die Extreme heran.«

Sie trank noch etwas Wasser. Es übertraf alle bisherigen Erfahrungen. »Ich fühle mich wie neugeboren.«

»Das bist du auch, Jessamyn.«

Allmählich konnte sie sich entspannen. Es machte Spaß. Sie hatte nicht erwartet, daß sie je wieder solchen Spaß haben würde. (Ganz hinten in ihrem Kopf tickte das Gesicht des Mondes und erinnerte sie wieder an ihre Pflichten.) Sie sah sich in der Kneipe um. Sie war genau wie die Kneipen, in denen sie sich während ihrer Zeit bei den Psychopomps rumgetrieben hatte. Halb altmodischer Westernstil, halb aus Restbeständen geklauter High Tech zusammengeschustert. Die Gäste soffen, pumpten sich friedlich mit Drogen voll und versuchten, nicht aneinanderzugeraten, und die Freudenmädchen gingen still ihrer Arbeit nach.

Die Musikbox spielte einen Cowboysong »I Dreamt of a Hillbilly Heaven«, und die beiden Maniax versuchten schneller zu ziehen als die beiden GenTech-Spielautomaten, die jedem unsichtbar einen leichten Elektroschock verpaßten, wenn der computererzeugte Revolverheld sein Halfter schneller leerte als man selbst. Einer von ihnen verlor seinen Showdown, sackte auf der Schockplatte zusammen und ließ seine Spielzeugwaffe fallen. Sein Kumpel zückte einen echten Revolver und spannte den Abzug.

»Vorsicht, großer Kerl«, meinte Magda. »Die Dinger sind teuer.«

Jessamyn glaubte, der Maniak würde eine Schlägerei anfangen – sie hätte ein bißchen Bewegung gebrauchen können, in ihren Muskeln kribbelte es bereits –, aber der stämmige Panzerboy kniff den Schwanz ein und schleppte seinen Kumpel davon.

»Die sind einfach gut drauf«, meinte Magda. »Die Jungs haben letzte Woche im Sand einen Solo-Op abgezogen und sein Fell an die Yaks verhökert. Der Typ war ein gutes Stück vom Weg abgekommen. Irgendso ein schicker Search & Destroy-Fan aus Los Angeles, Kalifornien.«

»Von welcher Agentur?« wollte Doc wissen.

»Holdernes-Manolo.«

»Von denen hab ich gehört. Die Jungs lieben's schick. Hauptsächlich Industriekriege. Gelegentlich mal eine Scheidung unter Filmstars. Alleroberste Klasse. Auf dem Land lassen die sich nicht oft blicken.«

Jessamyn nippte an ihrem Drink. Es mußten immer noch Steckbriefe von ihr existieren. Aber das war egal. Neun von zehn Leuten hier im Raum wurden steckbrieflich gesucht, die Freudenmädchen und der Stadtsäufer eingeschlossen. Eine ganze Stadt voller Flüchtlinge. Wahrscheinlich stand sogar Buzzsaw ganz oben auf der FBI-Liste für gesuchte Katzen.

»Irgendeine Vermutung, wem der Solo auf der Spur war?«

»Nee. Kann doch jeder hier gewesen sein. Vor ein, zwei Monaten ist der Rote Baron durchgekommen und hatte eine alte Rechnung beglichen. Und letzten Mittwoch hat ein Desperado namens Al Almogordo Buck Standish auf der Hauptstraße erledigt. Ein schiefer Blick, dann hat er Old Buck den Schädel im Streit um irgendeine Nutte in die Luft gesprengt, bevor er sich in Bucks G-Mek-Cabrio aus dem Staub gemacht hat.«

»Auf seinen Kopf dürfte ein Preis ausgesetzt sein.«

»Klar. Wahrscheinlich war der Solo hinter Al her.«

Doc Threadneedle bestellte noch einen Drink und sprenkelte ein paar Tropfen in Jessamyns Wasser. »Versuch das mal.«

Es war erstaunlich. »Das ist besser als Sex.«

»Probier erst mal Sex. Mal sehen, was du dann denkst.«

Jessamyn kühlte sich den Mund.

Ein Cowboy kam an die Theke geschlendert und machte sich von der Seite her an sie ran.

»He, Schöne, wie wär's mit ein bißchen gutem altem, hausgemachtem Westernstil-Sex?«

Sie betrachtete ihn von Kopf bis Fuß. »Komm schon, Wyatt Earp«, erwiderte sie. »Seh ich aus wie ein Schaf, dem man die Beine zusammengebunden hat?«

Der Cowboy schob seinen Stetson in den Nacken. Er hatte dickes, öliges Haar und alte Aknenarben.

»He, verdammt, Lady, wenn Sie so drauf sind, warum nähen Sie sich nicht einfach zu. In der ganzen Gegend gibt's keinen besseren Hengst als Curtius Kenne.«

Magda mußte lachen. »Achte nicht auf ihn, Jessamyn. Er hat gerade die Wahl gewonnen. Die Stadt hatte schon zu lange kein offizielles Arschloch mehr.«

Curtius lächelte, und ein Edelstein blinkte. »Jessamyn? Das ist ein wirklich schöner Name. Heißen Sie wirklich so?«

»Ja. Und jetzt entschuldige.«

Sie packte ihn im Genick und wischte ihr leeres Glas über sein Grinsen. Er kreischte, und sie ließ ihn los. Er blutete aus dem Mund. Sie betrachtete ihr Glas. Kein einziger Kratzer.

»Paste, was? Ich dachte, die synthetischen Steine wären mittlerweile besser geworden.«

»Du... du...«

Er holte aus, und sie streckte den Arm, um seinen Schlag zu blocken. Es war nicht schwerer, als eine fallende Tasse zu schnappen. Sie packte ein wenig zu fest, und Curtius schrie auf.

»Meine Schulter.«

Doc Threadneedle trat dazwischen, verdrehte dem Cowboy den Arm und renkte ihm das Gelenk wieder ein.

»Tut mir leid. Ich kann meine Kraft schlecht einschätzen.«

Kenne war außer sich. Alle in der Kneipe sahen herüber.

»Du... du bist eins... von diesen Biestern, hab ich recht?« Seine Stimme war voller Wut und Haß. »Was hat das zu bedeuten? Du bist eins von Docs Monstern! Du bist kein Mensch! Verdammt, Doc, deine Verpackung wird immer besser, aber was du reinsteckst, stinkt zum Himmel, daß du's weißt. Ein Kerl weiß schon nicht mehr, womit er's zu tun hat. Ich nehme alles zurück, Schwester. Du bist ein Sexklon mit Zähnen aus Stahl. Kein Interesse mehr, danke.«

Der Betrunkene in der Ecke, der die Überreste irgendeines

Tarnanzuges trug, kam herüber und zog einen Revolver aus seiner Hosentasche. Jessamyns Körper spannte sich. Sie war bereit, ihm den Kopf mit einem Karateschlag herunterzuholen.

Magda schüttelte den Kopf, und Jessamyn beruhigte sich wieder. Der Betrunkene schmiß den Revolver auf die Theke.

»Wenn du Streit hast, regle ihn hiermit. Sieben Versuche. Möge der Beste gewinnen.«

»Das ist Jitters«, sagte Magda. »Er ist Brite.«

Der Betrunkene salutierte zackig. Seine Hand zitterte. Sie brauchte kein Sherlock Holmes zu sein, um zu wissen, woher er seinen Spitznamen hatte. Jessamyn wog seine Waffe in der Hand. Es war ein Siebenschüsser, ein 38er Webley und Scott Bulldog, die Standardwaffe der britischen Armee. Ein Spielzeug im Vergleich mit einer Magnum mit Stoppermuniton, aber er würde es tun. Sie öffnete das Magazin, ließ fünf Patronen herausgleiten und zwei nebeneinander in der Kammer. Sie blickte am Lauf entlang. Die Zielvorrichtung war verbogen, aber für eine Runde Roulette würde es reichen.

»Bist du dabei, Cowboy?«

Kenne schluckte und sah sich nach einem Ausweg um. »Schätze schon, Miß Frankenstein, schätze schon.«

»Ladies first?« Sie legte die Waffe an ihre Schläfe.

»Werfen wir eine Münze.«

Magda warf einen Jeton für einen einarmigen Banditen auf die Theke. Kenne tippte auf die Zitrone und durfte zuerst ran.

Klick.

Er seufzte erleichtert und reichte ihr den Revolver. Dann kippte er einen Whiskey. Magda füllte sein Glas wieder auf. Der Stoff verschwand in seiner Kehle, umging seinen Magen und trat ihm in Form von 45%igen Alkoholschweißperlen auf die Stirn.

»Der Stoff ist gut, was?«

»Ein Kerl hat einen Shochaiku verdient, wenn es sein letzter Drink ist.«

Jessamyn schob sich den Lauf in den Mund und nuckelte daran wie an einem Lutscher. Dabei sah sie Kenne an und flatterte mit den Lidern. Seine Augen traten vor.

Klick.

»Du bist dran.«

»Zum Glück ist es Curtius. Wenn er sich das Hirn rausbläst, brauchen wir wenigstens nicht den ganzen Tag, um es vom Boden zu kratzen. Ein kleines Läppchen wird für den kleinen, schmierigen Fettfleck reichen.«

Kennes Adamsapfel hüpfte auf und ab. Jessamyn sah ihm freundlich lächelnd ins Gesicht. Er kniff die Augen zusammen, preßte den Revolver gegen seinen Schädel und... Klick.

»Gib her.« Er wollte nicht loslassen. Sie hob die Waffe und drückte ab.

Klick. »Bum«, sagte sie. Alle zuckten zusammen. Kenne verschüttete seinen Drink. »Also im Ernst, ich hab doch nur Spaß gemacht.«

Kenne nahm die Waffe.

»Hast du es auch gut durchgerechnet, Cowboy? Drei Kammern, zwei Patronen. Schlechte Chancen.«

Jemand hatte die Musik abgestellt. Jitters nuckelte an der Flasche. Nur Doc Threadneedle schien sich für das Spiel nicht zu interessieren.

Kenne schielte zur Saloontür. Die Maniax standen zwischen ihm und der Tür. Das war sein Pech. Die Jungs aus der Gang waren scharf auf Unterhaltung heute abend, und nichts liebten sie mehr, als zusehen zu können, wie ein Armleuchter die Decke mit seiner Graumasse besprühte. Er blickte auf die Waffe, die sich ziemlich schwer anfühlen mußte.

»Die Chancen stehen drei zu zwei, Cowboy.«

Er brachte es schnell hinter sich. Hoch an den Kopf. Abdrükken. Klick.

Er stieß einen Heuler der Erleichterung aus und hämmerte die Waffe auf die Theke, daß die Gläser zersplitterten.

»Huiiiee, ich dachte schon, ich müßte mir in die Hosen machen, Schwester. Sieht aus, als würde ich gewinnen, was? Es sei denn, du willst weiterspielen, Miß Frankie Stein?«

Jessamyn nahm die Waffe in die Hand.

»Geh nach Hause, Schwester. Es ist vorbei. Spendier uns eine Runde, und die Sache ist vergessen. Wird dir keiner übelnehmen.«

Sie setzte den Lauf an ihre Schläfe.

»Du brauchst das nicht zu tun«, sagte Magda. »Das wäre verrückt. Selbst Curtius ist kein so großes Arschloch.«

Sie spannte den Finger.

»Stop, hör auf«, flehte Kenne. »Zwei zu zwei, vergiß das nicht. Nur ein Verrückter würde sich darauf einlassen.«

»Jessamyn«, sagte der Doc. »Laß es sein.«

Jeder im Saloon hatte die Augen auf sie gerichtet. Ihre Wärmeschemata flackerten auf, als würden sie am ganzen Körper rot.

Sie drückte ab.

VI

Eingehüllt in dem klimatisierten Cockpit seines DeLaurean ›Snowbird‹ SandMaster überprüfte Bronson Manolo die Aufstellung der Holderness-Manolo-Streitkräfte rings um Dead Rat. Innerhalb von fünf Minuten müßten alle auf ihrem Platz sein.

Gleich nachdem der Späher gemeldet hatte, daß Jessamyn Amanda Bonney sich in Dead Rat aufhielt, hatte Manolo Holm Rodriguez aus Denver und Susie Terhune aus Phoenix herbeigerufen. Terhune war eine Solosturmkommandospezialistin, die von H-M bereits mehrfach unter Vertrag genommen worden war. Und Rodriguez war ihr Spitzen-Op aus Colorado, der noch zusätzlich qualifiziert war, weil er aus der Heimat des Opfers stammte. Während seiner Zeit bei den Denver Mietcops hatte er die kleine Jessamyn bei einigen Jugendsünden hochgenommen. Schulschwänzerei, Lollipopdiebstahl, Zöpfeziehen, das Pfeifen von Kommiesongs in der Kirche, Angriff mit einer tödlichen Waffe und dergleichen Kinderkram mehr.

»Die Geschichte hat ein Gutes«, meinte Terhune. »Wenigstens kann niemand sagen, es hätte in Dead Rat unschuldige Zuschauer getroffen.«

H-M verfügte über genügend einsatzbereite Ops für die Strafaktion. Manolo kannte jedoch seine Grenzen und hatte veranlaßt, daß Rodriguez und Terhune seine Kräfte durch einige Soldaten aus der Gegend verstärkten, die den Sand kannten. Die meisten seiner großen Gefechte hatten in Sperrzonen oder wonnigen Wohngebieten stattgefunden. Hier draußen in der Großen Leere verhielten sich die Dinge anders. Weniger Deckung, größere Entfernungen. Hier war das Paradies der Sandratten. Er war durchaus bereit, Terhune das Kommando zu übergeben, bis der Auftrag erfüllt war.

Er verglich seinen GenTech-Chronometer mit der Digitaluhr am Armaturenbrett. Er war mit der Maschine synchronisiert.

»Ommmm«, summte er vor sich und veränderte seine Bewußtseinsebene. »Ommm.«

Gari, der Guru, hatte der Strafaktion an der Pyramide seinen Segen erteilt. »Man kann nichts vernichten, Bronson, man kann nur die Gestalt eines Dinges verändern.« Das stimmte. Das Verändern von Gestalt war Manolos Job. Er verwandelte widerliche lebende Wesen in nette tote. Bob Holderness wäre stolz auf ihn gewesen.

Er freute sich bereits auf ein heißes Bad mit Kandi nach Erledigung seines Auftrags. Dazu vielleicht ein paar Nasen Koks und ein paar gründliche Wellen zum Reiten in der Bay. Die Verschmutzung hatte der Dünung nichts anhaben können, und in einem hautengen SCE-Anzug war man vor ihr sicher.

Manolo fuhr auf die Große Leere nicht gerade ab. Er war ein Großstadtmensch. Er atmete nicht gerne, was er nicht sehen konnte.

»An Ort und Stelle, Bronson«, sagte Terhune. Ihr Licht blinkte grün auf dem Kartenmonitor. »Mörser einsatzbereit. Äschern wir den Spuk ein.«

»Rodriguez?«

Manolo tippte gegen den Bildschirm, und Rodriguez' Licht flammte auf. »Übertragung gut, Chef. Wir sind da.«

»Das Opfer?«

»Wir haben sie vom Threadneedle-Anwesen her verfolgt. Sie befindet sich im Augenblick im Silver Shuriken. Wir haben ihr genug Zeit gelassen, sich das Hirn vollzudröhnen.«

»Ausgezeichnet. Wohlüberlegt. So ist's recht.«

»Danke, Bruder.«

Manolo zerrte den Gurt über seinen Unterleib und klinkte ihn ein. Die Konsole leuchtete auf, und er tippte auf ein paar Knöpfe. Der Bordcomputer blinkte ihm Meßdaten entgegen. Laut Anzeige waren die Waffensysteme einsatzbereit.

»Okay, Josée, dann wollen wir mal ein wenig Karma versprühen...«

VII

Die Kugel wurde an ihrer Schläfe plattgedrückt. Sie fühlte sich, als hätte jemand mit dem Vorschlaghammer auf sie eingedroschen, aber vom Hocker kippte sie nicht. Ihr Arm flog zur Seite und riß fast die Schulter mit, aber die Waffe konnte sie festhalten. Sie schüttelte den Kopf, und die abgefeuerte Patrone fiel kraftlos zu Boden.

»Laß mich mal sehen«, meinte der Doc und prüfte die wunde Stelle mit den Fingern. »Hmmm, die Stelle ist wunder, als sie sein sollte. Dein stahlnetzverstärktes Unterfleisch hat sich noch nicht recht verwoben. Die Duriumpanzer sind allerdings in Ordnung. Vielleicht hättest du mein Werk ein bißchen weniger drastisch testen sollen; jedenfalls scheint alles richtig zu halten.«

Curtius Kenne starrte Jessamyn an, als wäre Jesus H. Christus persönlich auf einem Esel in die Stadt eingeritten, hätte die Kneipe in der Absicht betreten, einen Streit vom Zaun zu brechen, und ihm die mit stahlgespickten Sandalen in die Fresse getreten.

»Verdammte Scheiße«, sagte er. Es klang fast ehrfürchtig.

Jessamyn reichte ihm den noch rauchenden Revolver. »Hatte ich nicht erwähnt, daß ich einen kugelsicheren Schädel habe?«

Er nahm die Waffe in die Hand und betrachtete sie. Der Lauf war am Austritt geschwärzt.

»So was.«

Eine Kugel, eine Kammer.

»Du bist dran«, sagte sie.

Er hielt den Revolver, als wüßte er nicht, was das ist, und sah sie an.

Sie lächelte freundlich. »Du hast gehört, was ich gesagt habe. Dein Schuß.«

Jitters lachte und klatschte in die Hände, dann verpaßte er Kenne einen Klaps auf den Rücken. »Jawohl, Sir. Jetzt wollen wir doch mal sehen, wie sich so ein gottverfluchter Yankee hier mit Ruhm bekleckert. Der gute alte David-Crockett-Geist: Tu's oder stirb. Los, Ragtime Cowboy, schluck' die bittere Pille. Das Weib hat seine Schuldigkeit getan, jetzt kannst du uns zeigen, aus welchem Stoff du bist...«

Kenne würgte seinen Speichel hinunter. Tränen traten ihm aus den Augen.

Jessamyn wußte, aus welchem Stoff der Cowboy gemacht war. Aus Fleisch und gottverfluchten Knochen, genau wie jeder andere auch. Kein Plastik, kein Durium, keine Implantate, kein Stahl, keine Diamantsplitter. Nur ein paar Chemikalien und 78% Wasser.

Sie gehörten nicht einmal derselben Art an, Curtius Kenne und sie.

Sie empfand nichts für ihn. Und trotzdem half sie ihm.

Sie nahm die Waffe, legte sie ihm richtig in die Hand, indem sie seine Finger um den Griff wickelte und den Zeigefinger durch den Abzugschutz steckte, dann hielt sie ihm den Lauf ans Ohr. Sie spannte das Ding mit dem Daumen, trat zurück und bewunderte ihr Werk. Kenne stand starr da, wie aus Stein gehauen: Rodin's Alter Kuhhirte, bereit, sich das Hirn aus dem Schädel zu blasen.

»Das Spiel ist erst mit dem Abpfiff vorbei.«

Der Cowboy hatte angefangen zu schluchzen; der Revolverlauf berührte zitternd seine Haut.

»Diese Knackarschtunte wird es nicht tun«, sagte einer der Maniax und wendete sich angewidert ab. »Hier draußen im Sand gibt es einfach keine gute Unterhaltung.«

Kenne zitterte am ganzen Leib. Er senkte die Waffe, bis sie schlapp mit auf den Boden gerichtetem Lauf herunterhing.

»Weiche Knie bekommen, was?« Jitters hüpfte mit vor Aufregung gerötetem Gesicht auf und ab.

Jessamyn nahm ihr Perrier und trank es aus. Die Sache war vorbei. Magda schenkte ihnen noch einen Drink ein. Später würde sie die verformte Kugel vom Boden aufheben. Ein hübsches Souvenir für ihr Amulett.

Kenne machte kehrt und torkelte auf die Tür zu. Seine Brust hob und senkte sich unter Schluchzen. Im Schritt seiner Levis breitete sich ein dunkler Fleck aus.

»Erst laßt ihr euch den Arsch in Nicaragua versohlen, und jetzt gebt ihr im gottverfluchten Arizona endgültig den Löffel ab«, brüllte Jitters, der neben dem gebrochenen Amerikaner herlief.

»Sag, siehst du nicht im gottverfluchten Dämmerlicht, wie wir verwandeln unsern Stolz in rückgratloses, qualliges Geglibber, wo keine Vöglein singend im letzten Schein des Zwielichts...«

Kenne ging auf den Betrunkenen los, Jitters wich ihm jedoch aus.

»Die mit ihrem breiten Hintern in blitzenden Schlitten in gefährlicher Nacht so feig wie Hühnerscheiße dahingleiten, während wir uns verschanzten hinter Wällen aus elend jammervoller Angst...«

Jetzt war der Cowboy fast aus der Tür. Die Leute widmeten sich wieder ihrer Sauferei, den Drogen und den Huren. In der Video-Musikbox spielte Tscherkassov sein ›Siberian Sayonara‹.

»Oh, beim Anblick der Raketen roten Schein, beim Zerplatzen der Bomben mitten in der Luft, hatten wir die Hosen voll; die ganze Nacht lang, obwohl unser gottverfluchter, gelbbefleckter Lumpen noch hing...«

Kenne sackte gegen die Doppeltür.

»Sag, flattert das Sternenbanner noch...«

Jitters beugte sich über ihn und spie den Cowboy an.

»...über dem Land der Yankees, in deren Köpfen nichts als...«

In diesem Augenblick setzten die Explosionen ein.

VIII

Als das Blitzen der Mörser Dead Rat erleuchtete, gab Holm Rodriguez seinen Leuten das Zeichen zum Vorrücken. Es waren alles Leute, denen er im Gegensatz zu diesem englischen *pendejo* vertrauen konnte. Das hier war kein chirurgischer Schlag, das hier war ein Massaker. Alles schön und gut. Er hatte nichts dagegen, die Welt von einem Nest voller Sandrattenabschaum zu befreien, aber das Vorgehen war doch recht unelegant.

Er schickte Mostyn mit der Vorhut los und gab ihm Lucy Cheadle als Rückendeckung mit. Mostyns M-29 spuckte, und jemand rollte die Dünen hinab. Der Soldat zeigte Rodriguez den nach oben gerichteten Daumen. Der erste Tote. Damit hatte er »Los, Leute«, befahl Rodriguez. »Bewegt euch. Wir werden Anspruch auf Beute – nicht, daß es in diesem Sandloch viel zu holen gäbe.

Susie Terhune belegte die Stadt mit schwerem Feuer. Gebäude fingen an zu brennen. Die Brandsätze, die Manolos Experten am selben Tag zuvor gelegt hatten, gingen nach Plan hoch. Wenn sie die Stadt betreten würden, dürfte das schlimmste Gemetzel größtenteils vorbei sein.

Rodriguez kam schnell voran, trotz seines schweren Einmal-Hölle-und-zurück-Anzuges aus Kevlar. Jeden Morgen joggte er mit Bleigewichten, die er sich um die Brust schnallte, um sich an das zusätzliche Gewicht der Rüstung zu gewöhnen. Das IR-Visier in seinem Helm zeigte ihm die Wüste wie an einem bedeckten Tag.

In ihren Wüstentarnanzügen sah sein Team aus wie ein Haufen Astronauten.

»Ein Fahrzeug kommt auf uns zu«, meldete Lucy Cheadle mit knackender Stimme in seinem Ohrchip. »Ein Motorrad, zwei Personen. Unser Mädchen kann es nicht sein. Die Daten stimmen nicht.«

»Macht sie fertig.«

»Wird erledigt, Sir.«

Das Motorrad kam über eine Düne. Mostyn und Cheadle erwischten es im Kreuzfeuer. Es explodierte mitten in der Luft. Die beiden Fahrer überschlugen sich und landeten im Sand. Haggot stieß vor und durchbohrte sie, als seien es Strohpuppen.

»Erledigt und aus«, brüllte Haggot.

Das hatte wertvolle Zeit gekostet.

»Los, Leute«, befahl Rodriguez. »Bewegt euch. Wir werden in 78 Sekunden im Silver Shuriken erwartet. Manolo reißt uns den Arsch auf, wenn wir nicht pünktlich sind.«

Die Soldaten rannten in vollem Tempo los, die M-29er klapperten in ihren Armen. Rodriguez dachte, bestimmt sahen sie aus wie große, kahle Teddybären, als sie über die Dünen tollten.

Sie stürmten in Kampfformation die Hauptstraße entlang und feuerten auf jeden, der sich blicken ließ. Die Tankstelle war ein Inferno. Jemand kam aus einer Seitengasse gestürzt und ballerte mit einer Schrotflinte um sich. Haggots breite, sandige Brust wurde rot gesprenkelt. »Ich bin getroffen, ich bin getroffen«, sagte er und sank auf die Knie. Knackend gab sein Kommunikator den Geist auf. Mostyn reagierte und erledigte den Sumpfarsch mit der Schrotflinte durch einen Feuerstoß. Es war ein alter Knacker gewesen, mit einem langen, weißen Bart und einem Hut von Gabby Hayes.

Sie trabten um die Ecke und standen plötzlich mitten auf einem Platz, der wohl das Zentrum von Dead Rat, Arizona, darstellen sollte. Es gab ein nicht mehr benutztes Rathaus, ein verlassenes Sheriffbüro und einen noch betriebsbereiten Galgen für fünf Personen. Und den Saloon.

»Macht euer Spiel«, brüllte Rodriguez. »Jetzt!«

Mostyn und Cheadle rasten geduckt die Stufen und hoch und platzten, ihre Waffen leerfeuernd, ins Silver Shuriken.

IX

Sie mußte noch lernen, ihren neuen Sinnen zu vertrauen. Dort draußen in der Wüste waren tatsächlich Leute gewesen. Und jetzt waren sie in der Stadt, und sie mußte davon ausgehen, daß sie hinter ihr her waren. Cops und Ops und Sozioarbeiter, alle waren hinter ihrem hübschen Kopf her.

Ein Teil der Decke war heruntergekommen. Alle waren in heller Aufregung.

»Magda«, sagte sie, »gib mir eine Waffe.«

»Klar, Schätzchen, such dir eine aus.«

Die ältere Frau zog eine Lade mit Handfeuerwaffen aus dem Tresen und schob damit die Gläser und Drinks zur Seite. Jessamyn wählte eine Smith & Wesson-Halbautomatik und stopfte sich ein paar zusätzliche Magazine in den Hosenbund.

»Gute Wahl«, meinte Magda und entschied sich für einen Colt Python Police Special.

Ein paar der Sandratten liefen durcheinander, andere dagegen nicht – sie waren tot.

»Die Waffen gehen aufs Haus«, schrie Magda. »Kommt her und holt sie euch.«

Jitters und Curtius Kenne waren von der ersten Explosion zu Boden geworfen worden. Mühsam rappelten sie sich wieder auf. Mittlerweile hatte Kenne Jitters Kanone fest im Griff. Eine Kammer, eine Kugel.

Doc Threadneedle zupfte sie am Arm. »Denk daran, fühl dich nicht zu sicher. Jitters' Revolver war nur ein Spielzeug. Das Fleisch unter deiner Haut hält weder angereichertes Uran noch panzerbrechende Raketengeschosse aus. Außerdem brennst und blutest du genau wie wir anderen.«

Magda ze Schluderpacheru löste einen Granatwerfer aus der Halterung unter der Theke und reichte ihn hinüber zu den Maniax. Jitters war damit beschäftigt, Kenne seinen Revolver aus der Hand zu ringen.

»Du hast deinen Colt, verdammter Yankee Doodle. Gib mir meine Waffe zurück.«

Zwei mächtige Gestalten in Kampfanzügen donnerten durch die Tür und nahmen den Saloon unter Beschuß. Der Vormann richtete sich auf und sah sich um.

Er erblickte Jessamyn und legte an. Sie hatte richtig gelegen. Das alles galt ihr.

Der Vormann drückte ab, der Schuß verfehlte jedoch sein Ziel. Die Maniax hatten den Granatwerfer startklar und jagten ihm eine Panzerfaust in den Magen.

Er wurde mit wirbelnden Armen nach hinten gerissen und bekam den Türpfosten zu fassen. Er wurde vollständig gepfählt. Sein Kampfanzug wurde durchlöchert, und das Dreifachleitwerk der Rakete ragte aus seinem Unterleib. Die Rakete zischte, jagte durch ihn hindurch und explodierte am Galgen auf der gegenüberliegenden Seite des Platzes.

Jessamyn konnte glatt durch das Loch in dem Toten blicken. Sein Begleiter erstarrte und wurde im Kreuzfeuer von allen Seiten niedergemäht.

Eine Phosphorgranate rollte durch die Tür, und alles ging in Deckung.

Sie konnte die Explosion durch ihre geschlossenen Lider sehen. Ihr Hitzesensor sandte Schmerzsignale in ihre Graumasse.

»Mist«, fluchte sie. »Euch ist doch wohl klar, daß das Krieg bedeutet!«

X

Manolo war zufrieden. Alles lief genau nach Plan. Die Verluste hielten sich bislang in Grenzen. Soweit es ihn betraf, konnte man den Totalverlust aller Mannschaften im Einsatz, ihn ausgenommen, als akzeptabel bezeichnen, solange der Job erledigt wurde. Nicht, daß er gefühllos gewesen wäre. H-M hatte bei der Katastrophalen Allgemeinen eine hohe Versicherung zur Versorgung der Angehörigen aller im Dienst für die Agentur Verschollenen oder Verwundeten abgeschlossen.

Auf seinem Kartenmonitor blinkte es überall. Terhune hatte alle erforderlichen Brände gelegt, und Rodriguez war in der Stadt und legte mächtig los.

»Tankstelle, Saloon, Hotel, Rathaus...« Er hakte die Ziele mit dem Aufblinken ab.

Er schaltet den Zähler ein. 0347. Im Umkreis von fünf Meilen rings um den Stadtplatz von Dead Rat gab es 0347 warme Personen, die H-M-Kräfte in ihrer Kampfausrüstung nicht mitgezählt.

Hoppla, nur noch 0345, nein, 0341. Die Zahl sank, sobald die Leute abkühlten.

Er kramte ein Bier aus der Kühlbox unter seinem Sitz und ließ den Ring der Dose knacken.

Das Ganze würde ein Spaziergang werden.

Als die Feuerbälle das Innere des Silver Shuriken füllte, hechtete Jessamyn auf ein Fenster zu. Sie krachte durch eine Weihnachtsdekoration aus Lametta und Kunstschnee aus der Sprühdose, rollte sich fest zusammen, wirbelte Hals über Kopf durch die Luft und landete sauber auf den Füßen auf der Straße.

Vor ihr stand einer der Soldaten. Das Entsetzen hinter seiner Sichtscheibe war offensichtlich. Sie durchschoß den Helm, und der Soldat sackte in den Staub.

Zwei weitere Invasoren aus dem Weltall kamen um die Ecke gerannt und legten an. Sie erwischte die beiden mit einem einzigen Feuerstoß und sprintete im Zick-Zack durch eine Seitenstraße davon.

Die Nacht war klar. Der Halbmond schien friedlich hernieder.

0326.

Jitters hatte seine Kanone wieder, allerdings nur mit einer gottverfluchten Patrone im Lauf, also mußte er verdammt noch mal etwas Vernünftiges damit anfangen. Bei Gott.

Noch größeres Pech war, daß Curtius Kenne von einem herabfallenden Balken mitten durchgetrennt worden war. Er konnte seinen einzigen Schuß also nicht dazu verwenden, die Graumasse des Cowboys an der Wand zu verteilen. Nirgends konnte man eine alte Rechnung so gut begleichen wie mitten im Schlachtgetümmel. Es kamen so viele Leute um, daß einer mehr oder weniger gar nicht auffiel.

Jitters hatte ein paar Spritzer des flüssigen Feuers aus der Granate abbekommen, war aber zum Glück vom Explosionsdruck durch ein Loch in der Wand gepustet worden. Er wälzte sich im Sand, bis die meisten Flammen gelöscht waren.

Truppen kamen die Hauptstraße von Dead Rat entlanggelaufen. Es war wie damals in Goose Green. Aber diesmal kam ein taktischer Rückzug nicht in Frage, nein, Sir, nicht mit den Messingknöpfen an der Uniform...

Er hielt seinen Revolver schußbereit. Seine Hände hatten aufgehört zu zittern.

0318.

Gretchen Turner wußte, daß sie Des Moines niemals zusammen mit Barry, dem Vertreter für Elektrozäune, hätte verlassen sollen. Ihre Mama hatte es gleich gewußt, andererseits war D-M solch ein totes Loch. Barry war wirklich eine Ratte. Er hatte sie in einem Flecken wie Dead Rat sitzengelassen. Aber Magda ze Schluderpacheru war besser als die anderen Madams, und mit ein bißchen Arbeit hätte das Silver Shuriken ein gemütliches Plätzchen sein können. Die Mädchen waren nett. Sie waren eine nette Truppe. Unterhalb ihres Kinns spürte Gretchen nichts mehr, und sie wußte, das war kein gutes Zeichen. Sehen konnte sie auch nichts. Überall war Feuer. Als sie in Ohnmacht fiel, mußte sie daran denken, wie schade es war, daß sie mit der Weihnachtsdekoration nicht mehr fertig geworden war.

0317.

Ein gepanzertes Fahrzeug rollte langsam mit kreisenden Suchscheinwerfern durch die Stadt. Irgendeine Kommandoeinheit, wie Jessamyn vermutete. Damit rückte es aus ihrer Liste der Dinge, die sie aus dem Verkehr ziehen würde, ganz nach oben.

0314.

Simon Threadneedle, früher bei GenTech, schaltete den Schmerz mit dem Unterbrecher ab, den er in seine eigene Graumasse eingepflanzt hatte. Der Kampftrupp hatte Napalm oder einen analogen Kampfstoff über Dead Rat versprüht, und es war in Flammen gehüllt. Nichts würde das Zeug auf ihm löschen können, es sei denn, es fand keine Nahrung mehr. Es handelte sich um das Zeug, das sogar unter Wasser brannte.

Verblüffend, zu was die moderne Technik imstande war. Die GenTech-Labors fanden kein wirksames Mittel gegen eine gewöhnliche Erkältung, und keine Regierung hatte es geschafft, ein funktionierendes öffentliches Verkehrssystem zu entwickeln, aber wenn es um todbringende Erfindungen ging, kamen jeden Herbst neue Spielzeuge auf den Markt. Gerade noch rechtzeitig zu Weihnachten.

Sein blastikverstärktes Fleisch schmolz dahin, und die Knochenversteifungen aus Durium heizten sich auf. Er hatte keine Ahnung, wie hoch die Temperaturen sein durften, die sie aushielten, bevor sie endgültig aufhörten zu funktionieren. Und vermutlich würde er keine Gelegenheit mehr haben, seine Entdeckungen aufzuzeichnen, wenn er das Experiment bis zum Ende durchführte. Seine Kleider waren sofort verbrannt, ebenso wie sein Körperhaar und der größte Teil seiner Haut. Mattiertes Metall schimmerte durch seine Muskulatur, als er durch das Feuer watete. Er trat aus der Feuerwand hinaus auf die Stufen zum Saloon und ging, immer noch brennend, hinaus auf die Straße.

Ein Soldat versuchte, ihm ein Bajonett in die Kehle zu stoßen. Er knickte am Supraleiter seines Adamsapfels ab. Mit feurigen Händen hob er den Killer im Kampfanzug vom Boden und verbog seinen Rücken, bis es knackte. Gewehrfeuer prasselte gegen seine Brustpanzerung, und er torkelte vom Aufprall nach hinten. Er hielt sich besser, als er gehofft hatte.

0307.

»Eine dichtgedrängte Menschenmasse kommt auf uns zu«, sagte Danny Riegert, der am Monitor saß. »Sieht aus, als wollte sie jemanden lynchen.«

»Macht euch bereit zum Rock'n' Roll«, fauchte Susie Terhune und übernahm die Steuerung der Maschinengewehre. Die Kommandoeinheit hatte ihre strategische Stellung auf dem Platz in der Stadtmitte eingenommen. Die Maschinengewehre auf dem Dach schwenkten herum.

»Vierzig bis fünfzig. Sie sind bewaffnet und aggressiv.«

»Warte, bis Sie ihre Herzschläge auf unserem Sensor unterscheiden können.«

»Jawohl, Ma'am.«

Ihr Mann hatte sie im vergangenen Jahr wegen irgendeines Tex-Mex-Flittchens verlassen. Er hatte behauptet, sie sei zu langweilig, und man könne es unmöglich mit ihr aushalten. Chuck und Benny, ihre Kinder, beklagten sich, daß sie nie zu Hause sei. Man hatte ihr gerade in einer schmerzhaften Operation eine Eierstockzyste entfernt, die sich als bösartig herausgestellt hatte. Außerdem hatte sie noch nie den Pazifik gesehen.

Sie tippte auf der Tastatur und legte Schalter um.

»Hundert Meter, und sie kommen näher...«

»Geben Sie durch, wenn Sie bei fünfzig sind.«

»Jawohl, Ma'am.«

Die Computer summten, und die intelligenten Geschosse suchten ihr Ziel. Sobald sie sich bei einem Herzrhythmus eingeklinkt hatten, sirrten sie herum wie Glühwürmchen, bis sie das exakte Biosignal ausgemacht hatten, in dessen Körper sie explodieren würden. Wer hätte das gedacht, auf den Kleinen stand tatsächlich der Name des Empfängers.

»Fünfzig.«

Sie stellte die Schallzerstörer ein, und der krawallkontrollierende Lärm donnerte durch die Stadt, lockerte Zähne, brachte Trommelfelle zum Zerplatzen und machte wackelige Gebäude dem Erdboden gleich.

»Spot an. Die laufen durcheinander wie Hühner auf einer Tagung kopfabbeißender Jahrmarktsfreaks.«

Die Smartguns arretierten und blinkten ihr das Signal BEREIT entgegen.

Sobald sie hiermit fertig war, würde sie sich ein Sexklon mit einem Schnauzer wie Bronson Manolo und einem Körper wie Stallone suchen, sich ein bißchen sauberes Wasser und einen Whirlpool mieten und sich eine Riesenparty gönnen.

Sie leitete die Befehlsfolge für den Abschuß ein.

»Sie werden jeden Augenblick auseinanderlaufen.«

»Um so besser.«

Die Geschütze feuerten intelligenten Tod in die Nacht.

0235.

Jessamyn verfolgte, wie die Menschenmenge niedergemäht wurde. Diese verdammten klugen Geschosse trudelten durch die Luft wie Mücken.

GenTech hatte die kleinen Bastarde entwickelt. Und als sie einmal auf dem Markt waren, hatte die Gesellschaft eine Menge Forschungsgelder investiert, um einen Weg zu finden, wie man mit ihnen fertig werden konnte. Und Doc Threadneedle hatte Zugang zu dieser Technologie gehabt.

Sie holte tief Luft, und ein winziger Schwamm in ihrem Herzen – ein Biomotor – blähte sich auf und veränderte dadurch die Kennung ihres Herzschlags. Es fühlte sich seltsam an, so als hätte man einen Schluckauf. Dank des kleinen Organismus würde sich ihr Lebenszeichen bis zu einer halben Stunde alle zwanzig Sekunden verändern.

Ringsum starben Menschen, die sie nicht kannte, sie jedoch blieb unbehelligt.

0199.

Bronson Manolo summte eine Nummer von den Butthole Surfers vor sich hin, korrigierte seine Frisur und sah in den Rückspiegel, während er sich über seine Tolle strich. Gerne hätte er noch ein Bier getrunken, aber Gari hatte ihn auf eins pro Tag gesetzt, solange seine organische Reisdiät sich noch hinzog. Verdammt, dabei hätte er noch ein Blurtz verdient. Schließlich arbeitete er hart. Wenigstens dieses eine Mal konnte ihm der Pyramidenpuper gestohlen bleiben.

0196.

Zum Teufel damit. Die Menschen in Afrika lechzten nach Bier, und er hatte einen ganzen Kasten gleich neben sich verstaut. Er griff nach einer Dose.

0188.

»Du bist der Bringer, wenn du willst«, sang er vor sich hin, »dein Hirn ist der Meißel, der Wille der Hammer und das Leben nichts als ein Fels.«

Er konzentrierte sich auf die kleine Miniaturpyramide aus Plastik auf dem Armaturenbrett und zwang die Aktion durch Willenskraft zum Erfolg.

0179.

Rodriguez richtete seinen Kommandostand im alten Gefängnisgebäude ein. Vermutlich war es geschlossen worden, als die Staatspolizei abgezogen war und dieses Kaff den Kultgangs überlassen hatte.

Seine Leute kämpften sich paarweise von Haus zu Haus, während er die gesäuberten Gebäude auf einer Straßenkarte abhakte. Er hatte dazu Helm und Handschuhe abgelegt und stocherte mit einem Leuchtstift auf dem Kartenmonitor herum, den ihm Manolo überlassen hatte. Mittlerweile war die Stadt zur Hälfte erledigt.

Aber immer noch keine Spur von Jessamyn.

Er dachte an das Mädchen, wie sie gewesen war, als er sie das erstemal in Denver durch das System hatte laufen lassen. Damals konnte sie kaum älter als elf gewesen sein. Aber mit ihrem clownweißen Gesicht und den Fetischketten hatte sie älter ausgesehen als die Sünde.

»Reitstall gesäubert«, blaffte Baldry ihm ins Ohr. Rodriguez hakte das Gebäude ab.

Er erinnerte sich auch an Jessamyns alten Herrn. Ein wahrhaft krankes Individuum. Kein Wunder, daß ihm sein Schatz die Kehle herausgerissen hatte.

»Schon irgendwelche Anzeichen von Jessamyn?« fragte er über die Standleitung.

»Keine Sorge«, meinte Terhune, »sie hat keine Chance.«

Große, traurige, grüne Augen hatte sie gehabt. Zwei, damals noch.

»Richtig, Susie. Sie haben recht. Sie hatte noch nie eine Chance.«

0156.

Die Argies, diese gottverfluchten Bastarde, gingen auf ihn los. Schon aus zehn Meilen Entfernung konnte er die Schmiere auf ihren Köpfen in der Sonne britzeln hören.

Sergeant Major Riggleswade gab seinen Leuten ein Zeichen, ihm zu folgen, und stürzte über die brennende Straße.

»Auf alle Zeiten britisch«, brüllte er dabei, »die Falklands werden auf alle Zeiten britisch sein.«

Teddybärförmige Argies stürzten sich auf ihn und ballerten sinnlos herum. Er würde sie ausräuchern, wie PC Dixon ein französisches Terroristennest.

»Los, Jungs, wir schaffen sie. Cornedbeeffresser! Diese tuntigen Sanchos! Gauleitergauchos!«

Er wurde an den Beinen getroffen, konnte sich jedoch aus der Feuerlinie zurückziehen. Wo zum Teufel war der Union Jack? Irgend jemand sollte ihn der Truppe vorantragen.

»Für England, Gott und St. George!«

0134.

Jessamyn ließ sich in die Hocke fallen und krabbelte auf allen vieren über den Platz wie in ihren alten Sandrattentagen. Sie war wieder zum Tier geworden.

Plötzlich tauchte ein Soldat über ihr auf. Sie rollte zur Seite und feuerte im Bogen nach oben. Sein Anzug wurde durchlöchert, Blut schoß heraus, und seine Sichtscheibe bekam einen Riß.

Mit den Schultern arbeitend und mit den Füßen schiebend, legte sie die letzten zehn Meter zurück. Ihre Karatejacke riß ein, aber ihr Rücken blieb von Abschürfungen verschont.

Sie erreichte das Kommandofahrzeug, drückte sich an die Fahrketten und feuerte dabei quer über den Platz auf ein paar Killer, die sich verlaufen hatten.

0086.

Simon Threadneedle war mittlerweile fast völlig ausgebrannt. Seine Augen waren geplatzt, doch die Sensoren im Innern seines Kopfes zeigten ihm Wärmeschemata, die deutlicher waren als alle visuellen Daten. Das Gewebe war größtenteils verschwunden, aber die Bioimplantate funktionierten noch. Und noch hatte er seine Graumasse.

Magda ze Schluderpacheru war gestorben, gleich zu Beginn. Eine Schande. Sie war weich und warm gewesen, die letzte Befriedigung seiner fleischlichen Gelüste.

Curtius Kenne war ebenfalls tot, wie die meisten anderen Einwohner der Stadt. Er hatte nicht genau aufgepaßt, glaubte aber gespürt zu haben, wie Jitters gefallen war.

Wo steckte Jessamyn? Sie sollte überleben. Sie war ein Wrack auf zwei Beinen gewesen, als sie zu ihm gekommen war, und er hatte sie verbessert.

Besser gemacht als jeden anderen. Sogar besser als sich selbst.

Er fragte sich, ob er es ihr hätte sagen sollen. Hätte er die seltsamen Symptome und Nebeneffekte erwähnen sollen, die er am eigenen Leib beobachtet hatte?

Die Gleichgültigkeit? Das Bedrücktsein? Seine Gefühle waren geschärft, aber sein Antrieb ließ nach. Er konnte kaum etwas mit Menschen anfangen. Bevor Jessamyn zu ihm gekommen war, hatte er manchmal tagelang vor dem Fenster seines Schlafzimmers gesessen und in die Wüste gestarrt, während Sonne und Mond ihren täglichen Tanz absolvierten.

Der Mond…

0050.

Manolo stieß auf und entschuldigte sich. 0029. 0048. 0047. 0045. 0039.

»Ma'am«, sagte Danny Riegert. »Wir bekommen eine seltsame Meldung, ganz aus der Nähe des Fahrzeugs.«

Susie Terhune schaltete den Laser auf Automatik um und ließ ihn weiter die Dächer aufschlitzen.

»Machen Sie genaue Angaben.«

»Unten, an den Fahrketten, in direktem Kontakt zum Fahrzeug.«

»Unsere Kleine?«

»Schwer zu sagen. Der Herzschlag stimmt nicht, andererseits wechselt er ständig. Ich glaube, es handelt sich um irgendeinen Systemfehler.«

»Idiot, lesen Sie *Guns and Killings* nicht? Sie hat sich einen Herzschwamm einpflanzen lassen. Lassen Sie mich nachdenken...«

Terhunes Finger flogen über die Tasten und holten ein Nahkampfwaffenmenü aus dem Speicher.

1. SCHALLWERFER (KLEIN)
2. NAHKAMPF SMARTGUN
3. ELEKTRISCHE ENTLADUNGEN
4. GASGRANATEN

Sie tippte Code Nr. 3 ein und bestätigte.

Das Fahrzeug surrte während des Stromstoßes.

»Wollen doch mal sehen, wie dir das gefällt, du Miststück!«

0036.

Jessamyn spürte, wie ihr Körper sich unter dem Stromstoß krümmte. Sie sog beide Lungen voller Luft und schrie gellend auf, aber nicht vor Schmerz. Es war ihr raubtierhaftes Triumphgeheul.

Ihr war eingefallen, daß Doc Threadneedle den Vorschlag gemacht hatte, sie solle ihren Finger anfeuchten und dann in eine Steckdose stecken.

Jeder Nerv in ihrem Körper erwachte zum Leben. Nie hatte sie sich kräftiger gefühlt. Wie lange würde der Zustand vorhalten?

Sie spürte das Megasurren immer noch im ganzen Körper, als sie auf das Fahrzeugdach kletterte.

Sex konnte nicht besser sein.

Sie erreichte die Halterung der Smartgun und riß die vielläufige Waffe aus der Verankerung. Sie löste sich so leicht wie ein abgestorbener Ast. Metall zerriß. Drähte schlossen kurz.

Die Schallwerfer setzten wieder ein, und sie fuhr den Durimschutz in ihren Ohren hoch.

Oben auf dem Fahrzeug gab es eine verbeulte Luke. Es war, als öffnete sie eine Konservendose.

0029.

Riggleswade sah, wie die britische Heldin den Argie-Panzer erklomm, und jubelte. Er zog seine Beine hinter sich her und schleppte sich in die Schlacht. Das Mädchen war verdammt noch mal für das Victoria-Verdienstkreuz prädestiniert, und er wollte dabei sein, wenn sie den Union Jack am Mast in Port Stanley hißte. Oder Puerto Galtieri, wie es im Augenblick noch hieß. Das Mädel hatte die Luke fest im Griff, riß sie herunter und schleuderte sie quer über den Platz, als wäre es der Deckel einer Mülltonne.

0027.

Das Mädchen war im Kommandozentrum! Susie Terhune wühlte unter ihrem Sitz nach der Handfeuerwaffe, die sie dort verstaut hatte.

Riegert war schreiend aus der Luke geflohen. Er hatte das Weite gesucht, als ihr Opfer sich durch den Einstieg hatte fallen lassen.

Terhune gelang es, einen Schuß abzufeuern, aber die Gesuchte neigte sich zur Seite, und die Kugel verfehlte ihr Ziel. Sie prallte, unglaublich laut in diesem engen Raum, von einem

Schott ab und bohrte sich in den fleischigen Teil von Terhunes Oberschenkel.

Blut füllte ihren Schoß. Sie war auf dem Sitz festgeschnallt.

Sie versuchte, die Hände zu heben, um sich zu ergeben, konnte sich aber nicht bewegen. Die Worte wollten ihr nicht über die Lippen.

Die Gejagte ging auf sie los. Jessamyn Bonney sah so jung aus.

Auf dem Monitor blitzte ein Waffenmenü auf, das um eine erneute Eingabe bat.

Die Gejagte packte sie am Genick und drückte ihr Gesicht in die Mattscheibe.

Das Glas splitterte, und Terhune spürte, wie etwas in ihren Schädel drang. Aus dem zerstörten System stieb ein Funkenregen.

Die Gejagte rammte sie ein zweites Mal in den Monitor. Terhunes Gesicht wurde durch die Öffnung in die Innereien des Kommandomoduls gepreßt. Elektrische Entladungen knackten ringsum, und sie roch, daß ihr Haar brannte.

Noch lange nach ihrem Tod zuckte sie wie ein kopfloses Huhn.

0019.

Manolo ließ den nächsten Ring knacken und nuckelte an der Bierdose. Er spürte, wie die Pyramide in Schwingungen geriet.

Der Argie kam aus dem Panzer geschossen und floh vor der britischen Heldin. Jitters nahm sorgfältig Maß und erwischte ihn mit einem Kopfschuß. Der Kerl stolperte über ein paar Stufen, sein Gehirn sickerte neben seinen Kopfhörern heraus, dann brach er zusammen.

Geschieht ihm verdammt noch mal recht!

Er versuchte ›God Save The Queen‹ zu singen, aber aus seiner Brust stieg Blut nach oben. Zeit, nach Hause zurücktransportiert zu werden. Mit diesen Kratzern war er für den Rest des Krieges erledigt. Verdammt schade. Er hoffte, der Rest der Jungs würde ihm keine Schande machen.

Auf Jahre würde er sich im Wise Serpent in der Micklethwaite Road in Fulham umsonst betrinken können.

Das brennende Gebäude hinter ihm sackte ein, und ein dreieckiges Stück Mauer brach aus einer Wand. Ziegel regneten um ihn herab und quetschten ihn auf die Straße.

»God Save...«

0018.

Manolo tippte auf einen Schalter und holte die andere Zahl auf den Bildschirm. 0012. Zu Beginn dieses Einsatzes hatte Holderness-Manolo über 75 Mann verfügt. Jetzt waren es gerade noch 12.

Das gab ihm zu denken. Er hatte Verluste einkalkuliert, aber das übertraf selbst seine Schätzung.

Terhune antwortete nicht. »Rodriguez, hören Sie mich?«

»Ja, Sir.«

»Ihre Position.«

»Am Gefängnis. Ziemlich haarig hier.«

»Haben Sie das Ziel ausgeschaltet?«

»Das kann ich weder bestätigen noch bestreiten.«

0017-0012.

»Es sind noch 17 Feinde am Leben. Haben Sie Grund zu der Annahme, daß Jessamyn Bonney unter ihnen ist?«

Es entstand eine Pause. »Keinen, Sir. Aber sie ist unter ihnen. Ich weiß es. Sie wird die letzte sein.«

0017-0011.

H-M hatte gerade wieder einen Mann verloren. Die Reparationen würden ins Astronomische steigen. Die Kathastrophale Allgemeine würde mit Sicherheit die Prämien der Agentur für das nächste Jahr erhöhen. Die Buchhalter würden sich die Chance nicht entgehen lassen.

»Sie ziehen sich erst zurück, wenn Sie sie erledigt haben, Rodriguez.«

»Ich hatte nichts anderes vor.«

»Sehr gut.«

0016-0011.

Manolo beschloß, sich für's erste den Schwingungen zu überlassen.

Jessamyn ließ die Tote mit dem Gesicht im Terminal liegen und kletterte auf das Dach des Kommandofahrzeugs. Das Gewehrfeuer hatte nachgelassen, dafür stand die ganze Stadt in Flammen. Die Straßen waren mit Toten übersät. Alles genau wie in Spanish Fork. Als gäbe es zu viele Städte.

Ein Irrer, jemand, den sie noch nie zuvor gesehen hatte, feuerte von einem Dach einen Schuß auf sie ab. Die Kugel prallte sirrend gegen die Panzerung des Fahrzeuges. Sie zielte auf den Heckenschützen, doch das Dach unter ihm gab nach, und er stürzte ins Feuer.

Der Galgen war das einzige, was in der Stadt noch stand. Dafür dürfte es am nächsten Morgen nicht mehr viel Verwendung geben.

0011-0010.

Es stand beinahe gleich.

0010-0010.

Ein Trost. Ein H-M-Kampf-Op in voller Ausrüstung dürfte es mit vier oder fünf Sandratten aufnehmen.

0010-0008.

Vielleicht weckte die Verzweiflung die Überlebensinstinkte bei den Kultgangstern.

Rodriguez war immer noch auf seinem Posten.

Nichtsdestotrotz war es an der Zeit, ein paar Vorsichtsmaßnahmen zu treffen. Manolo zog die Tastatur für die Sicherungssysteme aus dem Armaturenbrett und ging in das Schließprogramm.

Duriumplatten senkten sich vor die Fenster und sperrten das Mondlicht aus. Die Innenbeleuchtung flackerte kurz und ging an.

Die Räder wurden eingezogen, und vor die Öffnungen schoben sich Klappen. Der DeLorean ließ sich auf dem Sand nieder wie ein gestrandetes Motorboot. Mehrfachschlösser rasteten ein und verriegelten das Fahrzeug sicherer als die Bank von Tokio.

Sprengbolzen versiegelten die Magnetkartenschlitze in den Türgriffen. Der einzige Weg ins Innere führte jetzt über die Handleseplatte des Computers, und die war so programmiert, daß sie das Verschließen des Fahrzeugs nur mit Genehmigung von Führungskräften von Holderness-Manolo umkehrte.

0007-0004.

Im DeLorean war es jetzt still. Die LED-Anzeigen blinkten geräuschlos. Manolo lauschte auf seinen Atem.

0006-0003.

Simon Threadneedle lief die Hauptstraße entlang. Er wußte, daß sein Aussehen kaum noch etwas Menschliches haben konnte – ein Roboterskelett mit ein paar verkohlten Fetzen, die wie bei einer Vogelscheuche vom Stahl herabhingen.

»Jessamyn«, rief er.

Sie drehte sich um. Der Anblick schien sie nicht zu schockieren.

»Doc?«

»Ja. Ich bin hier, irgendwo.«

»Doc...«

»Ich weiß.«

Sie standen da und sahen sich an. Sie hatte sich gut gehalten, ein paar Kratzer, aber sonst nichts Ernstes. Ihre Kleider waren zerrissen, und ihr Haar war völlig zerzaust, aber sie hatte keinen Schaden davongetragen. Er merkte, daß er stolz auf sich war.

»Ist es vorbei?« fragte er.

»Beinahe. Seit einer Minute hat niemand mehr auf mich geschossen.«

»Dann haben wir also gewonnen?«

Mit einer Geste zeigte sie auf die überall herumliegenden Leichen. »Wenn man das als Sieg bezeichnen kann.«

»Du bist noch da. Das ist das Wichtigste.«

»Kommt mir nicht so vor.«

0002-0002.

Manolo hatte herausgefunden, wer noch übrig war. H-M verfügte noch über Rodriguez und ihn selbst. Die anderen dürften Jessamyn und dieser Doc sein, Threadneedle. Das dürfte es gewesen sein. Sie waren die verbesserten Menschen.

0002-0002.

Doc war in schlechter Verfassung. Erst jetzt erkannte Jessamyn, wie gründlich er sich umgewandelt hatte. Sein Gesicht bestand aus schmierig geschmolzenem Teer mit ein paar Glanzlichtern aus Durium. Sie sah die Drähte, die sich durch seine Glieder zogen.

»Jessamyn, es gibt Dinge, die du über die Behandlung wissen solltest.«

Seine Stimme war noch die alte, wenn sie auch die silberne Kugel in seinem Kehlkopf sehen konnte, die sie erzeugte.

»Zarathustra hat das Projekt, von seinem Standpunkt betrachtet, aus guten Gründen aufgegeben. Es gibt einige... Nebeneffekte. Psychische Nebeneffekte, meine ich.«

Eine kalte Hand fuhr über Jessamyns metallverstärkte Wirbelsäule.

»Du wirst daran arbeiten müssen, an dem, was an dir noch menschlich ist... Ich bin nicht sicher, ob ich das alles selber so gut hinbekommen habe. Manchmal sitze ich einfach da und starre vor mich hin... wochenlang, Jessamyn, wochenlang. Mit diesem verbesserten Körper kann ich fast alles machen, aber mein Verstand reagiert vollkommen blasiert. Wenn du übermenschlich wirst, gibt es nicht mehr viel, was die Mühe wert ist. Dieser Versuchung mußt du widerstehen. Du mußt...«

»Doc?« Fast flehte sie ihn an. *Sterben Sie nicht! Sterben Sie nicht!*

Die Servomotoren in seinen Wangen versuchten ein Lächeln zu erzeugen. Seine Zähne grinsten ständig.

»Du weinst. Das ist gut.«

Jessamyn fuhr mit der Hand zum Gesicht. Um ihr optisches Implantat war es feucht.

»Bioflüssigkeit.«

»Nein, ich habe dir beim Einbau des neuen Modells ein paar Tränenkanäle wiedergegeben. Ich hatte noch welche übrig.«

Das Rathaus fiel in sich zusammen, und eine Wolke aus Asche und Funken stieb über den Platz.

0002-0002.

Rodriguez verfolgte die Szene vom Gefängnis aus. Jessamyn sprach mit diesem großen Etwas. Seit Minuten war es ihm nicht mehr gelungen, Manolo aus seiner Versenkung zu locken. Jetzt lag es bei ihm. Der Häuserkampf war offiziell beendet. Er vermutete, daß er keine Soldaten mehr übrig hatte, nur noch sich selbst. Er streifte seine Handschuhe über und nahm seinen Helm. Er klinkte ein und saß.

Dann nahm er seine M-29 und ließ einen neuen Ladestreifen ins Magazin gleiten.

0002-0002.

Sein linker Arm hatte sich nicht bewegt, seit er das Silver Shuriken verlassen hatte. Er löste ihn und warf ihn auf die Straße.

»Das wird dir eine Lehre sein, Jesse Frankensteins Tochter. Du bist nicht unbezwingbar.«

Er wußte nicht, wie lange er so überleben konnte. Aus seinen Schädelplatten sickerte Bioflüssigkeit. Was bedeutete, daß seine Graumasse Schaden nehmen würde.

Es gab natürlich immer noch die Donovan-Behandlung, aber die Vorstellung eines körperlosen Gehirns in einem Glasbehälter sagte ihm nicht besonders zu.

»Jessamyn, du hast einiges zu erledigen. Wenn die Zeit kommt, wirst du wissen, was.«

Er betrachtete den Halbmond.

»Ich verstehe es selbst nicht, aber ich habe wieder geträumt. Eigentlich träumen wir, die verbesserten Menschen, nicht, mußt du wissen. Wir nutzen die gesamte Hirnkapazität, die bei normalen Menschen im Dunkeln liegt, da bleibt für Träume kein Platz. Seit du hier bist, seit ich angefangen habe, an dir zu arbeiten, habe ich jedoch wieder Träume gehabt. Ich habe vom Mond geträumt, und von einer Ebene aus Salz. Ich habe keinen blassen Schimmer, was das zu bedeuten hat, aber es ist wichtig.«

Auf ihrem Gesicht war jetzt Bestürzung zu erkennen. Zum erstenmal sah sie so alt aus, wie sie war.

»Doc?«

»Lebe wohl, Jessamyn.«

Er hatte eine Selbstmordschaltung in sein Gehirn eingebaut. Ein Zwinkern in einem gewissen Rhythmus leitete die Selbstabschaltung ein. Eine Phiole ging auf, ein Bioschwamm wurde mit Quecksilber getränkt und platzte...

0001-0002.

Ein dreifaches Hurra für unsere Truppe. Offenbar hatte Rodriguez eins von diesen Monstern abgemurkst.

Jessamyn blickte auf die rauchenden Überreste hinab. Doc war nicht mehr. Sie hatte nicht alles begriffen, was er ihr hatte sagen wollen. Wieder war sie völlig auf sich gestellt, genau wie nach dem Tod ihres Vaters und nach Spanish Fork. Allein unter den Toten. Jesse Frankensteins Tochter hatte er sie genannt.

Ganz alleine war sie nicht. Ein Soldat, das Gewehr locker in einer Hand, den Lauf nach unten gerichtet, trat aus dem alten Gefängnisgebäude.

»Jessamyn.« Seine Stimme wurde durch irgendein Ding in seinem Helm verstärkt. »Erinnern Sie sich noch an mich?«

Sie mußte lachen. »In dem Aufzug würde ich Sie nicht einmal erkennen, wenn Sie mein Vater wären.«

»Tut mir leid. Mein Name ist Rodriguez, Holm Rodriguez. Aus Denver.«

Sie erinnerte sich. Er arbeitete für die Bruyce-Hoare-Agentur. Er war einer der Beamten gewesen, die sie nach dem Mord an ihrem Vater verhört hatten. Und auch davor hatte sie ihn bereits mehrere Male gesehen. Er hatte die Arena in einem Lagerhaus mitten in der Stadt in jener Nacht ausgehoben, als sie Melanie Squid im Kumite besiegt hatte. Für einen Cop war er ganz in Ordnung. Sie versuchte, sich an sein Gesicht zu erinnern, aber es vermischte sich mit dem des Schauspielers Edward James Olmos. Dunkler, spanischer Typ, stechende Augen.

»Ich kenne Sie, Rodriguez. Sie sind ein Op bei der Jugendbehörde. Falls Sie es noch nicht gehört haben sollten, ich bin letzten Monat achtzehn geworden. Ich bin jetzt erwachsen.«

»Ich arbeite nicht mehr für die Bruyce-Hoare-Agentur. Ich habe jetzt eine Stelle bei einer Privatfirma angenommen. Holderness-Manolo.«

»Wie schick.«

Er kam langsam auf sie zugeschlichen.

»Hören Sie«, sagte sie und brachte ihn zum Stehen. »Sie haben mir nach Daddys Tod eine Chance gegeben. Ich werde Ihnen den Gefallen zurückzahlen. Machen Sie einfach kehrt und gehen Sie. Sie brauchen nicht zu sterben.«

Sie hätte zu gerne sein Gesicht gesehen.

»Nein, ich meine es ernst. Sie können alt werden, Kinder kriegen, ein Haus am Strand mieten, Politiker werden.«

Das Gewehr zuckte unentschlossen. Sie wußte, daß er das nicht schlucken würde.

»Rodriguez, Sie *müssen* nicht unbedingt das Arschloch spielen. Dazu sind Sie vertraglich nicht verpflichtet.«

Das Gewehr schnellte hoch, aber sie stand nicht in Schußrichtung, als es losging.

Sie formte aus den beiden ersten Fingern ihrer rechten Hand ein V und stieß sie in seine Sichtscheibe. Das verstärkte Glas splitterte, und sie spürte etwas Warmes an ihrer Hand, als ihre duriumverstärkten Fingerknochen den Schädel des Mannes durchbohrten.

Sie wischte sich die Finger an der Hose ab. »Sie hätten nicht zu sterben brauchen. Wirklich nicht.«

0001-0001.

Sie kannte die Prozedur. Irgendwo dort draußen in der Wüste hockte ein Top-Mann fest versiegelt in seinem Hochleistungsschlitten, saß das Gemetzel aus und rechnete dabei die Kosten zusammen. Mr. Holderness oder Mr. Manolo, wie sie vermutete.

Angeblich gab es keine Möglichkeit, an den Bastard ranzukommen. Aber sie glaubte, es versuchen zu müssen. Sie brauchte irgendeinen Hebel, um das Fahrzeug des Ops anzugreifen. Sie sah sich nach einem Werkzeug um und entdeckte ein Bajonett, das ein Soldat fallengelassen hatte. Eine Seite der Klinge war noch scharf.

Das mußte reichen.

0001-0001.

Manolo klapperte auf der Tastatur am Armaturenbrett herum und versuchte, die Anzeige zu löschen. Nur eine der Zahlen verschwand.

0001.

Es war die 0001 in Blau. Seine eigene Kennung. Solange die Zahl auf dem Monitor aufblinkte, lebte er noch.

Er würde es aussitzen müssen, aber wenigstens würde er es überleben. Stundenlang würde er in der Pyramide sitzen müssen, um zu erklären, was er hier empfunden hatte. Ihn erwarteten unsägliche Qualen, die in Gruppensitzungen geläutert werden mußten. Aber Gari würde ihm helfen, damit fertig zu werden. Schuldgefühle waren schlecht, soviel wußte er. Die galt es zu unterdrücken. Dann mußte er lernen, sich wieder positiv zu sehen. Das war die Hauptsache, daß man einen positiven Zugang zu sich selbst hatte.

Hätte er nur nicht so viel Bier runtergekippt. Seine Blase war zum Zerplatzen gefüllt, und im DeLorean gab es keine Katheterröhren. Er würde auf den Rücksitz pinkeln müssen, und der war aus importiertem, argentinischem Leder von einem extra aus Tijuana eingeflogenen Spezialisten handgearbeitet worden.

Er hätte sich auf diese miese, kleinkarierte Kopfgeldjagd niemals einlassen dürfen. Bob Holderness hätte die Finger davon gelassen. Er hatte gewollt, daß die Agentur sich auf politische Fälle spezialisiert. Aus diesem Grund war er wahrscheinlich auch nicht mehr im Geschäft. Manolo hatte immer gewußt, daß hinter den Surf-Nazis Leute in Anzügen steckten, aber bis zu denen hatte er die Vendetta nie getragen.

Sollte er das hier überstehen, würde er das korrigieren. Er würde sich bis zur Chefetage vorarbeiten, von wo die Befehle kamen, und allen Japcorps und Staatsbehörden, die hinter dieser Schweinerei steckten, den totalen Krieg erklären.

Der Wagen ruckte, und man hörte ein metallisches Klacken. *Sie* war da draußen. Jessamyn Bonney.

Rein konnte sie nicht, aber sie war draußen. Das Fahrzeug hallte unter ihren Schlägen. Sie würde bald frustriert aufgeben und weggehen. Bronson Manolo hatte Zeit.

Er hatte sich den Schnauzer abgefressen. Haare hingen zwischen seinen Zähnen. Das dürfte eigentlich nicht passieren. Sein behandelnder Barbier hatte ihm auf sämtliche Haarteile die volle Garantie gegeben.

Das Hämmern ging weiter.

0001.

Manolo murmelte vor sich hin, »*Ich bin hier sicher, du kommst nicht an mich raa-aan...*«

Sie müßte schon zur M-H-Führungselite gehören, wollte sie in das Gehirn des DeLorean vordringen und die Versiegelung lösen.

Das Hämmern hörte auf, und für einen Augenblick herrschte Ruhe. Offenbar hatte sie aufgegeben und war weggegangen. Manolo hatte auf seinen Alarmpiepser gedrückt. Die Leute von der Versicherung würden in wenigen Minuten hier sein.

Ein maschinelles Summen war zu hören, und das Zischen von entweichender Luft.

Das war nicht möglich. Das Fahrzeug wurde auf den Rücken gedreht und streckte die Räder in die Luft. Die Türversiegelungen wurden eingezogen, die Sichtblenden verschwanden.

Manolo wand sich und drückte sich gegen die Sitzlehne. Er besaß nicht einmal eine Waffe.

Ein Luftzug wehte durch den Wagen, als die Türen wie Käferflügel aufklappten.

»Ommmmm«, sagte Manolo und versuchte, sich gedanklich auf die neue Lage einzustellen. Positives Denken konnte das alles verschwinden lassen. »Ommmmm.«

Sie war als dunkler Schattenriß draußen zu erkennen. Sie warf etwas auf den Sitz neben ihm.

Eine menschliche Hand, unsauber am Handgelenk abgetrennt.

»Sesam öffne dich«, sagte sie und glitt auf den Sitz.

0001.

0000.

0000.

0000.

TEIL IV
Jesse Frankensteins Tochter

I

Das Kloster Santa de Nogueira war im Jahre 1819 Stein für Stein von Portugal in die Gila-Wüste in Arizona geschafft und nach dem mexikanisch-amerikanischen Krieg verlassen worden. Teilweise war es achthundert Jahre alt. Die Grundmauern waren halb mit Sand gefüllt, und was immer dort lebte, lebte dort ganz für sich. Als das Herz Amerikas verdörrt und vom Wind davongetragen wurde, änderte das in der Gila-Wüste nicht viel. Aber die Sandschicht wurde dünner: Die Gebeine der toten Mönche trieben allmählich an die Oberfläche jener Grube, die einst ein Friedhof gewesen war, während die Grabsteine langsam auf das Grundgestein herabsanken.

Dies war der ›Heilige-Ort-von-der-anderen-Seite-des-Großen-Teichs‹. Er war genauso, wie er seit Generationen in der Familie dargestellt worden war. Habicht-Der-Sich-Niederläßt wußte das sofort. Er war verblüfft, daß die von seinen Urgroßvätern auf Büffelhaut gemalten Bilder aus dem letzten Jahrhundert das Kloster genau so darstellten, wie es jetzt, 1997, aussah. Dies war nicht nur der richtige Ort, es war auch die richtige Zeit.

Er hatte den ganzen Staat durchwandert, sich einen Wasserschlauch über die Schulter gehängt und sich von den Straßen und den Kultgangs ferngehalten. Die Navahos hatten längst begriffen, daß es sich am besten leben ließ, wenn sie sich mit dem

Land zufriedengaben, das kein Weißer ihnen nehmen wollte. Er hatte sich nach Mond und Sternen gerichtet und war seinen Weg gegangen. Tags, unter seinem Sonnenschutz, war er im Traum vorausgewandert und hatte ausgekundschaftet, wo sich die Nester der Sandratten befanden, und sagte voraus, welche Wasserstellen sicher waren.

Eine Zeitlang hatte er das Gefühl gehabt, von einer Erscheinung verfolgt zu werden. Ein Mann auf einem Pferd. Vielleicht war es ein Geist, vielleicht auch nicht. Volle zwei Tage lang waren Habicht und der Reiter, der eine immer gerade außer Sichtweite des anderen, denselben Weg gereist. Eines Abends dann war die Erscheinung verschwunden. Fast vermißte Habicht den Fremden. Sie hatten gut zusammengepaßt, ein Indianer und ein Cowboy. Der Fremde hatte nichts Finsteres an sich gehabt, und Habicht war eingefallen, daß einer der Geisterjäger, der einst Seite an Seite mit dem einäugigen weißen Mädchen kämpfen sollte, Mann-Der-Alleine-Reitet genannt wurde.

Ansonsten war es eine ereignislose Reise. Habicht schlief mit geöffneter Deckung und wurde nur selten von Geistern belästigt. Natürlich entstand jetzt, da die Letzten Tage sich näherten, in der Welt der Geister helle Aufregung. Halb erwartete er, von den Dämonen aufgewiegelt zu werden – dem Gott des Rasiermessers Tartu oder Misquamacus –, seine Rolle in der sich entwickelnden Geschichte wurde jedoch ignoriert. Einmal kam ein *Wendigo* auf einem launischen Wind aus seinen nördlichen Gefilden vorbeigerauscht, zeigte aber kein Interesse an dem einsamen Indianer.

Wo immer er ging, stieß er auf Spuren des einäugigen weißen Mädchens. Sie focht ihre Schlachten woanders, löste sich aus der festgefahrenen Spur der gemeinen Menschheit, bis sie soweit war, das Training aufzunehmen, das das Schicksal ihr durch den Medizinmann der Armijah prophezeit hatte.

Er traf drei Tage vor der spirituellen Kriegerin in Santa de Nogueira ein. Die Zeit verbrachte er mit Traumwandern. Er reiste umher und spürte ringsum die Machenschaften der Kräfte der Finsternis. Kriege tobten, Hungersnöte breiteten sich aus. Krankheiten verbreiteten sich ungehindert. Der Tod hielt die Welt im Griff, sickerte aus den Chefetagen hinaus auf die Schlachtfelder. Wer direkt oder indirekt Selbstmord begehen konnte, tat es; in diesem Krieg war Selbstmord die einzige Möglichkeit, sich der Einberufung zu entziehen. Das betraf alle Lebenden, soviel wußte Habicht. Jeder war gezwungen, sich für eine Seite zu entscheiden. Er hatte große Angst, daß die Seite, für die er sich entschieden hatte, den Günstlingen der Finsternis vierzigfach unterlegen war.

Bei Einbruch der Nacht kam sie dann in einem schicken Auto mit blutigen Polstern aus der Wüste. Schon aus großer Entfernung erkannte er die Staubfahne, die sie hinter sich herzog, und er wußte, daß ihre Träume mit dem Zug des Mondes sie hierhergeführt hatten. Ihr Bildnis trug den Titel ›Der Mond und das Krokodil‹. Sie würde verwirrt sein, aber damit würde er fertig werden müssen.

Das Fahrzeug kam im Innenhof schlingernd zum Stehen, und Habicht trat aus dem Schatten. Die Tür des Wagens hob sich, und das einäugige Mädchen kletterte heraus. Ihr Haar war lang, schwarz wie das Gefieder eines Raben und ungebändigt, und es verbarg ihr fehlendes Auge mit der Klappe. Sie trug einen weiten, schwarzen Hosenanzug, Mokassins und ein schwarzes Bustier. Sie war nicht groß, wirkte auf den ersten Blick nicht muskulös, und sie war jung. Ein Mädchen, keine Frau.

Sie wirkte nicht wie eine große Kämpferin. Habicht spürte jedoch augenblicklich ihre Kraft. Er wußte einiges aus ihrer Vergangenheit und würde noch einiges hinzulernen. Abgesehen von ihrer Augenklappe wies sie keine sichtbaren Narben auf, trotzdem hatte sie viele Schlachten geschlagen und manchen Gegner bezwungen. Er öffnete den Mund und sang das Lied des einäugigen Mädchens, jenes Lied, das ihm sein Vater beigebracht hatte.

Ihre Hand fuhr zum Halfter an der Hüfte. Sie hatte sich die Fingernägel schwarz lackiert, ihr einziger Schmuck.

Er breitete seine leeren Hände aus zum Zeichen, daß er nichts Böses im Sinn hatte. Er sang weiter, und das Lied hallte durch das Kloster wie einst die Gesänge der Mönche. Die Gläubigen waren längst dahin, aber der Heilige Zweck war erhalten geblieben.

Die Hand des Mädchens entspannte sich und löste sich von ihrer Waffe. Der Mond ging auf, und ihr blasses Gesicht begann zu leuchten.

II

Hier ist ZeeBeeCee, der Sender, der Ihnen bringt, was Sie hören wollen, und das vierundzwanzig Stunden am Tag. Gesponsort von GenTech, dem Hersteller von Bioprodukten, dem Sie vollkommen vertrauen können…

Im Rahmen unseres Programmservice reichen wir Sie jetzt weiter an Lynne Cramer und Brunt Hardacre in unseren Studios in Beverly Hills…

»Hallo Amerika. Heute schreiben wir den 16. Juni 1997, und hier ist wieder Lynne, die Sie zu *Haltet den Dieb* begrüßt, dem Programm, in dem Sie, liebe Zuschauer zu Hause, mithelfen können, das Verbrechen zu bekämpfen. Und dabei können Sie noch Bargeld und wertvolle Preise gewinnen, indem Sie sich über Ihren Heim-PeeCee in unser Netzwerk einschalten. Und nicht vergessen, GenTech bietet Waren oder Kredit im Wert von zehn Millionen Dollar für jeden Hinweis, der zu Ergreifung der ach-so-bemitleidenswerten Schurken führt. Und jetzt übergebe ich an unseren Top-Op, Brunt Hardacre…«

»Vielen Dank, Lynne. Letzte Woche, wie Sie sich erinnern werden, haben wir einen tollen Preis für den Kopf dieses feisten

Jimmie Joe Jackson ausgesetzt, der dem südwestlichen Sektor der Ehrwürdigen Warzenschweine der Maniax angehört. Nun, mittlerweile haben wir die meisten Köpfe, die uns ins Studio geschickt wurden, durchgesehen, und wir schätzen uns wirklich glücklich, daß der von Jackson tatsächlich dabei war. F. X. Wicxing von der T-H-R-Agentur und Colonel Younger von der Kavallerie der Vereinigten Staaten haben ihn unzweifelhaft identifiziert, und die Bio-Implantat-Ersatzlungen sind bereits auf dem Weg nach Phoenix, um dort unseren Hörer zu beflügeln, der uns aus Gründen, die wir vollkommen verstehen, gebeten hat, seinen Namen nicht zu veröffentlichen. Vielen Dank, du Wohltäter mit Sinn für das Allgemeinwohl, wer immer du sein magst, und viel Glück mit deinen teerfreien Windbeuteln...«

»Sag mal, Brunt, was meinst du? Hätte jemand mit Krebs im Endstadium eine höhere Lebenserwartung als jemand, der in aller Öffentlichkeit einen Maniax verpfiffen hat?«

»Das ist eine sehr gute Frage, Lynne. Natürlich werden wir die Antwort darauf nie erfahren, denn GenTech sichert selbstverständlich allen Informanten absolute Verschwiegenheit zu. Keiner, der je zuverlässige Informationen geliefert hat, wurde bislang Opfer eines Anschlages einer Kultgang. Diese Sicherheit können einige andere Sender nicht bieten, wie du weißt. In deren Sendungen zur Bekämpfung des Verbrechertums kommt es immer wieder zu schweren Verlusten. Bei ZeeBeeCee dagegen können Sie in aller Seelenruhe Ihren Nachbarn verpfeifen...«

»Puh! Ich muß schon sagen, ich fühle mich wirklich viel sicherer, seit dieser Jimmie Joe Jackson aus dem Verkehr gezogen wurde, Brunt.«

»Diese Ansicht teilst du mit vielen Menschen, Lynne.«

»Davon bin ich überzeugt. Sag mal, wer ist eigentlich heute der Mistkerl des Tages?«

»Tja, Lynne, heute lassen wir auch die Damen zu ihrem Recht kommen und richten unser Augenmerk auf eine der gesuchtesten *Femme criminals*, Mrs. Jessamyn Amanda Bonney, auch bekannt als Jazzbeaux und Minnie Molotow. Das Magazin *Guns and Killings* zählt sie zu den sechs gefährlichsten Solobanditen im gesamten Amerika. Darüber hinaus ist sie die höchstplazierte Frau auf der Liste und steht siebenunddreißig Plätze über der antarktischen Desperada Ice Kold Katje. Früher gehörte sie zur Kultgang der Psychopomps, nachdem ihre Gruppe jedoch bei einer regelrechten Feldschlacht mit der Straßenkavallerie bei Spanish Fork aufgerieben wurde, vermutet man, daß sie jetzt alleine arbeitet.«

»Was ist das für ein Mädchen, die da auf der Liste der meistgesuchten Kriminellen gelandet ist, Brunt?«

»Jessamyn wurde 1978 in der Denver-Sperrzone geboren, Lynne. Als Kind von Bruno Bonney, den man als Zuhälter, Dealer, Betrüger und wegen bewaffneten Raubüberfalls verurteilt hat, kam sie schon in jungen Jahren auf die schiefe Bahn. ZeeBeeCee hat sich mittels Gerichtsbeschluß Zugang zu Jessamyn Bonneys Jugendstrafregister verschafft, das in der Zentralbibliothek der Bryce-Hoare-Agentur aufbewahrt wird. Daher sind wir in der Lage, exklusiv und zum erstenmal im nationalen Fernsehen jenes Beweismaterial zu enthüllen, das ans Licht gekommen ist, seit die Verhandlung wegen Elternmordes im Jahr 1992 nahelegte, daß sie tatsächlich schuldig am Tod ihres Vaters war, einem Verbrechen, von dem sie aufgrund der Aussage eines gewissen mittlerweile verstorbenen Andrew Jean, einem bekannten Gesetzesbrecher und Kumpel aus der Kultgang, vor Gericht freigesprochen wurde.«

»Das sind ziemlich aufregende Neuigkeiten, Brunt.«

»Das kann man wohl sagen. Nachdem sie ihren Alten Herrn abgeknallt hat, stieg Jessamyn in der Hierarchie der Psychopomps auf, wo sie ein hübsches Strafregister zusammengebracht hat. Nach Spanish Fork dann werden unsere Informationen ein wenig dünn. Wir verfügen über nicht bestätigte Hinweise, denen zufolge sie mit einem berüchtigten Massenmörder namens Herman Katz in der Gegend um Spanish Fork zusammengearbeitet hat...«

»Das ist der Typ, der seine Mutter ausgestopft hat?«

»Sie sagen es, Lynne. Hinweise aus Quellen im Umfeld der H-M-Agentur in Los Angeles scheinen hinlänglich zu beweisen, daß sie letztes Jahr an dem Massaker in Dead Rat beteiligt war. Damals wurde eine friedliche Abteilung Gerichtsbeamter von Mitgliedern der Maniax-Kultgang ermordet, die anschließend die Gemeinde dem Erdboden gleichgemacht haben. Man wird sich daran erinnern, daß der beliebte Los Angelino Op Bronson Manolo dabei sein Leben verlor.«

»Ich erinnere mich noch gut dran. Bronson Manolo war ein guter Freund von mir. Wir haben beide die Gottesdienste in der Surfside-Pyramide besucht.«

»Ein hartes Los, Lynne. Man nimmt an, daß Jessamyn sich einer umfassenden biotechnischen Behandlung unter dem Skalpell von Dr. Simon Threadneedle unterzogen hat, einem bei GenTech unehrenhaft entlassenen Arzt, der bei dem Zwischenfall in Dead Rat ebenfalls zu den Toten zählte. Einzelheiten sind darüber nicht bekannt, aber es ist durchaus denkbar, daß Doc Threadneedle sie in eine Art Cyborg-Todesmaschine verwandelt hat.«

»Das ist wohl kaum eine gute Nachricht für unsere rechtschaffenen Bürger.«

»Ganz sicher nicht, Lynne.«

»Dann ist Jessamyn Bonney tatsächlich die gefährlichste Frau der Welt?«

»Nun, eben diese Frage haben wir Redd Harvest von der T-H-R-Agentur gestellt, als sie gerade auf dem Weg zu einer Gruppe der Trap Door Spiders war.«

»Und wie hat Ms. Harvest sich dazu geäußert?«

»Das kann ich Ihnen ganz genau sagen. Ihre Antwort lautete ›Nicht solange ich lebe, keine Chance.‹«

»Was treibt Jessamyn denn im Augenblick?«

»Seit Dead Rat hat man nicht mehr viel von ihr gehört. Angeblich jedoch hält sie sich im Südwesten der Vereinigten Staaten auf. Ihre bekannten Komplizen sind alle verstorben, obwohl eine bislang unwidersprochene Beobachtung darauf schließen läßt, daß sie in Begleitung von Habicht-Der-Sich-Niederläßt ist, einem Medizinmann der Navahos, der mit kontrollierten Stoffen handelt. Habicht-Der-Sich-Niederläßt verließ vergangenes Jahr das Navaho-Reservat und wird von der US-Kavallerie als ›Renegat‹ eingestuft, da er in den 80ern mit der militanten Organisation Amerikanischer Eingeborener in Verbindung gebracht wurde, den Söhnen des Geronimo.«

»Diese Leute können einem angst machen, Brunt. Wie sieht Jessamyn aus? Ist sie hübsch?«

»Sie brauchen sich keine Sorgen zu machen, meine Gute.«

»Schmeichler.«

»Nun, Jessamyn hat sich im Laufe der Jahre verändert. Seit ihrer ersten Verhaftung als Pre-Teenager bis zu dieser letzten Aufnahme von ihr – bitte entschuldigen Sie die schlechte Qualität, es handelt sich um die vergrößerte Fotografie eines geostationären Spionagesatelliten über Arizona aus dem letzten Dezember –, das sie aller Wahrscheinlichkeit nach so zeigt, wie sie im Augenblick aussieht. Man kann sie am fehlenden linken und dem grünen rechten Auge identifizieren. Ihr Haar trug sie gewöhnlich schwarz und lang. Natürlich ist sie gefährlich, und man sollte ihr aus dem Weg gehen.«

»Und was hat sie angestellt, Brunt?«

»Die Belohnungen belaufen sich auf eine Gesamtsumme von über einer Million Dollar, und zwar für Verbrechen, angefangen von verbrecherischem Banküberfall bis hin zu Mord. Die Belohnungen auf ihren Kopf wurden ausgesetzt von der Regierung der Vereinigten Staaten, der Holderness-Manolo-Agentur, Turner-Harvest-Ramirez, GenTech, G-Mek, dem FBI, Hammond Maninski, der Winter Corporation, Westinghouse, Co-Cola, dem Tempel der Josephiner, dem *National Enquirer*,

Interpol, der Regierung der Republik Mexico, Walt Disney Enterprises, dem Komitee für staatsbürgerliche Verbesserungen in Denver, der Diözese der römisch-katholischen Kirche in Colorado und diesem Sender, ZeeBeeCee.«

»Und wir wissen, daß außer all diesen Belohnungen jeder, der Hinweise liefert, die zu ihrer Verhaftung oder Vernichtung führen, berechtigt ist, sich einer von Dr. Zarathustra persönlich überwachten biotechnischen Behandlung im Wert von einhunderttausend Dollar zu unterziehen; außerdem erhält er ein Doppelappartement in einer Sperrzone seiner Wahl, eine garantiert sichere Karibikkreuzfahrt unter Piratengeleit, diese komplette Haushaltscomputereinrichtung sowie zweitausend Nettostunden Netzwerkzeit auf einem Interface seiner Wahl, einen Venus-Adonis-Modellbegleiter aus unserem neuen Sortiment und weitere einhunderttausend Dollar in bar oder übertragbaren Papieren seiner Wahl. So, liebe Zuschauer zu Hause, sollten Sie auch nur über die denkbar kleinste Information verfügen, nichts wie ran an Ihr Modem und rufen Sie, streng vertraulich, unsere nicht überwachte ›Haltet-ihn‹-Leitung unter jener Nummer an, die am unteren Rand Ihres Bildschirmes aufleuchtet...«

»Die Leitungen werden Ihnen drei Tage lang, bis zur nächsten Ausgabe von *Haltet den Dieb USA*, zur Verfügung stehen. Bis wir uns das nächste Mal via Satellit treffen, wünschen Ihnen Lynne Cramer...«

»...und Brunt Hardacre...«

»...einen glitzigen Tag, und sorgen Sie immer dafür, daß Amerika für uns Amerikaner sicher bleibt...«

III

Hierhin hatte der Mond sie also geführt. Der Mond und Habicht-Der-Sich-Niederläßt. Er hatte ihr erklärt, daß es mächtige Kräfte im Universum gab und daß sie bestimmt war, ihnen zu dienen. Sie wußte noch nicht recht, wie ihr dabei zumute war. Mächtigen Kräften zu dienen, das war es eigentlich nicht, zu was sie sich bei dieser Geschichte verpflichtet hatte, aber irgendwie hatte sie das Gefühl, es sei richtig. Das Kultgangmädchen, das sie gewesen war, schien so weit entfernt wie das Kind, das sie davor gewesen war. Doc Threadneedle hatte sie gewarnt, die Änderungen, die er vorgenommen hatte, würden ihren Verstand beeinträchtigen, und sie könnte verwirrt sein, ohne es zu merken. Statt dessen hatte sie eher den Eindruck, ihr Denken sei jetzt klarer. Ihren persönlichen Tiefstand hatte sie zwischen Spanish Fork und Dead Rat erreicht, als in ihrem Kopf Elder Seth und die Stimmen der Toten miteinander gestritten hatten. Das hatte sie jetzt unter Kontrolle. Das Kloster Santa de Nogueira war ein Ort des Friedens. Sie reflektierte ihr Leben und bügelte die Falten ihrer Psyche aus. Habicht sah nicht aus wie ein Sozioarbeiter oder ein Seelenklempner, trotzdem kam er auf eine Art an sie heran wie keiner der Beamten vom Jugenddezernat je zuvor.

Sie saßen an dem großen Holztisch, tranken etwas Wasser aus tönernen Schalen und kauten Kaktus. Fleisch hatte sie aufgegeben. Der Geschmack war zu stark und weckte die Erinnerung an die gequälten Tiere. Sie konnte von Wasser und ein wenig Kaktus leben. Dabei fühlte sie sich sogar eher besser. Doc Threadneedle hatte sie in eine Art menschliches Perpetuum Mobile verwandelt, etwa wie diese pickenden Spielzeugvögel auf einer Drahtfeder, die ihr Vater ihr als Kind gekauft hatte. Wenn sie ihren Schnabel feucht hielt, konnte sie ewig so weitermachen.

Es gab sieben Ebenen des Geistes, hatte Habicht ihr erklärt, und sie alle mußten durchschritten werden, bis sie für die Aufgabe bereit war, zu der sie berufen war.

Das war alles neu für sie, doch der Indianer schien zu wissen, wovon er sprach, und so hatte sie sich ihm angeschlossen.

Der Navaho wußte, was der Mond von ihr verlangte. In ihrer ersten Nacht im Kloster, in der die silberne Mondsichel undeutlich am Himmel stand, hatte Habicht ihr eine knorrige Wurzel gereicht und gesagt, sie solle sich vor dem Schlafen ein wenig von dem Saft auf die Zunge reiben.

Sie träumte, obwohl sie Frankensteins Tochter war. In jener Nacht träumte sie vom Großen Krokodil im Mond. Schließlich war sie gleichzeitig sowohl sie selbst als auch das Krokodil. Als sie Habicht von ihrem Traum erzählte, meinte er, sie hätte die erste Ebene erreicht.

Sie fühlte sich nicht anders als zuvor.

Tagsüber trainierte sie ihren Körper, wie Doc Threadneedle es ihr geraten hatte. Habicht schloß sich ihr an. Dann rannten sie, nur mit einem Lendenschurz bekleidet, durch den Sand und rangen, bis keiner mehr konnte – Habicht war drahtig, kräftig, und beweglich genug, ihre biotechnischen Verbesserungen wettzumachen –, oder sie kletterten die Außenmauern von Santa de Nogueira hinauf. Immer wieder war sie überrascht, welche Möglichkeiten ihr der verbesserte Körper bot.

Nachts liebten sie sich und teilten ihre Träume. Doc Threadneedle hatte recht gehabt, was den Sex anbetraf. Endlich begriff sie, was das Theater sollte. Sie konnte das Vergnügen des Liebesaktes mit jedem Nervenende ihres Körpers genießen. Manchmal glaubte sie, Habicht mit ihrer Liebe zu verwirren, aber er hielt mit ihr Schritt. Sie erzählte ihm von Elder Seth und von der Ewigkeit der Erinnerungen, die er ungefragt in ihren Kopf hatte einfließen lassen. Er lehrte sie eine Schlafstellung, bei der der vordere Teil des Gehirns am Scheitelpunkt einer Pyramide zu liegen kam. Nguyens Seths Vergangenheit wurde blasser und gerann zur Erinnerung einer Erinnerung. Ohne es zu merken, hatte sie die zweite Ebene erreicht.

»Dein Körper ist über das Menschliche hinausgewachsen, Jesse. Dein Geist sollte damit Schritt halten, sonst wirst du den Mond enttäuschen.«

Habicht war Traumwandler. Das bedeutete, er konnte seinen Geist im Schlaf in der materiellen und sogar in der Welt der Geister umherwandern lassen. Sie bat ihm, ihr zu zeigen, wie man das macht, er erwiderte jedoch, sie sei noch nicht soweit. Ihr Geist und Fleisch müßten noch miteinander vereint bleiben. Sie sollte eine geistige Kriegerin werden. Er zeigte ihr alte, mit Pigmenten auf Haut gemalte Bilder, und sie erkannte Szenen aus ihrem Leben. Dort war sie zu sehen, wie sie von Nguyen Seth auf der Straße zusammengeschlagen wurde, wie sie mit dem wiederbelebten Leichnam von Herman Katz' Mutter kämpfte, wie sie auf allen vieren durch die Wüste zog, wie sie Holm Rodriguez' abgetrennte Hand in Manolos DeLorean warf. Sie alle waren vor ihrer Geburt gezeichnet worden, und dennoch waren es genaue Prophezeiungen. Die Bilder aus ihrem zukünftigen Leben waren ebenso lebendig, doch bislang konnte sie noch keine Bedeutung in ihnen erkennen. Einer der Hintergründe stellte erkennbar Santa de Nogueira dar. Sie hatte sich im Kampf mit einem gewöhnlich aussehenden Mann verkrallt, über dem eine dunkle Wolke aufzog. Andere waren verwirrend abstrakt, und Habicht vermochte ihr keinen Hinweis auf ihre genaue Bedeutung zu geben.

Sie erfuhr, daß es noch andere geistige Krieger gab. Selbst in diesem Augenblick verfolgten sie ihre ganz eigenen Ziele und wurden zu irgendeiner letzten Schlacht hingezogen, in der sie gegen etwas standen, das Habicht als die Kräfte der Finsternis bezeichnete und als deren Vormann auf Erden sie Elder Seth erkannte. Wenn sie überlebte, so meinte er, würde sie nach und nach die anderen kennenlernen, allerdings gab es viele mögliche Bestimmungen. Einige der Bilder waren auf bedrückende

Art zweideutig. Es fiel Jesse schwer, in ihnen nicht Vorankündigungen ihres Todes zu erblicken. Auf einem würgte sie eine Frau mit rotem Haar und roten Händen, deren Gesicht sich zu einer Maske aus Haß verzerrt hatte – eine andere geistige Kriegerin, wie Habicht meinte. Auf einem anderen war sie ein winziges Körnchen, daß von einer gewaltigen, sich windenden Masse aus Finsternis überwältigt wurde, die sie an nichts so sehr erinnerte wie an jene Bilder, die sie aus dem Cover von Tcherkassovs Album *Schwarze Löcher und andere Singularitäten* gesehen hatte.

Bisweilen glich Habicht jenen Meistern, die sie in chinesischen Kampfkunststreifen gesehen hatte. Dann sprach er in Gleichnissen und entlockte seiner Schülerin ihre Fähigkeiten durch eine List. In anderen Augenblicken jedoch war er ebenso verloren wie sie selbst, ein weiterer Sklave der Launen des Mondes. Das machte ihr angst. Zweifel konnte sie nicht gebrauchen. Sie lernte Habichts Leben kennen und er ihres – sie kamen sich näher. Nie hatte sie vordem Zeit gehabt, über die Liebe nachzudenken. Sie hatte geglaubt, Bruno hätte ihr das ausgetrieben. Jetzt war sie nicht sicher, ob sie den Navaho wirklich liebte oder ob er schlicht das einzige menschliche Wesen war, zu dem sie Kontakt hatte. Liebe war für sie immer nur etwas gewesen, das sie aus Sov Liebesliedern kannte oder aus Comics. Jetzt mußte sie wieder an diese Lieder denken, und ihr fiel auf, was sie alles nicht gehabt hatte: einen Abschlußball, Verabredungen, Aufmerksamkeiten zum Valentinstag, Blumen. Auf all die Dinge, die Tuesday Weld und Debbie Reynolds in den Filmen bekamen, hatte sie verzichten müssen. Während Tuesday oder Debbie mit ihren Müttern darüber stritten, ob sie ein trägerloses Kleid zum Tanzen anziehen sollten, hatte sie Mädchen aus anderen Gangs in Lagerhausarenen aufgeschlitzt und sich anschließend aus der Reihe der wartenden Hengste einen Schwanz für die Nacht ausgesucht. Jetzt war sie achtzehn, und es war zu spät für sie, noch einmal Teenager zu sein.

Sie wurde schwanger, verlor das Baby jedoch im vierten Monat. Anfangs hatte sie es nicht haben wollen, die Fehlgeburt schockierte sie jedoch ebenso. Irgendwie ahnte sie, daß sie damit ihre Chance, sich zu reproduzieren, verloren hatte. Es gab andere Dinge, die sie in ihrem Leben zu tun hatte, Dinge, die von Kräften als wichtig eingeschätzt wurden, die sich dem Zugriff ihres Verstandes entzogen. In jener Nacht weinte sie zum erstenmal völlig unkontrolliert. Ihre Tränen tränkten die Baumwollmatratze ihrer Koje und tropften auf die Steine aus dem fernen Europa. Habicht war einfühlsam, und sie erkannte, daß der Verlust für ihn noch größer war als für sie.

Rotäugig und leer im Innern erfuhr sie zu ihrer Bestürzung, daß sie die dritte Ebene erreicht hatte. »Du hast dein Herz gefunden, Jesse. Du wirst keine Kinder mehr gebären, dafür kannst du jetzt sicher in der Welt des Geistes reisen, da dein Herz in der Welt der Menschen fest verankert ist. Jetzt kannst du zum Traumwandler werden.«

Ihre Tränen hatten ihr den Weg geebnet. Der Doc hatte ihr bei seinem Tod etwas Derartiges erzählt. Als die Flut jedoch ausgetrocknet war, konnte sie nicht mehr weinen.

Ein Monat verging. Der Mond schwoll an, wurde voll, was ihr Bauch nicht mehr konnte, und nahm wieder ab. Sie verbrachte viel Zeit damit, über ihren Vater nachzudenken. Sie war sicher, daß er ihr als Kind die Geschichte vom Mond und dem Krokodil erzählt hatte, trotzdem konnte sie sich nicht daran erinnern. Damals hatte sie geglaubt, er hätte sich das ausgedacht. Jetzt fragte sie sich, ob der Mond auch von einem Geist Besitz ergriffen und ihn dazu getrieben hatte, seinen Stab zu ergreifen und ihren Rücken zu zeichnen. Sie erkannte, daß diese Verletzungen Schritte auf jenem Weg waren, der sie nach Santa de Nogueira geführt hatte. Alles in ihrem Leben – die Schmerzen, das Blut und der Tod – hatten sie immer weiter voran und in die Wüste getrieben.

Als die Zeit gekommen war, mischte Habicht das Blut ihrer

Regel mit Peyote, einfachem braunen Zucker, zu Mehl geriebenen Steinsplittern von den ältesten Mauern von Santa de Nogueira, Wasser, seinem eigenen Samen, Whiskey, Büffelfett und einer Ampulle Smacksynth. Er sagte ihr, sie solle die Augen schließen, strich ihr die Paste über das Gesicht und ließ über ihrer Nase Atemlöcher. Die Paste wurde hart wie eine Maske. Sie blieb drei Tage lang unter ihr liegen und wanderte in ihrem Körper umher. Sie wußte Doc Threadneedles Arbeit zu schätzen. Gleichzeitig lernte sie aber auch zu schätzen, was man ihr vorher angetan hatte, bevor sie dem Biozauberer begegnet war. Er hatte lediglich die Politur für eine Maschine geliefert, die bereits ein Wunder an Konstruktion gewesen war.

Als die Maske abgenommen wurde, wußte sie, daß sie die vierte Ebene erreicht hatte.

Habicht machte Feuer im Innenhof und ließ es eine Woche lang brennen. Das trockene Holz holte er von weiß Gott woher. Jesse saß da, starrte in die Flammen und sah Gesichter in den flackernden Mustern.

Seth war da, und Doc Threadneedle, und Habicht-Der-Sich-Niederläßt, und ihr Vater. Mrs. Katz war da, die, unfaßbar zum Leben erwacht, auf ihren Geist einhackte. Und andere, die sie nicht erkannte: Eine junge Frau aus Übersee, die manchmal in der Tracht der Nonnen gekleidet war und manchmal eine Waffe mit durchsichtigem Griff in den Händen hielt; ein Ausländer, dunkelhäutig und gefährlich, die Hände blutgetränkt; einen wunderschönen jungen-alten Mann mit üppigen Lippen, der lächelnd eine Gitarre zur Hand nahm; dann einen Mann im Tropenanzug, hinter dessen Lächeln sich der Schädel eines Toten verbarg. Am häufigsten jedoch war da das Krokodil mit vollen Monden in seinen Augen …

Die Gesichter verzerrten sich, und die Szenen wurden deutlicher. Einige erkannte sie wieder: die billige Bude in der Verbotszone, die sie mit ihrem Vater geteilt hatte, Spanish Fork, das Katz Motel, Dead Rat. Andere blieben im Dunkeln, Bilder aus der Zukunft, die ihr nichts sagten. Eine heraufziehende Finsternis über einer weißen Ebene. Gräber, die sich öffneten und ihre Toten herausspieen. Ein Ozean, glatt wie Glas, der sich über gewaltigen, lebendigen Wesen voller Haß schloß.

Als das Feuer niederbrannte, bekam Jesse es mit der Angst. Sie hatte die fünfte Ebene erreicht und konnte nicht mehr zurück. Sie konnte sich nicht mehr von dem Schicksal abwenden, das ihr zugeteilt worden war.

Sie starrte auf die Stelle, wo das Feuer gebrannt hatte, und suchte nach der Zukunft. Aber was sie sah, war nichts als Asche.

IV

Um ihn aus seiner ›Sicherungsverwahrung‹ zum Konferenzzimmer zu bringen, mußte man ihn unter anderem durch die Monster's Row führen. Hier brachten die Vereinigten Staaten von Amerika die Übelsten der Üblen unter. Hector Childress, der Kettensägenkiller aus Albuquerque, galt als so gefährlich, daß man ihn in seiner Zelle festgeschweißt hatte. Spike Mizzi, der Menschenfresser aus New Hampshire; Rex Tendenter, der lächelnde Junggeselle, der ungefähr fünfzig Frauen mittleren Alters abgeschlachtet, mit ihnen dem Kannibalismus gefrönt hatte und immer noch allwöchentlich drei Säcke mit Fanpost erhielt; Nicky Staig, Autor von *Cincinnati Flammenwerfer Holocaust*; Michael Myers, der Horror aus Haddenfield; ›Alligator‹ McClean, der Würger aus dem Feuchtbiotop; LeRoy Brosnan, der Sigma-Chi-Schlummerparty-Schlitzer; Colonel Reynard Pershing Fraylman, der Expreßexekutionist; ›Jane Doe‹, die großmütterliche Giftmischerin aus Columbus, deren Gästehaus im *Guide Michelin* vier Sterne hatte, trotz der großen Zahl von Gästen, die Richtung Friedhof wanderten; Herman Katz, der Schizoide aus Arizona, der seine Mutter ausgestopft hatte und jede Frau abstach, auf die er ein Auge warf; ›Laughing Louis‹ Etchinson, der seine schlechten Scherze in das nackte Fleisch blauäugiger Blondinen ritzte.

Und irgendwo in dieser Einrichtung konnten die Wissenschaftler, der Donovan-Behandlung sei Dank, in den körperlosen Gehirnen der Großen Namen aus der Vergangenheit herumstochern: Gacy, Bundy, DaSalvo, Gein, Berkowitz, Sutcliffe, Starkweather, Scorpio, Krueger. Hier war es auch, wo man Dillingers Ding aufbewahrte.

Wenn es je eine Ruhmeshalle für Massenmörder gegeben hat, dann im Sunnydale Heim für unheilbar Unsoziale. Die Ungeheuer hatten ihren eigenen Namen für das Heim: Onkel Charlies Sommercamp. Offiziell wurde es als privates Forschungsinstitut geführt, und von seinen Verbindungsmännern zur Regierung wußte Dr. Proctor, daß die Pflege und Haltung dieser Ungeheuer nicht aus öffentlichen Mitteln, sondern von einer Tochtergesellschaft mit einem Interesse an geistigen Abnormitäten bestritten wurde. In den Berichten las sich das sehr gewählt. Gelegentlich fiel sogar eine Bemerkung, es gäbe eine Möglichkeit, manische Killer zu heilen, im Grunde jedoch war Sunnydale ein Zoo mit Freakshow für Wissenschaftler, die sich das leisten konnten.

Sergeant Gilhoolys Bullen hatten ihn unter Androhung des Einsatzes von Rinderschockern an der Wand festgenagelt, während die Beamten Kerr und Bean ihn an Händen, Füßen, Knien, Ellenbogen und Hals fesselten. Über seinem weißen Kittel lagen gut 200 Pfund Ketten. Er machte keinen Ärger. Das hatte er nicht nötig. Er genoß das allmonatliche Ritual.

Manchmal, nur so zum Spaß, zerriß Dr. Proctor seine Ketten. Wenn man ihn ansah, war es unmöglich, den Teufel in ihm zu erkennen. Seine Kraft lag in seinem Gehirn, das wußte er, aber darüber hatte er seinen Körper nicht vernachlässigt. Er brauchte ein Instrument, um seine Pläne ausführen zu können.

Als man die Handschellen um seine dicken Handgelenke zuschnappen ließ, mußte er an das scharfe Knacken der Rückgrate denken, die er zertrümmert hatte. Eine gute, saubere Methode. In Tulsa hatte er, einen nach dem anderen, die Verteidiger eines Profi-Footballteams fertiggemacht. Mehr als ein wenig Geschick, ein bißchen Druck und jede Menge Muskeln war dafür nicht nötig gewesen. Er lächelte Gilhooly an und stellte sich vor, wie es wäre, ihn zu zerbrechen.

Als er die ›Monster's Row‹ entlanggeführt wurde, setzte der Singsang ein. McClean war es, der damit begann.

»Otto-*kar*! Otto-*kar*!«

Dann fielen Staig, Brosnan und Mizzi ein.

»Otto-*kar*! Otto-*kar*!«

Er lächelte und tat sein Bestes, um sich vor ihnen zu verbeugen.

»Otto-*kar*! Otto-*kar*!«

Jetzt machten alle mit, Voorhees in submongoloidem Gegurgel, der stumme Myers mit einem Nicken seines sonst regungslosen Kopfes.

»Otto-*kar*! Otto-*kar*! Otto-*kar*! Otto-*kar*! Otto-*kar*!

Irgendwann sollte jeder Mann einmal König sein, dachte Dr. Ottokar Proctor, auch wenn es nur ein König der Monster war.

Etchinson ratschte mit einem Plastikbecher am Geländer entlang.

»Otto-*kar*! Otto-*kar*!«

Der Serienmörder stieß die Faust triumphierend in die Luft. Kerr, der für diesen Block verantwortliche Beamte, erteilte einen scharfen Befehl. Wärter eilten den Gang auf und ab, erteilten Verweise, fuchtelten mit Rinderschockern herum. Das spornte sie nur noch mehr an.

»Das macht dir Spaß, was Otto?« sagte Gilhooly. »Da fühlst du dich wie der Boß dieser Irren, was?«

»Ich mag es nicht, wenn man mich Otto nennt, Sergeant. Mein Name ist Ottokar.«

»Otto-*kar*! Otto-*kar*! Otto-*kar*!«

»Schnauze, ihr gottverdammten irren Freaks«, keifte Wachmann Kerr. »Keine Vergünstigungen, kein Besuch, kein Anwalt, damit ist jetzt Schluß!«

In seiner Zelle tat Herman Katz nicht einmal einer Fliege etwas zuleide. Er nickte Dr. Proctor zu, als man den netten Herrn vorbeiführte. Er stimmte in das Gebrüll nicht ein, hielt es aber für angebracht.

»Otto-*kar*! Otto-*kar*! Otto-*kar*!«

Childress knurrte wie eine Kettensäge, als Proctor an seiner Zelle vorbeigeführt wurde. Der Begriff ›Sicherungsverwahrung‹ war in der Monster's Row unbekannt.

»Wenn du mich fragst, Otto, gehörst du hierhin, und nicht in dieses Luxuszimmer hinten. Du solltest bei all den anderen Irren bleiben.«

»Sergeant, ich habe es Ihnen doch bereits gesagt, mein Name ist nicht Otto.«

»Otto-*kar*! Otto-*kar*! Otto-*kar*!«

Gilhooly murmelte vor sich hin, man müsse einen anderen Weg finden, Dr. Proctor aus seiner Unterkunft in das Konferenzzimmer zu führen.

Voorhees ratterte am Gitter. Er stemmte sich gegen das im Stahlbeton verankerte Durium, und Putz rieselte von der Decke. Er hatte seine Machete an über hundert Teenagern ausprobiert, bevor sie ihn gefaßt hatten.

»Guten Morgen, Jason«, sagte Dr. Proctor. »Was macht dein Ischias?«

Voorhees röhrte, und Gilhooly zuckte zusammen. Seine Hand glitt zu seiner Waffe.

»Ich glaube nicht, daß es viel nützen würde, ihn zu erschießen. Das hat man '82 schon einmal versucht. Sie haben es auch mit Ertränken, Abstechen, Verbrennen und dem elektrischen Stuhl versucht. Nichts hat geklappt. Ein Beweis für die Unbeugsamkeit menschlichen Willens, meinen Sie nicht auch?«

Sie hatten das Ende des Ganges fast erreicht.

»Miss Doe, wie geht es Ihnen?« Dr. Proctor war immer höflich zu der Giftmischerin.

»Sehr gut, vielen Dank, Ottokar. Wann schauen Sie mal vorbei und probieren etwas von meinem selbstgebackenen Apfelkuchen? Sie sehen schmächtig aus, wissen Sie. Ich bin sicher, Sie essen nicht vernünftig.«

»Vielleicht nächste Woche, Ma'am.« Zur Entschuldigung hob er seine gefesselten Hände. »Vielen Dank für die Zimtsterne. Sie waren köstlich.«

Ungläubig fragte Gilhooly: »Sie haben diese Kekse *gegessen*?« Nach dem, was sie getan hat?«

»Sie stellt für mich keine Bedrohung dar, Sergeant.«

Eine Zelle weiter saß Tendenter ein.

»Rex, schön, dich zu sehen...«

Tendenter ließ seinen Millionen-Dollar-Lächeln aufblitzen. »He, Doktor, wie geht es Ihnen?«

»Kann mich nicht beklagen.«

»Ich habe das Buch fast durch, das Sie mir geliehen haben. Ich würde mich bei Gelegenheit gern mal mit Ihnen über die Ökonomie Großrhodesiens unterhalten. Mir sind ein paar Ideen dazu gekommen, die ich Ihnen unbedingt mitteilen muß.«

»Das ist ein faszinierendes Thema, Rex. Ich würde gerne mit Ihnen darüber plaudern, aber der Präsident ruft...«

»Das ist in Ordnung, Doktor. Ich verstehe.«

»Otto-*kar*! Otto-*kar*! Otto-*kar*! Otto-*kar*! Otto-*kar*!«

»Das reicht!« brüllte Officer Kerr. »Ab in die Klapsmühle! Training fällt flach! Kein Fernsehen! Keine Pornos!«

»Otto-*kar*! Otto-*kar*! Otto-*kar*! Otto-*kar*! Otto-*kar*!«

Der Türwächter schloß auf, und Dr. Proctor wurde wie ein Bündel hindurchgereicht. Er versuchte, seinen Gesinnungsgenossen zuzuwinken, doch die Kette zwischen seinen Knien und den Handgelenken war zu kurz.

Die Tür schloß sich mit einem Knall, und die Schallisolierung schluckte den Singsang. Nach der Monster's Row wirkte der Krankenhauskorridor fast unnatürlich still.

»Ahh«, meinte Dr. Proctor, »meine Fans.«

»Komm schon, Otto«, sagte Gilhooly und zerrte ihn weiter.

»Ich glaube, Sie spielen absichtlich den Begriffsstutzigen, Sergeant.«

Gilhooly antwortete nicht. Dr. Proctor tat sein Bestes, mit dem Sergeant Schritt zu halten, und trabte mit rasselnden Ketten hinterher, angeleint wie ein zahmer Köter. Bean bildete die Nachhut, die Straßenkampfwaffe wie ein Baby in seinen fleischigen Armen wiegend.

Dr. Ottokar Proctor liebte Hunde, Zeichentrickfilme, die italienische Oper, Carl Jung, französische Küche, Disneyworld, *The New York Times Review of Books*, präkolumbianische Kunst, guten Wein, sonntägliche Spaziergänge im Park, Pferderennen, Percy Bysshe Shelly, die Romanzen von Margaret Thatcher und das Töten von Menschen.

Im Konferenzzimmer wartete man bereits auf ihn. F. X. Wikking von T-H-R, Julian Russell vom Finanzministerium sowie ein finster dreinblickender Mann, den er nicht kannte.

»Guten Morgen, meine Herren«, sagte er.

»Dr. Proctor«, sagte Russell, »haben Sie irgendeinen Wunsch?«

Es klirrte, als Dr. Proctor die Achseln hochzog. »Meine Freiheit, das wäre nicht schlecht.«

Wicking seufzte und ließ seine Unterlagen auf den Tisch fallen. Es würde wie all die anderen Treffen werden, dachte er. Er sollte sich täuschen.

Dr. Proctor sank in den speziell angefertigten, im Boden verankerten Sessel, und Bean schloß seine Ketten am Stuhlrücken fest.

Eine Sekretärin kam und brachte Kaffee. Krampfhaft versuchte sie, Dr. Proctor nicht anzuschauen. Sie erinnerte ihn an das Mädchen im Coupé de Ville zwischen Coronado Beach und Chula Vista vor drei Jahren. Die hatte zwei Nächte und einen Tag lang durchgehalten. Sie setzte den Delegierten Tassen vor und reichte Gilhooly eine tropfsichere Plastikschnabeltasse. Der Sergeant stellte sie auf Proctors Schulterfesseln und neigte den Schnabel so, daß er daran nuckeln konnte, was er knurrend tat.

»Vielen Dank, Sergeant.« Er nahm einen Schluck. »Ahh, echter Kaffee. Aus Nicaragua?«

Niemand antwortete. Russell schaufelte drei Löffel Zucker in seine Tasse.

»Sie sollten auf Ihre Blutzuckerwerte achten, Julian«, warnte Dr. Proctor. »Sonst landen Sie, ehe Sie sich versehen, in der Herzklinik.«

Wicking zog seinen Terminplaner hervor und schaltete ihn ein. Summend leuchtete der Minibildschirm auf. Während der gesamten Unterredung würde der Op in Verbindung mit seiner Einsatzzentrale stehen.

»Wie geht es Ms. Harvest?« fragte Dr. Proctor. »Ich hoffe, gut.« Wicking schnaubte. »Ich wünschte allerdings, sie würde nicht so viele unnötigen Risiken beim Außeneinsatz eingehen. Ich habe ihre Daten verfolgt, Francis. Mit jeder Soloaktion verringert sich ihre Aussicht auf Erfolg. Sie hätte niemals alleine nach mir suchen dürfen, wissen Sie das?«

»Sie hat Sie geschnappt, oder etwa nicht?« Wicking verriet kein Geheimnis.

»Ja, natürlich, aber sie hatte einen unfairen Vorteil.«

»Und der wäre, Ottokar?«

Dr. Proctor lächelte süßlich. »Lassen Sie mich es so formulieren, was ist der Unterschied zwischen Redd Harvest und, sagen wir, Jessamyn Bonney?«

Der dunkelhaarige Mann reagierte auf den Namen, wie Dr. Proctor es erwartet hatte. »Bonney? Die geistesgestörte Mörderin?« sagte Wicking. »Keine Ahnung.«

»Ihre Dienstmarke, Francis. Ihre Dienstmarke.«

Wicking fand das nicht komisch. Dr. Proctor trank noch einen Schluck Kaffee. Russell brach einen Vollkornkeks durch und stippte ihn in seine Tasse.

»Ich nehme an, ein Keks ist nichts für Sie. Nun, wir alle müssen mit unseren Enttäuschungen leben.«

Dr. Proctor dachte über den dunkelhäutigen Mann nach und lächelte. Er merkte, daß dies das Treffen war, auf das er seit seiner Verurteilung gewartet hatte.

»Sagen Sie, wie laufen sie in Santa Anita?«

Niemand wußte es.

»Gut, vielleicht sollten dann wir zum Geschäftlichen kommen.«

Russell zog eine Akte mit Papieren hervor. Der dunkelhaarige Mann saß ruhig da und musterte Dr. Proctor. Gleichzeitig versuchte der Häftling, den Mann abzuschätzen. Das Treffen fand im Grunde nur zwischen den beiden statt. Wicking und Russell waren nichts als Handlanger, Staffage.

»Das hier ist Roger Duroc, Ottokar«, sagte Russell. »Er gehört nicht der Regierung an.«

»Wie geht es Ihnen, Mr. Duroc?« Dr. Proctor hatte bereits von dem Franzosen gehört. »Entschuldigen Sie«, korrigierte er sich. »*Monsieur* Duroc.«

Duroc nickte. »Sehr gut. Vielen Dank, Dr. Proctor.«

»Gut. Und wie wollen Sie mich hier rausholen?«

Einen Augenblick lang sagte niemand etwas...

V

Habicht-Der-Sich-Niederläßt hatte sein ganzes Leben auf das einäugige weiße Mädchen gewartet. Und jetzt war sie da.

In der verlassenen Kapelle betrachtete er Jesse, immer noch

unsicher. War sie wirklich die Richtige? Sie machte mit Siebenmeilenstiefeln Fortschritte wie eine geborene Mystikerin, aber es blieb immer noch ein Rest von Verwirrung. Dieser Messias verbrachte zuviel Zeit in der Wüste. Die Jahre der Wanderschaft und Versenkung waren vorbei, es war Zeit für ein Wunder.

Außerdem befielen ihn Selbstzweifel, so weit entfernt von Zwei-Sterbende-Hunde. Vielleicht war es auch sein Schicksal, einer dieser Whiskey-Navahos zu werden, und diese ganze Medizin war ein Herumpfuschen mit Kräften, die über seine Fähigkeiten gingen.

Still saß sie da, ihr eines Auge geschlossen. Er wußte, daß sie ihn mit dem Apparat hinter der Augenklappe sehen konnte. Ihr geschmeidiger Körper war von Technik durchsetzt. Wenn sie sich liebten, spürte er die Knoten unter ihrer Haut, unter ihren Muskeln, und er mußte sich immer wieder einreden, daß dies keine Krebsgeschwulste oder Tumore waren, sondern die Errungenschaften der Wissenschaft des weißen Mannes. Lange Zeit, manchmal tagelang, konnte sie sitzen, ohne sich zu bewegen oder zu sprechen. Teils war dies die Meditation, die für ihre Ausbildung nötig war. Teils war es jedoch auch etwas anderes, etwas, das sie die Trancen von Frankensteins Tochter nannte.

Wenn sie sich nachts manchmal an ihn klammerte, erinnerte sie ihn an die anderen weißen Mädchen, die reichen Liberalen, die wie Pocahontas gekleidet in die Reservate gekommen waren, und die von Mann zu Mann gereicht und beim Rat der Söhne Geronimos zum Gegenstand des Gespötts wurden. Sie alle suchten etwas beim roten Mann, etwas, von dem Habicht wußte, daß er es nicht besaß. Jesse ein Krokodilsei, in dem etwas heranwuchs wie ihr totes Baby, aber die Schale war einfach die eines weißen Mädchens. Eines einäugigen, weißen Mädchens.

Sicher, die meisten weißen Mädchen konnten einem Ringer nicht das Rückgrat brechen oder mit bloßen Händen Stein zu

Staub zermalmen. Aber körperliche Kraft reichte Jesse nicht. Sie würde all ihre geistige Kraft brauchen, wenn sie wirklich war, wer sie zu sein schien.

Sie wurde innerlich immer stärker. Manchmal machte Habicht ihre Kraft angst. Er wußte ein wenig über ihre Vergangenheit, wußte, daß ein blutiger Strom sie davongetragen hatte. Eines Nachts hatte sie ihm ungefragt von ihrem Vater erzählt, was er ihr angetan hatte und wie er gestorben war. Habicht hatte viele üble Geschichten gehört, aber diese entsetzte ihn wie keine andere. Es waren nicht so sehr die grauenerregenden Dinge, die sie erzählte und die ihm zusetzten, sondern die Art, wie sie darüber sprach, so als wären diese Dinge jemand anderem zugestoßen, einer Figur aus einem Spielfilm oder aus einer Seifenoper im Fernsehen. Angeblich waren ihre Narben alle verheilt. Habicht war jedoch überzeugt, daß Jesse nur aus Narben bestand.

Im Schlaf nuckelte sie wie ein Baby am Daumen, und er glaubte sie so zu sehen, wie sie hätte werden können, wäre sie nicht an einem üblen Ort geboren worden, zu einer schlimmen Zeit, mit einem grauenhaften Vater. Wie ein ganz normales, weißes Mädchen. Nicht besser und nicht schlechter als die anderen.

Er ließ sie allein und wanderte durch die sandbedeckten Gänge des Klosters. Er lauschte dem Echo der längst verstorbenen Mönche. Sie waren hierhergekommen, um seine Vorfahren zu ihrem Glauben zu bekehren, und waren dabei untergegangen. Ihr Glaube war jedoch noch gegenwärtig. Ihre Meditationen hatten eine Verbindung zu der geistigen Welt geschaffen, die immer noch offen war. Sie waren gekommen, seinem Volk ein Wissen zu vermitteln, das sie schon seit tausend Jahren kannten. Dennoch konnte er die Jesuiten nicht hassen. Sie hatten Bibeln und Statuen aus der alten Welt mitgebracht, und nicht Gewehre und die Pocken.

Er schaute hoch zu der verwitterten Statue des Jesus am

Kreuz, dessen Gesicht abgewetzt war wie die Galionsfigur eines Schiffes, das zu viele Taifune hatte durchstehen müssen. Er verneigte sich vor dem Zimmermann; ein mächtiger *Manitou* wurde immer verehrt, ob er nun in einer Stammeshütte geboren war oder einem Stall in Judäa.

Sein Kind mit Jesse wäre ein Sohn geworden. Er hätte ihm selbst einen Namen gegeben, auf die alte Art, wie man auch ihm einen Namen gegeben hatte, indem man den ersten Gegenstand auswählte, auf den der Blick des Kindes fiel. Hier hätte das bedeutet, daß er keinen besonderen Namen erhalten hätte: Stehende-Wand-Aus-Stein vielleicht, oder Sand-Der-Sich-Bis-Zum-Himmel-Erstreckt. Im Reservat hatte er Navahokinder gekannt mit Namen wie: Drei-Autos-Stoßstange-An-Stoßstange, Zerstörte-Telefonzelle und Verfaulender-Leichnam-Der-Maniax. Sein Vater, Zwei-Sterbende-Hunde, hatte bei der Namensgebung kein Glück gehabt und daher beschlossen, sein Sohn solle nicht leiden. Seine Mutter hatte ihm erzählt, Zwei-Hunde sei der einzige aus dem Stamm gewesen, der den Habicht erblickt hatte, nachdem er benannt worden war. Die anderen hatten jedoch nicht protestiert.

Die Schwangerschaft war ein Teil von Jesses Ausbildung gewesen. Erst nachdem sie schmutzig und blutig beendet war, hatte er ihre Bedeutung begriffen. Er nahm den Geistern übel, daß sie ihm erst einen Sohn gegeben und ihm dann vor dessen Geburt wieder genommen hatten, nur um einem einäugigen weißen Mädchen eine Lektion zu erteilen. Sein Vater hatte niemals erklärt oder begriffen, daß Habichts Rolle in dieser Geschichte nur die des Aufpassers bei der Erschaffung des Krokodilmädchens war. Ihre Gefühle waren es, die zählten, seine eigenen waren nichts als Federn im Wind. Was seine Empfindungen anbelangte, hätte er ebensogut ein Holzindianer vor einem Tabakladen sein können.

Er war überzeugt, daß die Geister sich in Wahrheit kein bißchen um irgend jemanden scherten. Sie waren allenfalls dazu da, als Teil eines vorherbestimmten Ablaufes durch einen Reifen zu springen.

Habicht durchquerte den Innenhof und schaute in den Himmel. Es war später Nachmittag, und der Mond war bereits aufgegangen. Für Jesse war der Mond heilig.

»Sag mir, was du willst, Geist des Mondes.«

Der Mann im Mond grinste ihn mit seinem schiefen Reptiliengrinsen an und antwortete nicht.

»Hurensohn«, spie er.

Vielleicht sollte er diesen Ort verlassen, genau wie Jesse, damit sie von alleine hinter ihre Bestimmung kam. Er sollte nach seinem Vater sehen. Der alte Mann trank zuviel und brach Streit vom Zaun. Entweder brachte er sich bald selber um, oder er fand jemanden, der das für ihn erledigte. Im Reservat gab es nicht viel, doch immerhin mehr als bloß Steine und Sand.

Das einäugige weiße Mädchen konnte die siebente Ebene alleine erreichen. Sie hatte noch viele Schlachten zu schlagen. Dabei wäre er ihr nur im Weg. Er fragte sich, ob sie sich um ihn Sorgen machte, ob sie überhaupt einen Gedanken an ihn verschwendete. Er hatte ihr Gesicht ständig vor seinem inneren Auge, und die Erinnerung an sie riß an seinem Herzen wie ein Angelhaken. Er war ein tapferer Navaho, der letzte der Renegaten, Jesse jedoch machte ihn schwach.

Er betrachtete den Sand und begann zu zittern. Dort draußen in der Welt waren Dinge, die bald auch hierher kommen würden.

Sein Kampf hatte begonnen.

VI

»Dieser Punkt steht nicht zur Diskussion«, sagte der Mann von T-H-R. »Die Frage der Freilassung kann unter keinen Umständen verhandelt werden.«

»Ach, Unsinn, Francis. Nicht einmal, wenn ich verspreche, es nie wieder zu tun?«

Dr. Proctors Augen funkelten. Er war wie ein frecher kleiner Junge, der ganz genau weiß, daß man ihn nicht auf sein Zimmer schicken wird.

Das war also der Tasmanische Teufel. Eingepackt wie Houdini vor einem Befreiungsversuch, sah er nicht viel anders aus als ein freundlicher Mann in mittleren Jahren. Wie viele hatte er umgebracht? Das spielte keine Rolle. Er war ohne Frage Amerikas führender Killer. Das war es, was ihn für Nguyen Seth interessant machte, und daher auch für Roger Duroc.

»Sie haben nie damit aufgehört, Ottokar. Das wissen wir. Wir wissen nicht, wie Sie es angestellt haben, aber seit sie nach Sunnydale gekommen sind, hat es eine Menge Todesfälle gegeben. Die Sterberate durch Gewalteinwirkung, Unfall oder Selbstmord ist unter den Insassen um 28% gestiegen, und unter dem Wachpersonal um...«

»89%. Ich lese die Zeitung des Sanatoriums, sollten Sie wissen.«

»Vielleicht sind sie nicht durch Ihre Hände gestorben, Ottokar. Aber durch Ihren Geist. Das wissen wir.«

Dr. Proctor mußte lachen. »Beweisen Sie das, Francis.«

»Das werden wir.«

»Und was werden Sie dann tun? Mich einschließen und den Schlüssel wegwerfen? Das haben Sie bereits getan. Es gibt nicht viel, mit dem Sie mich noch bestrafen können, oder irre ich mich, Francis?«

»Wir können Ihre Zelle aufschließen, sie anketten wie jetzt, und die Verwandten einiger Ihrer Opfer Sie mit Feuerwerfern besuchen lassen...«

Dr. Proctor reagierte mit einem milden Lächeln. »Darf ich das als offizielles Versprechen auffassen, Francis? Wenn ja, wären meine Anwälte äußerst befremdet.«

»Frank«, unterbrach Russell. »Wir sollten zur Tagesordnung übergehen. Der Präsident hat mich bevollmächtigt...«

»Ja, richtig. Oliver. Wie geht es Oliver, Julian?«

»Es geht ihm gut.«

»Und den Kindern? Haben Sie sich von ihrer Geburtstagsparty erholt?«

Duroc wußte, daß die Kinder anläßlich eines gesellschaftlichen Ereignisses kurz vor Dr. Proctors Verhaftung Schatzsuche mit einem abgetrennten Arm gespielt hatten. Der Tasmanische Teufel hatte es für einen guten Scherz gehalten.

»Die Alpträume lassen langsam nach.«

»Das ist eine erfreuliche Nachricht.«

Dr. Proctor gab dem Sergeant mit dem Kopf ein Zeichen, er solle die Schnabeltasse fortnehmen.

»Ich hoffe, niemand hat eine Zigarette für mich?«

Jemand hatte.

»Es gibt nur noch so wenige Raucher. Eine grauenhafte Angewohnheit, aber sie vertreibt die Zeit. Ich habe eine Menge Zeit, wie Sie wissen.«

»Ottokar«, sagte Wicking. »Wir sind berechtigt, Ihnen Bücher, Videos, Zeitschriften sowie einen begrenzten, überwachten Zugang zu telefonischem und schriftlichem Kontakt mit der Außenwelt anzubieten.«

»Den habe ich bereits.«

»Wir könnten ihn ausweiten, das Ganze etwas schmackhafter machen...«

»Das könnten Sie«, räumte er ein.

»Der Präsident ist sehr besorgt, Ottokar«, sagte Russell. »Er möchte, daß Sie sich diese Handelsbilanzen ansehen...«

Der Mann vom Finanzministerium hielt ihm seine Papiere hin, dann breitete er sie vor Dr. Proctor auf dem Tisch aus. Der Angekettete sah nicht einmal hin. Duroc wußte, daß er die Situation genoß.

Bei seiner Verhandlung hatte Dr. Proctor zugegeben, er habe die Regierung North bei vollem Bewußtsein ermutigt, in der Wirtschaftspolitik einen beinahe selbstmörderischen Kurs einzuschlagen, um die Zunahme des Chaos in der Welt zu fördern. Nach seinen Motiven befragt, hatte er auf die Jungsche Theorie verwiesen. »Das kollektive Unbewußte unterliegt zu starker Ordnung«, hatte er behauptet. »Irgend jemand mußte das Element der Überraschung wieder einführen.« Und jetzt sah sich die Regierung gezwungen, vor einem verurteilten Massenmörder zu Kreuze zu kriechen und ihn zu bitten, den Zahlenwirrwarr aufzudröseln, den er ihr hinterlassen hatte.

Dr. Proctor hob eine Braue und warf einen flüchtigen Blick auf Russells Papiere. »Tz, tz, tz. Diese Steuerrückzahlungen funktionieren überhaupt nicht, was? So was Dummes. Ich hätte das Schlupfloch sehen müssen, durch das sich die Japcorps aus der Affäre ziehen, was meinen Sie? Wissen Sie, die Wirtschaftspolitik eines Landes hat heute weniger Gewicht als die der großen Gesellschaften. Nehmen Sie zum Beispiel den Fall des sich auswachsenden Konfliktes zwischen GenTech-Pst und der Sowjetunion. Aus ihrem Handelskrieg könnte logischerweise ein heißer Krieg werden, und wo würden wir dann stehen? Sie sollten dafür Sorge tragen, daß der CIA diese Blutbanner-Gesellschaft gut im Auge behält. Nationalismus und Kommerz bilden eine unheilvolle Koalition.«

»Ottokar, der Präsident hat mich persönlich gebeten, Ihnen seine besten Wünsche zu überbringen, und mich ermächtigt, Ihnen alle Freiheiten, ausgeschlossen der Freiheit selbst, innerhalb dieser Institution anzubieten, wenn Sie sich nur bereit erklären, sechs Monate lang in beratender Funktion zu arbeiten, bis der Haushalt durch ist.«

»Es tut mir aufrichtig leid, Julian, aber ich bin nicht interessiert.«

»Wir erlauben Ihnen, ZeeBeeCees neues Angebot für eine weitere Fernsehserie anzunehmen. Sie können eine Talkshow moderieren.«

»Fernsehen. Das ist doch nur ein Spielzeug. Schließen Sie alle Sender in den Vereinigten Staaten. Das wäre ein ernstgemeinter ökonomischer Rat für Sie. Schneiden Sie die Werbeblöcke heraus, verringern Sie sinnlosen Konsum. Stoppen Sie das ›Lifebite‹-Programm, und überlassen Sie die Menschen wieder ihren eigenen Vorstellungen. Ihre Freunde in Deseret haben die richtige Idee gehabt, Mr. Duroc. Führen Sie den alten Pioniergeist wieder ein. Als es noch hieß, ein Mann mit Gewehr und Pferd gegen die wilden Rothäute.«

»Das bringt uns nicht weiter«, meinte Wicking. »Immer das gleiche. Er hat das Land ruiniert, und jetzt lehnt er sich zurück und sieht sich das Chaos an.«

»Ich bin überzeugt, wir stehen kurz vor einem Durchbruch«, sagte Russell.

»Sie arbeiten in New York, Francis. Was wird an der Met gespielt? Haben Sie Sir Oswald Osborne in *Pagliacci* gesehen?«

Wicking warf die Hände in die Luft und sackte in seinem Sessel zusammen. Dabei öffnete sich sein Jackett, und Duroc sah, daß er eine versteckte Waffe trug. Dr. Proctor hatte sie ebenfalls bemerkt.

Die Zeit verstrich, und alle im Raum sahen sich an.

Schließlich brach Dr. Proctor das unerträgliche Schweigen. »Mr. Duroc, erzählen Sie mir etwas. Sagen Sie mir, was Sie anzubieten haben. Erzählen Sie mir von Jessamyn Bonney und den Josephinern.«

Duroc war beeindruckt. Der Mann mochte so verrückt sein wie ein Gassenbonaparte, aber er hatte einen scharfen Verstand und verfügte über Informationsquellen, von denen niemand etwas wußte. Seine Fähigkeit zu übersinnlichen Wahrnehmungen war bei seiner medizinischen Untersuchung nicht positiv getestet worden, andererseits gab es Möglichkeiten, die Untersuchung zu umgehen.

»Nun?«

Duroc holte tief Luft. »Dr. Proctor, ich repräsentiere nicht die Regierung. Im Gegensatz zu Mr. Wicking und Mr. Russell bin ich nicht in der Lage, Ihnen rechtsgültige Zusicherungen zu machen. Ich bin nicht einmal Bürger der Vereinigten Staaten. Ich bin von Geburt Franzose, und mein gegenwärtiger Paß führt mich als Bürger von Deseret – Sie wissen, was das bedeutet?«

»Aber ja. Deseret stellt ein interessantes geopolitisches Experiment dar. Oliver hätte es niemals zulassen dürfen. Ein unglücklicher Präzedenzfall. Innerhalb von sieben Jahren werden Missouri, Arkansas und Kentucky per Eingabe die Trennung von den Vereinigten Staaten verlangen. Tennessee vielleicht auch. Sie haben es hier zuerst gehört. Das wird kommen. Oliver sollte Fort Sumter Verstärkung schicken. Aber tut mir leid. Ich komme vom Thema ab. Akademische Randbemerkungen, eine schlechte Angewohnheit.«

»Das ist vollkommen in Ordnung. Die Kirche des Joseph würde Sie gerne als Berater im Fall Jessamyn Bonney engagieren. Kennen Sie die Frau?«

»Ich habe von ihr gehört. Wir verkehren nicht gerade in denselben Kreisen.«

Duroc holte eine Akte hervor. Seit Bronson Manolos Tod war sie um einiges dicker geworden.

»Das ist lächerlich«, sagte Dr. Proctor. »Könnte ich bitte eine Hand frei bekommen? Die Linke wird genügen.«

Wicking kaute auf einer Unterlippe herum, dann gab er dem Sergeant ein Zeichen. Gilhooly zog seine Pistole und hielt sie Dr. Proctor an den Kopf, während er mit seinem Schlüsselbund hantierte. Eine Handfessel fiel, und Dr. Proctor schüttelte seine Hand, um sie zu lockern.

»Eine falsche Bewegung, Otto...« Gilhooly stand hinter dem Mann auf dem Stuhl und hielt seine Waffe auf Dr. Proctors Zirbeldrüse gerichtet. »Ich tue es gerne, damit Sie es wissen.«

Dr. Proctor blätterte in Jessamyn Bonneys Unterlagen.

»Hmmm. Interessantes Mädchen. Wie viele hat sie umgelegt?«

»Keine Bange, Ottokar«, sagte Wicking. »Sie brauchen sich nicht um Ihren Rekord zu sorgen. Noch nicht.«

»Seien Sie nicht vulgär, Francis. Das ist kein Spiel, wie Sie wissen. Nicht wie Basketball.«

»Was ist es dann? All diese Morde?«

»Es ist eine Kunst. Die einzig echte amerikanische Volkskunst.«

Der Tasmanische Teufel schaute von den Unterlagen auf. »Nun, Mr. Duroc?«

Duroc legte die Handflächen auf den Tisch. »Wir sähen Jessamyn Bonney gerne tot.«

»Das wird Sie vermutlich nicht glücklich machen, aber auch nicht einsam.«

Russell warf ein: »Roger, ich sehe wirklich nicht, wohin uns das führen soll. Ihre Leute haben nichts erwähnt von...«

Duroc hob die Hand. »Ruhe, bitte.« Russells Kiefer sackte herab. »Vielen Dank. Dr. Proctor, wir sind bereit, Ihnen ein besseres Angebot zu machen als die Regierung der Vereinigten Staaten von Amerika. Sie sind von keinem in Deseret anerkannten Gericht verurteilt worden. Man könnte Ihnen die Bürgerrechte gewähren.«

Wicking war außer sich. »Das ist doch völliger Irrsinn.«

»Psst, Francis«, sagte Dr. Proctor. »Das interessiert mich.«

»Man könnte Ihnen ebenso politisches Asyl in Salt Lake City gewähren.«

»Ich würde lieber hierbleiben. Eine kleiner Scherz.«

Gilhooly war verwirrt. Das ging dem Sergeant über den Verstand. Gut, damit hatte Duroc eine Chance von 80% oder besser. Der andere Beamte, Bean, bohrte in der Nase und kratzte sich am Wanst.

»Sie brauchen nichts weiter zu tun, als eine junge Frau umzulegen. Nach all den anderen dürfte Ihnen das nicht allzu schwer fallen.«

Wicking erhob sich. »Ich werde dieses Treffen augenblicklich beenden. Ich hatte keine Ahnung, daß Sie eine solch extreme Haltung einnehmen würden, nachdem das Büro des Präsidenten Ihrer Gegenwart hier zugestimmt hat. Mr. Duroc, ich werde einen ausführlichen Bericht über Ihre...«

Duroc zog den Wurfstern aus Elfenbein hervor – er war für den Metalldetektor unsichtbar – und schleuderte ihn durch den Raum.

Gilhoolys Kehle öffnete sich unter einem Schwall aus Blut. Sofort war Dr. Proctors Hand hinter ihm und fing die herunterfallende Pistole auf.

Wicking hätte es beinahe geschafft, seine Waffe zu ziehen, aber nur beinahe.

Der Schuß hallte dröhnend im Raum wider. Wicking taumelte nach unten und riß seinen Sessel mit.

Duroc befand sich jetzt auf der anderen Seite des Zimmers. Er hatte Bean die Hand über den Mund gelegt und preßte seine Nase zusammen. Er wehrte sich noch kurz und starb.

»Keine Sorge, Mr. Duroc. Hier ist alles schalldicht. Nachts wird hier zuviel geschrien.«

Russell hatte es die Sprache verschlagen, er zitterte. Duroc hatte Gilhoolys Schlüssel an sich genommen und befreite Dr. Proctor systematisch von seinen Ketten.

Gilhooly lag zuckend am Boden. Er blutete immer noch. Jetzt war Dr. Proctor frei. Er streckte die Arme und stapfte herum. Er reichte Duroc die Waffe, der sie auf Russell richtete. Der Mann aus dem Finanzministerium hob die Hände.

Dr. Proctor kniete neben dem Sergeant und packte den Wurfstern, der in seiner Kehle steckengeblieben war.

»Ich habe dir doch gesagt«, meinte er, an dem Stern zerrend, »du sollst mich nicht Otto nennen.«

Der Wurfstern stieß auf Knochen. Gildhooly stieß einen gurgelnden Laut aus und hörte auf zu zucken. Dr. Proctor richtete sich auf und lächelte den Mann aus dem Finanzministerium an.

»Ottokar«, sagte Russell, »wir haben ein Verhältnis, das...«

»Richtig, Julian. Ein sehr enges Verhältnis. Ein engeres gibt es nicht.«

Der Tasmanische Teufel sah sich suchend nach etwas um. Er entdeckte die Kaffeeutensilien und nahm einen Teelöffel aus der Zuckerdose.

»Wie unvorsichtig«, sagte er. »Er hätte aus Plastik sein müssen. Ich schätze, Aluminium ist in diesen schwierigen Zeiten billiger als irgendein petrochemisches Abfallprodukt.«

»Ottokar...«

Dr. Proctor beugte sich über Russell, den Löffel in der einen Hand, während er die andere dem Mann aus dem Finanzministerium auf die Schulter legte.

»Dr. Proctor«, sagte Duroc. »Beeilen Sie sich. Unser Spielraum ist äußerst begrenzt.«

»Es dauert nur einen Augenblick, *Monsieur*.«

Selbst Duroc zog es vor, dem Teufel nicht bei der Arbeit zuzuschauen. Als das Geschrei vorüber war, hatte er Bean die Uniform ausgezogen.

»Ist das Ihre Größe?« fragte er.

»Ein bißchen großzügig um den Bauch, aber wir können den Gürtel etwas enger schnallen.«

Dr. Proctor zog seine weiße Anstaltskleidung aus und zog die Uniform über. Gilhoolys Kleider waren leider am Kragen zu blutig.

»Fertig?«

»Ja, *Monsieur*.« Dr. Proctor hielt den Teelöffel in die Höhe. Er war rot.

»Worauf waren wir noch?«

»Das Privileg des Kochs«, sagte der Teufel. »Ich darf den Löffel ablecken.«

VII

»Jesse, was ist los?«

»Ich weiß nicht, Habicht. Manchmal kommt mir alles so verrückt vor. Diese Träume und Prophezeiungen. Ich bin ein Mädchen aus der Denver-Verbotszone und keine Superheldin aus einem Comic.«

»Die Verbotszone liegt lange hinter dir.«

»Tatsächlich? Bist du ganz sicher?«

»Du kennst die Antwort. Was warst du denn? Eine kleine Kriminelle, ein Gesellschaftsschädling. Du hast Leute ausgeraubt, umgebracht...«

»Das war nur eine Phase. Aus so was wächst man raus.«

»Die Leute, die du umgebracht hast, bestimmt nicht.«

»Ich habe nie jemanden getötet, der nicht sonst mich umgebracht hätte.«

»Das ist nicht wahr.«

»...ja, du hast recht.«

»Was für ein Gefühl ist das?«

»...ich weiß nicht. Ich scheine nicht mehr dieselbe zu sein. In der Kultgang war alles anders. Man läßt sich mit dem Rudel treiben und tut, was alle von einem erwarten...«

»Du warst die Anführerin des Rudels.«

»Ja. Aber das bedeutete, daß die anderen um so mehr von mir erwarteten.«

»Würdest du zurückgehen, wenn du könntest?«

»Ich würde Andrew Jean und Cheeks und die anderen zurückholen, ja.«

»Das habe ich nicht gemeint. Würdest du wieder mit der

Kultgang herumziehen? Und auf den Op oder Maniak warten, der dich erledigt?«

»Nein, dafür bin ich sowieso zu alt. Nein.«

»Und was ist jetzt deine Aufgabe?«

»Etwa die Welt retten?«

»Du solltest es nicht sagen, als sei es etwas Schlimmes, Jesse.«

»Nein? Wenn du mich fragst, die Welt ist es nicht unbedingt wert, daß man sie rettet.«

»Du kannst nicht dein ganzes Leben darauf verschwenden, deinen Vater zu töten.«

»Was hat das damit zu tun?«

»Dein Vater hat dich in diese Welt gebracht, und er war der letzte Dreck, deswegen verabscheust du jetzt die Welt.«

»Das klingt mir zu einfach. Mein Vater war nicht der einzige Schleimscheißer auf der Welt. Du solltest zum Beispiel mal meine Mutter kennenlernen, wo immer sie jetzt auch stecken mag. Rancid Robin.«

»Aber die Welt besteht nicht nur aus Abscheu.«

»Nein? Von dir einmal abgesehen, sind alle, die ich mochte, tot. Oder sollten es sein.«

»Wir werden unseren Teil tun, dann wird alles besser werden.«

»Das habe ich mir mein ganzes Leben lang anhören müssen.«

»Diesmal ist vielleicht... alles etwas anders, was meinst du?«

»Etwas anders? Stimmt. Ich war noch nie zuvor ein Monster.«

»Du bist kein Monster. Du bist eine Kriegerin des Geistes.«

»Jesse Frankensteins Tochter, die Kriegerin des Geistes.«

»Du mußt das, was du für dich selbst empfindest, in die richtigen Kanäle leiten. Du wirst deine ganze emotionale Kraft brauchen.«

»Geht es bald los?«

»Ja. Jetzt sofort.«

VIII

Dr. Proctor ließ den Chip in das Musiksystem des Autos gleiten und spulte bis ›*Nessun dorma!*‹ vor. Sir Oswald Osbourne, die größte Opernstimme der 90er, legte sich als Unbekannter Prinz mächtig ins Zeug. Abgesehen von Osborne war der *Turandot* der Met eher zweitklassig, aber das ›*Nessun dorma!*‹ wurde man nie leid. Die Arie war zu Ende, und er sprang bis zum Finale. ›*C'era negli occhi tuoi*‹ und ›*Diecimila anni*‹. Dann der Applaus.

Der bordeigene Computer verriet ihm, daß er sich im Süden von Arizona befand. Das Fahren überließ er ganz den Apparaten. 1989 war er bereits durch diese Gegend gekommen, als er gerade am Anfang seines teuflischen Werkes stand. Es hatte ihm gefallen, weil es ihn an die endlosen Mesas und sandigen Canyons der Roadrunner-Cartoons erinnerte. *Zoom and Bored* (1967), *Wild About Hurry* (1959), *Fastest with the mostest* (1960), *Tired and Feathered* (1965).

Damals hatte es auch eine Kultgang gegeben. Die Backburners. Sie hatten ihn angehalten, ihn umbringen und ausrauben wollen. In jener Nacht hatte er sein Konto um bestimmt fünfzehn oder zwanzig erhöht. Er zählte nie nach. Das überließ er den Kleinkarierten, den Anwälten und Journalisten.

Über ihn waren siebzehn Bücher im Druck, seine Autobiographie nicht mitgerechnet, und er war fünfmal verfilmt worden. Steve Martins Auftritt in *Tas*, der Version von Newman, gefiel ihm besser als alle anderen. Michael Caine in *Ein Teufel unter Frauen* war besonders schwach gewesen, und Dustin Hoffman hatte sich in *Bin unabhängig, Axt vorhanden* schlicht übernommen.

Dennoch, keiner von ihnen war so recht das, was er sah, wenn er in den Spiegel blickte.

Der arme Oliver. Er würde nie aus dem Schlamassel herauskommen, in dem er ihn hatte sitzenlassen. Und in Sunnydale würden Köpfe rollen. Noch mehr Köpfe, korrigierte er sich.

Sobald er seine Ehrenschuld bei Seth beglichen hatte, nahm er ihn vielleicht beim Wort und ließ sich ein Heim in Deseret bieten. Vielleicht zog er es jedoch auch vor, die Nebenstraßen der Vereinigten Staaten unsicher zu machen und sein Spiel zu spielen. Auf Konten, in Banksafes und Geheimverstecken im ganzen Land hatte er ungefähr hundert Millionen Dollar gehortet. Er konnte sich ein anderes Gesicht machen lassen.

Und schon würde der Teufel wieder tanzen.

Duroc hatte ihm recht präzise Angaben über den Aufenthaltsort von Jessamyn Bonney machen können. Er mußte über ausgezeichnete Quellen verfügen. T-H-R war seit Jahren hinter ihr her, und nach deren Informationen war sie einfach von der Bildfläche verschwunden.

Durocs Leute dagegen mußten praktisch direkt in ihrem Schädel stecken.

Das Kloster Santa de Nogueira. Er hatte noch nie davon gehört, und auf den meisten Karten war es nicht eingezeichnet, doch die Josephiner hatten ihm eine Wegbeschreibung im Auto gelassen.

Sie hatten ihm außerdem eine anregende Auswahl von Spielzeugen überlassen, von denen er bereits ordentlich Gebrauch gemacht hatte. Mit Freuden hatte er herausgefunden, daß es im Mittleren Westen eine Waffenfabrik mit dem Namen TOPJOB Inc. gab. Deren Elektromesser hatte er gleich an einem Tramper aus Tucson ausprobiert. Die Dinger waren nicht besonders praktisch, er behielt sie jedoch wegen ihres Namens.

Von einem Postamt in Dos Cabezos schickte er Rex Tendeter und den anderen in Monster's Row eine Postkarte. In das Blut des dortigen Sheriffs malte er mit dem Finger: »ES GEHT MIR

AUSGEZEICHNET, WÜNSCHT, IHR WÄRT HIER, ALLES LIEBE, OTTOKAR.«

Hoffentlich ließen die Leute in Sunnydale die Karte durch. Die Monster hatten eine Spur von Hoffnung verdient. Schließlich, wenn Dr. Proctor herauskam, konnten sie das auch...

Seit die Welt auf ihn aufmerksam geworden war, rissen sich die Medien um ihn. Hätte er tatsächlich all die Morde begangen, die sie ihm anzuhängen versuchten, er hätte einen Nobelpreis für die Erfindung der Teleportation bekommen. Sie ließen ihn innerhalb von zwanzig Minuten in New York und San Francisco zuschlagen. Er wurde ebenso oft beobachtet wie Neil Gaiman, und ebenso selten identifiziert. Vielleicht sollte er sich nach Beendigung seines jetzigen Auftrages den Bildromanautor schnappen und die Belohnung kassieren, die der Pan-Islamische Kongreß auf seinen Kopf ausgesetzt hatte. Nein, das würde seine Kunst herabwürdigen und dem heiligen Akt des Tötens einen zu durchsichtigen Anstrich des Kommerziellen verleihen.

Dem Problem Jessamyn Bonney hatte er einiges an Überlegung gewidmet. Er hatte die Bandaufnahmen von Dead Rat mehrere Male abgehört und sich Notizen über ihre Fähigkeiten und Leistungen gemacht. Besonders ihr Vorgehen im Fall von Susie Terhune und Bronson Manolo hatte ihm imponiert. Nichts Protziges, lediglich eine schlichte Demonstration tödlicher Gewalt. Eine Künstlerin war sie nicht, aber mit Sicherheit verstand sie ihr Handwerk.

Er hatte sich über Doc Threadneedle informiert und einen Blick in seine Autopsieberichte geworfen. Die Schlußfolgerungen waren eindeutig. Jessamyn verfügte über das gewisse Extra.

Aber er hatte auch schon früher Leute mit Bio-Implantaten getötet. Eine Menge sogar. Er hatte sich die Stärksten der Starken ausgesucht und sie dazu gebracht, daß sie heulend und winselnd um Gnade flehten.

Bei Jessamyn würde es nicht anders werden.

Es war nur Platz für einen Gott der Schmerzen, und Dr. Proctor war der erste Anwärter auf diesen Posten.

Über der Wüste ging der Mond auf.

IX

Er war allein im Hof. Es war spät. Jesse schlief. Über die Sandwüste blies ein Wind, kam näher. Und in diesem Wind, wußte Habicht, steckte der Teufel.

»Zur Hölle mit ihm...«, sagte er.

Im Wind hörte er schwach eine Stimme, die sang...

...»*Se quel guerrier io fossi!*« Singend fuhr Dr. Proctor durch die Sandwüste. Santa de Nogueira lag abseits der Straße, die Josephiner hatten ihm jedoch ein Auto gegeben, das sich in eine Sandraupe verwandeln konnte.

Weiter vorn ragte das Kloster auf und hob sich als Silhouette vor dem Nachthimmel ab wie ein Palast aus arabischer Nacht. *Aida* war äußerst passend.

Wenn Durocs Informationen stimmten, hielt sich Jessamyn Bonney in dieser uralten Burg auf. Eine Prinzessin, die auf ihren Drachen wartete.

Dr. Proctors Lächeln verzog sich zu einem Grinsen, und seine Brauen senkten sich. Die wenigen überlebenden Zeugen, die gesehen hatten, wie sich dieser Ausdruck über sein Gesicht legte, hatten ausgesagt, daß er dann wahrhaftig jener Comicfigur glich, von der seinen *nom de homicide* hatte.

Er gluckste kehlig, wobei sich seine Eckzähne tief in seine Lippen gruben, und wurde ruhig. Jetzt war er wieder ganz der Ökonom, der gelassene Guru der Fernsehshows und Pressekonferenzen, der aalglatte Lügner, der das mächtigste Land der

Welt sachte in ein geldpolitisches Desaster gestoßen hatte, von dem sich zu erholen es Jahrhunderte brauchen würde. Er betrachtete sich im Spiegel und verzog den Mund wie Daffy Duck. »Weißt du was«, sprach er zu sich selbst, »du bist einfach widerlich.«

Er spürte, wie sich tief in ihm die Lust am Töten sammelte.

Zur gleichen Zeit, im Tempel in Salt Lake City, nahm Nguyen Seth seine Brille in die Hand und setzte sie auf. Die Finsternis erhellte sich, und er blickte in die blutige Pfütze im Taufbecken.

Der Dunst hob sich, und er sah das Kloster. Duroc hatte seinen Handlanger gut gewählt.

Eine gute Nacht, die Hölle losbrechen zu lassen.

Jesse wälzte sich unruhig hin und her. Gesichter schossen in rasendem Tempo auf sie zu. Das Krokodil flüsterte ihr etwas ins Ohr, nannte sie Maikäfer, Maikäfer, und drängte sie, fort und nach Hause zu fliegen...

...dein Haus steht in Flammen, deine Kinder sind fort.

In der Dunkelheit öffnete sie ihr eines Auge und stellte fest, daß Habicht-Der-Sich-Niederläßt ihre gemeinsame Zelle verlassen hatte.

Mondlicht flutete durch den Fensterspalt herein.

In der äußersten Finsternis strebte der Uralte Widersacher dem Wurmloch zu. Es war an der Zeit, in den materiellen Kosmos hinausgestoßen zu werden, sich mit seinem Gastkörper zu vereinen und sich dann auf die Suche nach seiner Beute zu machen...

Dr. Proctor schaltete die Beschallungsanlage ab und konzentrierte sich. Er entdeckte den Teufel in seinem Innern und rief ihn herbei. Seine Freunde in der Monster Row wären stolz auf ihn gewesen.

Habicht-Der-Sich-Niederläßt sang den Mond an. Sein Vater hatte ihm das Lied beigebracht. Er rief nach dem Krokodil. Er stellte sich vor, wie das gelbe Rund am Himmel sich weitete, zum Oval wurde, aus dem eine Schnauze herauswuchs und ein peitschender Schwanz. Sein Lied ertönte weiter, und die Geister seiner Vorfahren gesellten sich zu ihm.

Duroc erwachte und griff nach dem Messer unter seinem Kopfkissen. Wieder einmal hatte er von seinem Onkel und von Dien Bien Phu geträumt. Die Frau neben ihm setzte sich auf, brummte etwas und streichelte ihm über den Rücken.

»Roger, du bist völlig durchgeschwitzt.«

Sein Herz wurde wieder ruhiger. Er legte die Klinge wieder an ihren Platz zurück. »Es ist nichts, Schwester Harrison«, sagte er, »schlaf weiter.«

»Du hast Fieber.«

»Nein... es ist... es handelt sich nur um eine Familiengeschichte...«

Im Meer der Stille reflektierte die Kuppel von Camp Pournelle die Sonnenstrahlen. Für das unbewaffnete Auge auf der Erde wirkte es wie ein Zwinkern im Gesicht des Mannes im Mond.

Das Camp war seit dem Abbruch des amerikanischen Raumfahrtprogramms vor zehn Jahren verlassen und beherbergte lediglich Rechenmaschinen untergeordneten Ranges.

Eine Temperaturveränderung im Untergrund der Mondoberfläche löste einen Mechanismus aus, und ein Drucker begann einen Papierstreifen auszuspeien, bestimmt für die Augen einer Besatzung, deren Mitglieder längst zur Erde zurückgekehrt waren und wieder an ihren Schreibtischen saßen.

Sensoren kreiselten. Dinge nahmen ihren Lauf. Sie wurden aufgezeichnet, abgespeichert und vergessen...

Im Reservat wurde Zwei-Sterbende-Hunde von einem weiteren Hustenanfall geschüttelt. Er hatte eine Flasche Old Thunderblast zu vier Fünfteln geleert, ein besonders feines Gebräu, das als Abfallprodukt bei der Herstellung von Rinderfutter anfiel und das den weniger wählerischen Bewohnern des Südwestens für fünfzig Cent die Flasche angedreht wurde.

Zwei-Sterbende-Hunde lag auf einem Abfallhaufen, umgeben von Müll, für den nicht einmal die Aasköter der Navahos Verwendung hatten. Gleich neben seinem Kopf lag der Bildschirm eines veralteten PC, dessen Röhre quer gesprungen war.

Im Glas wirkte der Mond gespalten wie ein Teller. Er schien sich zu bewegen, und Zwei-Hunde wußte, daß seine Sehkraft wieder schwand. Er leerte die Flasche. Bald würde er kotzen. So war es in diesen Tagen immer. Er hatte bei seiner Geburt einen unglücklichen Namen bekommen, und jetzt tat er alles, um der schlechten Wahl seines Vaters gerecht zu werden.

Der Mond verbog sich.

Plötzlich war er stocknüchtern. Er drehte sich auf den Rükken und schaute hoch in das grinsende Gesicht am Himmel.

Er öffnete den Mund und spürte, wie sich eine Explosion von seinem Magen aufwärts hocharbeitete. Er atmete tief durch und vereinte seine Stimme mit der seines Sohnes dreihundert Meilen weiter im Süden und sang das Lied des Mondes, das Lied ihrer Familie...

Das Mondkrokodil grinste.

Nguyen Seth klammerte sich an das zitternde Taufbecken, als der Tempel erbebte. Es war nur ein kleines Erdbeben. Das Blut spritzte ihm ins Gesicht.

Er mußte an Bruno Bonney denken, sah ihn durch die Augen seiner Tochter, während ihre Nägel sich in seiner Kehle verkrallten.

Im Jenseits schwärmten die Kräfte der Finsternis aus, schlugen ihre großen Flügel, fuhren ihre Tentakel aus...

Fort Apache, Lake Havasu. Trooper Stack merkte, daß Leona wach war. Er rollte sich auf die Seite, um ihr einen Kuß zu geben, und sah die Tränen auf ihrem Gesicht.

»Nathan«, sagte sie. »Es ist aus. Mit uns, meine ich.«

Dr. Proctor trat auf die Bremse und kletterte aus seinem Wagen. Eine heulende Stimme hallte durch die Nacht. Er öffnete den Kofferraum und verteilte Waffen an seinem Körper.

Jessamyns Schreien war es nicht. Es mußte dieser Indianer sein. Habicht-Der-Sich-Niederläßt. Er überflog seine Daten und entschied, er brauche ihn nicht zu berücksichtigen. Er war ohne Bedeutung.

Er ging die leichte Steigung zur Pforte von Santa de Nogueira hinauf.

»Eure Heiligkeit, Eure Heiligkeit...«

Auf der anderen Seite der Welt stürzte Pater Declan O'Shaughnessy in einem der inneren Gemächer des Vatikans auf Papst Georgi zu. Der heilige Vater war mit dem Studium von Berichten jesuitischer Agenten aus Mittelamerika beschäftigt.

»Was gibt's, Declan?«

»Eine Störung. Eine große Störung. Unsere Seher reden mit gespaltenen Zungen und haben Schaum vor dem Mund.«

»Ist es ein Anfall?«

»Wer weiß?«

»Rufen sie den Zentralrat zusammen. Ist Chantal erreichbar?«

»Ich glaube nicht.«

»Schade. Machen Sie eine Leitung nach San Francisco frei. Ich möchte mich mit Kazuko Haro beraten.«

»Sofort, Eure Heiligkeit.«

Als Pater O'Shaughnessy den Papst verließ, hörte er, wie der heilige Vater auf lateinisch leise mit sich selbst sprach.

Stärkende Gebete, wie er hoffte.

»Houston, Houston, können Sie mich empfangen?«

»Klar, Wolkenbasis. Ihr habt da oben vielleicht japanische Zeit, aber hier unten auf der Erde ist es vier Uhr früh, verdammt.«

»Eine ganz schräge Geschichte kommt auf uns zu, Houston. Gerade in diesem Augenblick haben alle unsere Instrumente angefangen, verrückt zu spielen.«

»Hört sich an wie ein Japtech-Fehler. Bei uns hier ist alles normal.«

»Haben Sie sich in letzter Zeit mal den Mond angesehen?«

»Klar, er steht direkt vor dem Fenster. Was meinen Sie damit?«

»Werfen Sie mal einen Blick drauf.«

»Verdammte Scheiße.«

»Eben.«

»Okay. Wir klassifizieren die Geschichte als Monitorfehler, einverstanden? Schlafen ein bißchen, und morgen früh sieht alles wieder ganz anders aus.«

»Wir haben Sie gewarnt. Mehr müssen wir nicht tun. Jetzt liegt es an Ihnen. Gute Nacht, Houston.«

»Gute Nacht, Digby.«

Der Ewige Widersacher streckte seine unsichtbare, immaterielle Gestalt und löste sich von dem Felsbrocken. Schließlich war es nichts weiter als ein Satellit, der eher als Brennpunkt menschlicher Träume von Bedeutung war denn als Sammlung geologischer Daten.

Er fegte durch Camp Pourgelle hindurch. Die Winzigkeit seiner Mechanik, die Begrenztheit ihrer Ausmaße machte es ihm leicht.

Tick-tack, tick-tack, tick-tack.

»Miss... ist irgend etwas?«

Es war, als wachte man auf. Sie war nicht etwa schlafgewandelt oder dergleichen, schien jedoch irgendeinem Antrieb folgend davongewandert zu sein.

»Miss?«

»Ist schon in Ordnung. Danke, Kumpel.«

Der Zoowärter setzte seine Mütze zurecht und schob ab. Chantal Juillerat, S. J., lehnte sich gegen das Geländer und fragte sich, was sie im Moskauer Zoo verloren hatte.

Ferien waren das hier nicht. Sie war bei Kardinal Brandreths Delegation gewesen.

Irgendeine dämonische Präsenz verpestete die halbautomatisch gesicherte Datenbank der römisch-katholischen Kirche auf dem Puschkin Prospekt. Ihre Aufgabe war es, dem vorläufigen Exorzismus beizuwohnen und zu assistieren.

Niemand hatte ihr gesagt, sie könne in den Zoo gehen.

Eine Gruppe schwatzender Kinder umringte sie, drückte die Gesichter ans Gitter und zeigte mit den Fingern auf sie.

Das Reptil klappte die Schnauze auf und zeigte seine Zähne.

Die Kinder fuhren zurück.

Chantal warf einen Blick in das Maul des Krokodils und hatte das Gefühl, als sei jemand über ihr Grab gelaufen.

Sie mußte an ein Lied aus einem Film denken.

»Lächle nie ein Krokodil an.«

Der Mond war wieder rund. Habicht hatte seinen Gesang fast beendet. Sein Auftritt im Spiel war fast vorüber.

In Memphis, Tennessee, war ein alter Op spätabends noch auf, saß in seiner Wohnung, hörte sich alte Platten an und trank zuviel.

Von der CD hauchte seine eigene, jüngere Stimme: »Are you Lonesome Tonight…?«

Und in der Tat, so war es.

Dr. Proctor hatte eine Zugbrücke erwartet, es gab jedoch nur ein wurmzerfressenes, hölzernes Doppeltor.

»Ihr kleinen Schweinchen, ihr kleinen Schweinchen«, sagte er vor sich, »so laßt mich doch rein.«

In der Äußersten Finsternis wurde jenes kleine Nichts aus Rauch, das die geistige Projektion von Nguyen Seth darstellte, vom ärgerlichen Atem der Kräfte der Finsternis mal hierhin, mal dorthin geweht. Der Ewige Widersacher war entkommen. Das Große Werk stand auf dem Spiel. Einer der Titanen trat vor und klinkte sich bei Seth ein. Seine Haken versanken in der Seele des Emissärs.

Es war der, den man Jibbenainosay nannte.

Seth wurde durch das Wurmloch zurück in den Tempel gezerrt und befand sich plötzlich wieder in seinem eigenen Körper.

Er nahm seine Brille ab.

Der Jibbenainosay wartete kurz vor dem Durchgang. In mehr Jahren, als je ein Mensch erinnern wird, war Nguyen Seth vielen Dingen begegnet, doch nie zuvor hatte er wirkliche Angst kennengelernt.

Und nun war er dem Jibbenainosay begegnet.

»He, Chop-Chop, sieh dir mal den besoffenen Indianer an!«

Es waren Maniax. Sie langweilten sich und waren von Smacksynth und Weißem Blitz verkatert. Sie waren aus dem Schnellrestaurant ›Zum fidelen Häuptling‹ getorkelt, wo sie sich den Bauch mit Burro Burritos und Chilli Dogs vollgeschlagen hatten. Sie hatten gehört, die Navahos hätten gute Drogen, aber das war ein Irrtum gewesen.

»Und wie er heult, Mann.«

»Ist das Stück nicht von den Mothers of Violence?«

»Nee, kommt mir eher Sov vor.«

»Glaubst du, er ist eine *Rot*haut?«

»Schon möglich.«

»Gottverdammtes Kommunistenschwein.«

»Wetten, daß ich ihm von hier aus eins auf den Pelz braten kann?«

»Keine Chance, Chop-Chop. Laß mich mal.«

»He, is nich fair. Du hast Stopper.«

»Wenn du das Zeug hast, mußt du es auch benutzen.«

Die Handfeuerwaffe spie Flammen und Blei. Der Schuß hallte durchs Tal und kam als Echo noch verstärkt zurück, nachdem er von den Sugarloaf Mountains abgeprallt war.

»Scheiße, Mann. Sieh dir die Sauerei an, die du angerichtet hast.«

»Verdammt, ich wette, wir können ihm trotzdem noch seinen Skalp abziehen.«

»Irre. Nichts wie los.«

Duroc lag nackt auf dem Steinfußboden und zwang jeden einzelnen Muskel in seinem Körper, sich zu entspannen. Den Trick hatte ihm sein Onkel beigebracht. Manchmal verschwanden dann die Schmerzen. Manchmal...

4:30 Western Central Zeit. 95 Meilen pro Stunde. Nola Gay versetzte dem ersten Fratmobile einen fast zärtlichen Schubs, und die Spikes nagelten sich in den Boden. Redd schwenkte scharf nach links, und der Delta-Gamma-Ypsilon-Schlitten wurde vom Asphalt gehoben. Sie benutzte ihren Leichtgewicht-Kampflaser mit äußerstem Bedacht und säbelte eines der Räder des Fratmobils ab. Der Schlitten überschlug sich und ging am Wegesrand nieder. Nola Gay war dreihundert Meter die Straße weit runter, als die Benzintanks hochgingen. Drei weitere Delta-Gamma-Ypsilon-Schlitten waren noch im Rennen, dann war es aus mit ihnen.

Die Kultgang aus stoppelhaarigen, rotgesichtigen Faschos in ihren Ledersweaters und Footballhelmen waren einfach zu oft in die Vorratskammern von Pächtern der T-H-R zwischen Pueblo und Trinidad eingefallen. Nachdem die Leute vom T-H-R die ersten paar Male zugeschlagen hatten, schienen sie es immer noch nicht begriffen zu haben, und so bekamen sie es jetzt mit der Toplady zu tun, mit Redd Harvest. Sie hatte sich den Einsatz selber ausgesucht und war extra von Denver heruntergekommen, um die Sache persönlich in die Hand zu nehmen.

Nola Gay, ihr individuell angefertigter G-mek V 12, lag makellos auf der Straße wie ein Traum. Mit einer geballten Ladung aus ihrem Granatwerfer machte sie das langsamste der restlichen Fratmobile fertig und legte noch etwas zu. Oft jagte sie die Banditen einfach, bis sie am Ende waren, ohne das auf dem Dach montierte Maschinengewehr oder die 15-mm-Autokanone auch nur zu benutzen.

Einen der Typen erwischte es, und zwar übel. Einem Reifen ging bei 120 Meilen pro Stunde die Luft aus, und schon verteilten sich schartige Metall- und Panzerboyfetzen im Umkreis von einer Meile über dem Asphalt. Blieb noch einer.

Ringsum gab es Explosionen, aber sie riß das Steuer herum, raste zwischen ihnen hindurch, ohne mehr als ein paar versengte Lackstellen abzubekommen.

Das Steuer hielt sie in der Linken, und mit den Fingern der Rechten hackte sie in die Tastatur im Armaturenbrett. Es war wie in einem Videospiel. Erst das Ziel mittig anpeilen, dann abdrücken.

»He, Rotschopf«, ließ eine angenehme Stimme über Interkom verlauten, »ich mach dir ’nen Vorschlag. Wir einigen uns bei diesem Hühnerrennen auf ein Unentschieden und rollen statt dessen auf eine kleine Party in ein nettes Fick-Motel. Wir haben massenhaft Dosenbier, Weiber und Bennie-Poppers.«

Ohne einen Gedanken darauf zu verschwenden, hackte sie auf die Maschinengewehrsteuerung ein und gab Feuer. Die gesamte Hinterpartie des Fratmobils fiel auseinander.

Redd wußte, daß es keine Überlebenden geben würde, ließ

das Wrack links liegen und raste weiter. Ihre restliche Munition feuerte sie in die Dunkelheit über der Wüste.

Die Hatz war vorbei, und sie kam langsam wieder runter. Für's erste jedoch trat sie das Pedal bis aufs Blech durch und raste in die Dunkelheit.

Irgendwann wird eines Nachts eine Ziegelmauer auf der Straße stehen, und das wäre dann das Ende.

Irgendeines Abends, aber nicht heute abend.

Habicht-Der-Sich-Niederläßt fühlte sich nach seinem Gesang, als hätte er mit den uralten Worten seinen Geist in den Sand verströmen lassen. Der Teufel stand vor der Tür, und er hatte nicht die Kraft, Jesse zu wecken.

Das einäugige Mädchen war auf sich allein gestellt.

»Houston, Sie täuschen sich, wenn Sie glauben, ich würde den Präsidenten wegen eines kleinen Defektes auf einer Basis wekken, die wir bereits in den 80ern hätten außer Betrieb nehmen sollen. Schicken Sie uns morgen früh ein Fax.«

»Was höre ich da, meine kleinen Schweinchen? Auf gar keinen Fall...? Gut, dann hol ich tief Luft und puste euer Haus ein...«

»Hier ist Lola Stechkin mit den Kurznachrichten um Mitternacht. Im Augenblick ist rings um die Welt überhaupt nichts los, Gott sei Dank. Daher schalten wir gleich wieder um zu unserem *Nachtstudio in Spitzenhöschen* mit Lynne Cramer. Zuvor jedoch noch ein paar Neuigkeiten von GenTech, dem Hersteller von Bioprodukten, der immer für Sie da ist...«

Unten im Hof war jemand. Einer der Männer aus ihren Träumen. Vorsichtig zog Jesse sich an. Bald würde die Dämmerung einsetzen.

Der Mond ging unter.

X

Aus dem Schatten verfolgte Habicht-Der-Sich-Niederläßt, wie der Teufel den Innenhof von Santa de Nogueira betrat. Er sah aus wie ein Mensch, Habicht erkannte jedoch den Geist, der sich in diesem Körper befand.

Unbekümmert, wie es schien, schlenderte der Teufel über den freien Platz.

Dies war Jesses Prüfung. Habicht spielte dabei keine Rolle. Obwohl er wußte, daß der Teufel, sollte sie versagen, sicher auch ihn umbringen würde.

Wieder war er nur ein entbehrlicher, unbeteiligter Zuschauer und mußte zusehen, wie das einäugige, weiße Mädchen auf eine höhere Seinsebene gehoben wurde. Allmählich hatte der kleine Indianer genug davon.

Habicht trat aus dem Schatten hervor. »Mein Name ist nicht Tonto.«

»Nein, natürlich nicht. Du bist Habicht-Der-Sich-Niederläßt, Sohn von Zwei-Sterbende-Hunde aus dem Geschlecht der Armijah. Du könntest ein Häuptling der Navahos sein.«

»Aber ich bin es nicht.«

»Nein, das bist du nicht. Du bist mir nur im Weg.«

»Und wer sind Sie?«

Der Teufel lächelte. »Dr. Ottokar Proctor, zu Diensten.«

»Der Killer?«

»Der Künstler.«

Sie umkreisten sich. Am Himmel wurde es hell. Die Schatten wichen zurück. Habicht konnte das Antlitz des Teufels jetzt deutlicher erkennen. Es war ein recht berühmtes Gesicht, eins aus dem Fernsehen, aus der Zeitung. Kühl und unentzifferbar, verbarg es die Hörner, die gespaltene Zunge...

»Hast du von einem gewissen Roy Rogers gehört?«

»Nein.« Habicht versuchte, sich an seinen Sterbegesang zu

erinnern, aber er wollte ihm nicht einfallen. Man konnte ihn nur ein einziges Mal singen, dann aber richtig.

»Nun, eines Nachts kommt Roy mit der Postkutsche aus Santa Fe zurück – er war geschäftlich unterwegs gewesen – und unterbricht seine Reise in der Stadt, bevor er sich auf den Weg zurück zu seiner Ranch macht...«

Locker wie ein Golfprofi stand der Teufel im Freien, seine Hände sichtbar.

»›Mr. Rogers, Mr. Rogers‹, sagte der stadtbekannte Säufer, wo wollen Sie hin?«

›Nun, Gabby, ich will hinaus auf meine Ranch...‹«

Habicht hörte Jesse von sehr weit her kommen. Sie schlich sich vorsichtig durch den Innenhof.

»›Aber Mr. Rogers, gestern sind die Apachen durchgeritten und haben Ihre Farm niedergebrannt!‹

›In diesem Fall mache ich mich am besten sofort auf die Suche nach meiner Frau...‹

›Aber Mr. Rogers, als die Apachen fort waren, ist ein wilder Haufen Weißer durchgeritten und hat Ihre Frau zu Tode gepeitscht!‹«

Habicht sah Jesse hinter Dr. Proctor stehen.

»›Nun, dann will ich mal los und nach meinen drei Kindern sehen...‹

›Aber Mr. Rogers, nachdem der wilde Haufen Weißer fertig war, sind mexikanische Banditen von südlich der Grenze gekommen, haben sich Ihre drei Kinder geschnappt und sie an der alten Eiche aufgehängt...‹«

Jesse war ruhig, bereit zum Angriff. Habicht wußte, daß Dr. Proctor wußte, daß sie hinter ihm stand.

»›Nun, wenn das so ist, sehe ich jetzt besser nach meinen Rindern.‹

›Oh, Mr. Rogers, ich erzähle Ihnen das nur äußerst ungerne, aber nachdem die Banditen abgezogen waren, kamen die Viehdiebe und trieben Ihre Herde wie der Teufel aus dem Tal...‹«

Es war die Stunde des Wolfes, jener stille Augenblick zwischen dem Ende der Nacht und Sonnenaufgang. Die Wüste war absolut still.

»›Wenn das so ist, muß ich Trigger seinen Hafer geben...‹

›Aber Mr. Rogers, als die Viehdiebe fertig waren, tauchte Black Bart auf. Er war auf Streit aus und schoß Trigger genau zwischen die Augen, knallte ihn ab wie ein Stinktier...‹«

Jesse zeigte sich. Dr. Proctor nickte ihr zu, erzählte jedoch seine Geschichte weiter.

»Dann blickt Roy zu Boden und sagt, ›Nun, wenn das so ist, reite ich hinaus zu den Trümmern meiner Ranch, zähle mein verlorenes Vieh und begrabe dann meine Frau, mein Pferd und meine Kinder.‹«

Jesse war nicht bewaffnet, aber das sollte nichts heißen. Habicht wußte, sie war ebenso tödlich wie Dr. Proctor.

»Da sagt Gabby, ›Roy, da ist noch etwas...‹«

Wenn es ums Töten ging, war Dr. Proctor ein Künstler, Jesse jedoch die Großmeisterin.

»›Und das wäre, Gabby?‹«

Dr. Proctors Augen strahlten. Jesses Hände ruhten locker auf ihrer Hüfte. Ihre Kampfhaltung.

»›Roy, wie wär's, wenn Sie uns etwas vorsängen?‹«

XI

Niemand lachte.

Von seiner äußeren Erscheinung war Seths Mann eine Enttäuschung. Er sah aus wie ein wohlhabender Wirtschaftsprüfer. Natürlich war er mehr als das. Elder Seth hatte ihn geschickt, damit er einen Job erledigte, den eine ganze Agentur nicht hatte bewältigen können.

Er drehte sich um und sah sie an. Sie blickte in sein gewöhnliches Gesicht und dann hinüber zu Habicht. Er sollte sich raushalten.

»Miss Bonney, schön, Sie kennenzulernen.«

Er streckte seine Hand aus. Sie ergriff sie nicht.

»Ich bin Dr. Proctor.«

»Mir ist es egal, wie Sie sich nennen.«

»Sie sollten meinen Namen aber kennen, bevor Sie sterben. Ich sage den Leuten immer, wer ich bin.«

Bei der Bemerkung war ihr nicht wohl. Sie schloß ihr rechtes Auge und betrachtete sein Wärmeschema. Er war im echten Wortsinn kühl, wies keinen der typischen orangenen heißen Punkte auf, die sie bei jemandem erwartet hätte, der gleich um sein Leben kämpfen sollte.

»Ich habe noch nie von Ihnen gehört.«

Das verwirrte ihn. Er war beleidigt. Er schürzte die Lippen zu einem kleinen Schmollmund. »Wie schade. Das würde der Situation eine ganz andere Bedeutung verleihen.«

Die Sonne kletterte über die Mauern. Eigentlich hätten die Mönche zuvor ihre Andacht halten sollen.

»Ich werde Ihnen eine besondere Art der Unsterblichkeit verleihen, Miss Bonney. Wer würde sich noch an Mary Kelly, Elizabeth Stride oder Polly Nicholls erinnern, wären sie nicht geheiligt worden durch…«

»Ich weiß auch nicht, wer diese Frauen gewesen sein sollen.«

»Sie waren ein Nichts, Miss Bonney. Dumme Puten. Aber sie wurden von Jack the Ripper umgebracht.«

»Von dem habe ich gehört.«

Dr. Proctor zog ein Messer aus seiner Jacke und warf es. Sie schnappte es aus der Luft und warf es auf die Seite. Er lächelte.

»Nur ein Test.«

»Sie wissen, daß ich stärker bin, als ich aussehe.«

»Ich weiß eine Menge über Sie, Miss Bonney. Wahrscheinlich könnte ich Ihre Knochen selbst mit einem Vorschlaghammer nicht zertrümmern, und Ihr Fleisch ist mit Duriumfasern verstärkt. Und dann hat man Ihrem Körper noch ein paar andere Überraschungen eingesetzt. Sie sind ein Cyborg und stolz darauf. Ihre Väter haben Sie gut hinbekommen. Bruno Bonney Ihren Verstand, und Simon Threadneedle Ihren Körper.«

»Also unzerbrechlich, oder?«

Dr. Proctor legte den Kopf auf die Seite, als dächte er nach. »Ich gebe es zu, das ist durchaus möglich.«

»Und Sie sind gekommen, mich zu zerbrechen?«

Er konnte sich ein verschlagenes Grinsen nicht verkneifen. »Nein, ich werde Sie töten.«

»Sie sind ein ehrlicher Mann.«

»Das höre ich zum erstenmal, eine scharfsichtige Bemerkung. Vielleicht bin ich der einzige ehrliche Mann. Ich tue, was ich will, ohne mich dafür zu schämen. Sie waren mir darin sehr ähnlich, Jazzbeaux. Ich habe Ihre Akten gelesen. Aber Sie haben sich verändert.«

»Sie sagen es.« Sie ballte ihre Faust in der Luft und spürte das Metall durch ihre Handfläche.

»Nicht nur dort, auch im Innern.« Dabei berührte er erst seinen Kopf, dann sein Herz. »Sie wissen nicht mehr, was Sie wollen. Sie tun, was man von Ihnen verlangt. Deswegen müssen Sie sterben. Wären Sie damit zufrieden gewesen, wie viele andere als rasender Soziopath zu leben, hätten Sie alt und weise werden können. Statt dessen mußten Sie sich dieser altmodischen Religion verschreiben und wollen unbedingt die ganze Welt retten ...«

»Mir liegt nichts daran, die Welt zu retten.«

»Das sagen Sie, Jessamyn, aber Ihr Handeln spricht eine andere Sprache.«

»Entweder Seth oder ich. So einfach ist das.«

Dr. Proctor mußte lachen. »So naiv können Sie einfach nicht sein. Ganze Kosmen prallen aufeinander, nur um euch beide gegeneinander zu hetzen. Und Ihnen fällt nicht mehr dazu ein, daß das Meer die gleiche Gezeitenkraft besitzt wie der Mond.«

Jesse tat das Herz weh. Es war schlimmer, als sie erwartet hatte.

»Wissen Sie, ich hatte so eine Art Super-Op erwartet, Redd Harvest oder Woody Rutledge. Sie sind anders. Sie erinnern mich an die Sozioarbeiter in Denver. Sie wollen nur reden.«

»Reden ist wichtig, Jesse.«

Sie spürte den Drang, ihm die Kehle herauszureißen, wie sie es bei ihrem Vater gemacht hatte. Sie kämpfte dagegen an. Man erreicht nicht die fünfte geistige Ebene, ohne sich ein bißchen unter Kontrolle zu haben.

»In einer anderen Welt hätten wir zusammenarbeiten können«, sagte Dr. Proctor. »Ich habe den Verstand, Sie den Körper...«

Er ging zum Angriff über...

»Wir hätten diese Schafe *millionenfach* umlegen können.«

XII

Sie brach nicht, aber sie gab nach.

Dr. Proctor packte sie mit einem Sumo-Haltegriff, die Hände hinter ihrem Kreuz verschränkt, und drückte seine Stirn nach vorne. Er brauchte nicht besonders kräftig zu sein, um auf diese Art den größtmöglichen Druck zu entwickeln. Er spürte, wie ihr Rückgratschutz nachgab. Ein gutes Produkt, eine GenTech-Spezialität, aber es war nur eine Hülle. Im Innern waren Knochen mit einem zarten, verletzbaren Strang in der Mitte. Er fand die Druckpunkte unten an ihrem Rücken und rammte seine Handballen hinein.

Sie war nur Zentimeter von seinem Gesicht entfernt und biß die Zähne zusammen.

»Spüren Sie die Schmerzen?« flüsterte er. »Erinnern Sie sich wieder?«

Er preßte ihre Arme an ihren Körper wie in einer Zwangsjacke. Dann hob er sie in die Höhe, bis ihre Füße den Boden verließen. Sie verlor das Gleichgewicht.

»Sehen Sie, Sie haben keinen Hebel mehr. Sie können mich nicht treten.«

Sie riß ihren Kopf zurück und schlug ihm zweimal gegen die Stirn. Das Blut lief ihm in die Augen, aber er blieb unverletzt.

»Das bringt Ihnen gar nichts.«

Er schleppte sie durch den Innenhof, als würde er mit ihr tanzen. Sie war so leicht, wie Mädchen eben waren. Threadneedle hatte eine Vorliebe für leichtgewichtige Technik.

Sie wand sich, und es gelang ihr, die Knie trotz seiner bärenartigen Umarmung hochzuziehen und sie ihm in den Leib zu drücken. Er spürte den Zug in seinen verschränkten Fingern, in Ellenbogen und Schultern.

Er wußte, daß sie sich aus seinem Haltegriff befreien würde, und beschloß, ihr dabei einen ersten kleinen Schaden zuzufügen. Er löste seine Finger, ballte sie zu Fäusten, rammte sie, die Daumen voran, ins Kreuz und ließ sie fallen.

Das dürfte ihr unverändertes Inneres ein wenig durcheinanderbringen und ihren Hüftgurt zurechtbiegen.

Sie behielt ihre Schmerzen für sich, war wieder auf den Beinen und trat zu. Er wich zurück. Bei all ihrer Kraft und Zerstörungsenergie war sie keine besonders geschickte Kampfkünstlerin. Straßenkampf war so ziemlich das einzige, was sie beherrschte, und vielleicht ein bißchen *jeet kune do*. Eher was für Angeber.

Er trat durch ihren Schlaghagel hindurch, bohrte seine Finger unter ihr Schlüsselbein und hakte seine Zeigefinger in ihre Nervenenden. Jesse schrie auf und fing an zu zappeln. Er verpaßte ihr einen Ellbogenstoß seitlich gegen den Kopf, eine Prozedur, die er dreimal in einem Atemzug wiederholte.

»Schon müde? Ich könnte den ganzen Tag so weitermachen.«

Sie hatte ihn immer noch nicht richtig zu fassen bekommen.

»Sie werden sich von Threadneedle das Bauchmuskulaturgeflecht verstärkt haben lassen, also werden wir darauf verzichten, Sie dort zu schlagen«, meinte er.

Er sah seine Chance und rammte ihr seine spitzen Fingerknöchel in den Solarplexus. Er war sicher auch gepanzert, aber er wollte ihn ohnehin nicht zertrümmern, sondern nur einen Schock durch ihr ganzes Knochengerüst schicken.

»Wie du siehst, fängt dein Metallgerüst ganz schön an zu klappern. Es kann dir ebenso weh tun wie ich.«

Er quetschte ihre Rippen, seine Hände bewegten sich schneller als die Wahrnehmung.

»Noch ein paar davon, und dein Knochenschutz hat sich gelockert. Das wird sich dann anfühlen, als wanderten Brotmesser durch deinen Brustkorb. Das wird dir nicht gefallen. Das garantiere ich dir.«

Sie trat zurück, von ihm weg. Sie war ins Schwitzen gekommen. Die Sonne stand mittlerweile am Himmel. Es schien der neununddreißigtausendsechshundertundfünfzehnte sonnige Tag in Folge in Arizona zu werden.

»Macht dir unser kleines Spielchen Spaß? Mir durchaus.«

»Verpiß dich.«

»Tz, tz. Diese Ausdrucksweise. Du solltest dich etwas einfallsreicherer Kraftausdrücke bemächtigen.«

Sie versuchte, ihn an der Kehle zu packen, er wich jedoch aus. Ihre Finger schlossen sich dicht unter seinem Kinn. Nur die Nägel kratzten leicht an seinem Adamsapfel.

»Nicht schlecht. Dein Lieblingsgriff, was? Der Autopsiebericht deines Vaters stellt ein besonders hübsches Beispiel für den Griff zur Kehle dar. Und bei der Tochter der Amerikanischen Revolution in Moroni hast du etwas Ähnliches versucht.«

Er zog einen Derringer und feuerte auf ihr Herz. Ihre Jacke explodierte, und er sah das geschwärzte Fleisch darunter.

»Vielleicht fragst du dich, warum ich das getan habe?«

Sie knurrte und sah überhaupt nicht mehr aus wie ein junges Mädchen.

»Ich wußte, daß wir dich nicht umbringen...«

Sie zog ihre wattierte Jacke sittsam fester um sich, so daß statt der blau anlaufenden Rippen glatte Haut zu sehen war.

»...das hat dir nicht mal richtig weh getan. Du hast dir die Nervenenden kappen lassen, um die Schmerzwahrnehmung zu reduzieren...«

Er schmiß die nutzlose Waffe fort.

»Aber das hat auch Schaden angerichtet, Jesse. Glaub mir, innen drin bist du ein wenig löchrig. Nichts Ernstes. Das wird sich dank Dr. Threadneedles Mikroorganismen von alleine wieder richten. Aber du wärst gut beraten, dich nicht länger so anzustrengen.«

Er strich ihr mit der Kappe seiner Stiefel über die Wange.

»Glaub mir, ich bin schließlich Arzt.«

Sein Absatz prallte gegen ihr Kinn und schleuderte ihren Kopf zur Seite.

»Meinen Dr. habe ich zwar in Ökonomie gemacht, aber als Laie interessiere ich mich sehr für Bio-Technik.«

Sie bekam seinen Knöchel zu fassen, leider nicht fest genug. Er riß sich los.

»Hab ich dir den Daumen ausgerenkt? Nun, ich bin sicher, es hat trotzdem höllisch weh getan.«

Sie steckte ihre Daumen in die Fäuste und versuchte, ein paar Treffer zu landen. Hätten sie getroffen, hätten sie Knochen zermalmt und Organe durchstoßen, er aber war ausgewichen und hatte dafür gesorgt, daß eine Steinsäule dort stand, wo ihre Fäuste landeten.

»Wußtest du, daß 76% von Dr. Threadneedles Versuchspersonen einen geistigen Zusammenbruch erlitten haben, als er noch bei GenTech arbeitete? Ich bin jedoch sicher, daß er ein paar verblüffende Fortschritte gemacht hat, bevor er dich aufgeschnitten hat.«

Jesse ließ sich zurückfallen. Ihre Knöchel bluteten, und in dem zerfetzten Fleisch blinkte Stahl. Wo sie den Stein getroffen hatte, waren deutliche Abdrücke zu erkennen.

»Und das muß sehr unangenehm gewesen sein. Dies ist ein interessanter Ansatz. Im Grunde töte ich dich nicht, sondern verführe dich zu einem langsamen, schmerzhaften Selbstmord…«

Dr. Proctor wußte, alle, die sich ihr bislang gegenüber gesehen hatten, hatten zu viel Angst vor ihrer Wildheit, ihren biotechnischen Verbesserungen gehabt. Zu dumm, daß Dr. Threadneedle keine der neuen IQ-Chromosomen an ihrer Graumasse ausprobiert hatte. Wäre Jessamyn intelligent, hätte sie tatsächlich eine Bedrohung darstellen können.

Sie ging auf eines seiner Knie los und hatte Glück. Nein, eins mußte er ihr lassen. Sie hatte eine Chance gesehen und sie genutzt.

Schmerz flammte auf, und er wurde für einen Augenblick langsamer. Es gelang ihr, ihm in die Flanke zu treten, und er mußte machen, daß er aus ihrer Reichweite kam.

Eigentlich war sie gar nicht unintelligent, nur uninformiert. Sie hatte nicht einmal von ihm gehört. Wahrscheinlich hatte sie, als sie draußen im Sand festsaß, keine Nachrichten gehört. Wie die meisten Schafe würde sie wegen ihrer Dummheit sterben, nicht, weil sie es nicht besser verdient hatte…

Sie war nicht die erste, die sich wehrte. Nicht immer zog er hilflose Opfer vor. Er hatte die Besten verfolgt und bekämpft. Andere hatten größeren Widerstand geleistet.

Seine Flanke pochte, und er mußte feststellen, daß sie besser getroffen hatte, als er anfangs angenommen hatte. Er ging mit kalter Wut auf sie los und stieß ihr die Ellbogen gegen Hals, Gesicht, Schulter und Brust.

Wieder war er außer Reichweite, bevor sie recht wußte, was er mit ihr angestellt hatte.

Ihr Gesicht begann sich schwarz zu verfärben.

»Einige davon sind ganz gewöhnliche blaue Flecken, aber ein paar von diesen Dingern sind nette kleine Taschen, die sich mit Blut aus gerissenen Adern füllen.«

Sie wischte sich mit dem Handrücken über das Gesicht.

»Ich kann dir dein Gesicht auf deinem Duriumschädel zerquetschen, Jesse. Genau das werde ich auch tun. Dann werd ich mich durch deine Augenhöhlen über deine Graumasse hermachen.«

Sie entfernte ihre Augenklappe. Er hatte sich gefragt, wann sie damit kommen würde.

Die rote Linse des Brenners blinkte beim Warmlaufen. Er ließ seine Hand in die Seitentasche gleiten und nahm den kreisförmigen Spiegel in die Hand.

Der Strahl kam, und er hob die Hand, um ihn umzuleiten. Der Winkel stimmte nicht ganz, daher prallte er nicht genau zurück und verbrannte das Implantat, sondern fuhr durch ihr Haar, das ein wenig qualmte.

»Willst du das noch mal probieren? Das hätte ich nicht gedacht.«

Er machte eine Faust und zermalmte den Spiegel zu kleinen Splittern, die er ihr in das Kinn massierte.

»Lassen wir etwas Luft an die Wunden, Jesse. Du hast ein hübsches Gesicht. Ich denke, wir können es interessant machen, ihm ein wenig Charakter verleihen, ein paar Fältchen hier, ein paar Löcher dort...«

Sie ging erneut auf seine Kehle los.

»Hartnäckiges kleines Biest, was? Die Namensliste aus Dead Rat hat mir übrigens imponiert. Besonders Rodriguez. Mit den Fingern in die Augen. Das habe ich auch immer gerne gemacht. Natürlich fehlen mir die Bolzen in den Knöcheln, die das Ganze vereinfachen.«

Er tauchte unter ihrem Fingerstoß hinweg.

»Ist irgendwie unsportlich, finde ich.«

Ein Stein prallte sirrend gegen die Mauer neben seinem Kopf.

Er hatte den Indianer nicht vergessen. Für die gegenwärtige Situation war er ohne Bedeutung, aber er konnte zu einer minimalen Gefahr werden.

»Warum gibst du nicht einfach auf, Jesse? Du wirst diesen Tag nicht überleben. Ich sag dir was, ich werde es schmerzlos machen. Mehr Fairness kannst du nicht verlangen.«

Sie antwortete nicht, sondern machte ein paar schnelle Handbewegungen in der Luft.

Dr. Proctor spürte ein Brennen auf seinem Gesicht. Und tröpfelndes Blut.

»Sauber. Jetzt hast du das Glas herausgeholt und es benutzt. Du hast was auf Lager.«

Es wurde Zeit, die Sache zu Ende zu bringen.

XIII

Habicht-Der-Sich-Niederläßt verfolgte den Kampf zwischen Jesse und Dr. Proctor. Er hatte nicht viel beigesteuert, und keiner der Kämpfenden hatte Notiz von ihm genommen.

Über seinem Kopf hatte die Sonne in ihrer Bewegung innegehalten. Das war das Zeichen. Jetzt kam sein Teil des Rituals.

Er zeichnete einen Kreis in den Sand...

Dr. Proctor bekam Jesse zu fassen und zwang sie zu Boden.

...und er sang noch einmal den Gesang des Mondes und des Krokodils.

Eine Wolke erschien am Himmel, ein schwarzer Punkt über dem Horizont, der sich langsam nach oben arbeitete.

Jesse lag mit dem Gesicht im Sand, der von den Steinplatten darunter fortgeweht wurde. Sie hustete. Dr. Proctor hielt sie mit einer Hand im Nacken, die andere hatte er frei. Sie war unter seinem Körper wie festgenagelt. Er brachte sie mit wissenschaftlicher Akribie um.

Die Wolke kam herangeflogen wie ein Raubvogel. Sie schien beim Näherkommen größer zu werden. Sie sah nicht mehr aus wie eine Wolke. Er war ein Titanpfeil, der in einer klaren Flüssigkeit steckte und hinten Bläschen warf und vorne spitz zulief.

Habicht sang vom Triumph des Krokodils.

Jesse stieß sich mit den Händen von den sandigen Steinplatten ab.

Dr. Proctor drückte fester. Obwohl er ihren Halsansatz nur leicht berührte, sickerte Blut aus der Höhle rings um ihr optisches Implantat.

Jetzt war die Wolke genau über ihnen und verdeckte die Sonne völlig.

Ein Schatten legte sich über Santa de Nogueira.

Jesse hatte Sand in der Nase. Sie konnte nicht glauben, daß sie so einfach verloren hatte. Dr. Proctor war schnell und wußte Dinge über den Schmerz, die Jesse niemals in Ansätzen verstehen würde.

Ihre Visionen waren falsch gewesen. Sie würde noch an diesem Tag sterben und niemals erfahren, wer die anderen Gesichter waren, der Mann mit der Gitarre, der finster blickende Fremde und die Nonne mit der Pistole. Vielleicht waren sie auch nur die Phantasieprodukte eines Traumes.

Ihr Gehirn kehrte sich nach innen, auf sich selbst. Dr. Proctor benutzte ihren Körper als Instrument, auf dem er ein Konzert des Schmerzes spielte. Mit den Fingern ertastete er Nerven, durch die er Signale jagte.

Es gelang ihm tatsächlich, ihre Knochen zu umgehen und ihr die Ranken aus Schmerz ins Gehirn zu stoßen.

Sie wehrte sich, aber er hatte sie so sicher wie in einer Zwangsjacke. Mit dem Gewicht seines Körpers hielt er sie nieder.

Als er sie umbrachte, summte er ihr ein Lied ins Ohr. Die Melodien kannte sie nicht. Vermutlich Oper.

Ihr wurde schwarz vor Augen, und sie nahm an, der Augenblick sei gekommen, ihre fleischliche Hülle zu verlassen.

»Qual terrible momento«, sang Dr. Proctor, *»più formar non so parole; densa nube di spavento per che copra i rai del sole! Come rosa inaridita elle sta tra morte e vita; chi per lei non é commosso ha di tigre in petto il cor!«*

Diesen erschreckenden Augenblick, übersetzte er in Gedanken, kann ich mit Worten nicht beschreiben; eine dichte Wolke aus Entsetzen scheint die Strahlen der Sonne zu verdunkeln...

Tatsächlich, da war ein Schatten.

...wie eine verwelkende Rose liegt sie zwischen Leben und Tod!

Eine kalte Schwärze legte sich über ihn.

...und wer sie nicht bedauert, der trägt das Herz eines Tigers in seiner Brust!

Er preßte Jessamyn Bonney auf die Steinplatten, quetschte ihr das Leben Tropfen für Tropfen aus.

Sobald er damit fertig wäre, wollte er ihre Leiche verstümmeln. Dem Indianer würde das gefallen. In der Geisterwelt der Navahos jedoch wäre jemand wohl kaum willkommen, der so große Teile seines ursprünglichen Körpers schon zu Lebzeiten ausgewechselt hatte.

Der Schatten legte sich auf seine Schultern wie ein schweres Gewicht und ließ ihn erstarren, wo er ihn berührte. Dr. Proctor fühlte sich, als durchdringe ihn etwas. Die Finsternis sank durch seinen Körper und hinterließ nichts als Eis.

Sein Griff um Jesses Nacken lockerte sich.

Der Ewige Widersacher glitt durch das Wesen aus Fleisch hindurch und schlüpfte in seine Hülle. Mit Fleisch versehen, wurde er von den Eindrücken der Welt überwältigt...

Jesse spürte, wie ein Feuer in ihrem Herzen ausbrach und sich in ihrem gesamten Körper verteilte. Das Gewicht war von ihrem Rücken verschwunden, und sie konnte sich wieder bewegen. Sie wischte sich die Glasreste aus dem Gesicht. Sie spürte, wie sich ihre Wunden schlossen.

In ihren Gedanken verwandelte sie sich in ein langschnäuziges Krokodil, das seine Zahnreihen unerbittlich in ein mit dem Tode ringendes Schwein schlägt.

Jessamyn Bonney verblaßte in ihrem eigenen Geiste zu einem Nichts, und der neue Bewohner übernahm die Macht.

Um sich schlagend, als besäße sie einen Schwanz, drehte sie sich um und verbiß sich in das Schwein.

Dr. Proctor schluckte, als Jesse ihn an der Kehle packte. Seine Arie wurde abrupt abgeschnitten. In ihrem Auge entdeckte er etwas Neues, als sie sich aufrichtete und ihn dabei mit in die Höhe nahm.

Er schlug auf sie ein, seine gutgezielten Schläge blieben jedoch schwach. Wenn sie Schmerzen spürte, ignorierte sie sie.

Sie veränderte sich.

Zum erstenmal kam Dr. Proctor der leise Gedanke, daß auch er sterben könnte. Der Gedanke war alles andere als angenehm.

Was, wenn die Schafe irgendwie weiterexistierten? Was konnten sie ihm nach seinem Tod nicht alles antun?

Jesse öffnete die Schnauze und brüllte. Dr. Proctor glaubte endlose Reihen nadelspitzer Zähne zu erkennen.

Der Schatten hatte sich verzogen, und sie kämpften wieder unter der heißen Sonne weiter.

Habicht-Der-Sich-Niederläßt kreuzte die Beine und verfolgte den Ausgang des Kampfes. Die Geräusche, die aus Jesses Schnauze kamen, waren kaum noch menschlich zu nennen. Dr. Proctor war still geworden; er war fast bewußtlos.

Ein guter Tag, es zu beenden.

Der Ewige Widersacher und seine Hülle waren ineinander verschlungen wie eine Schlange, die ihren eigenen Schwanz verschluckt. Beide veränderten sich beim Ineinanderfließen. Er paßte sich rasch an die angenehmen und unangenehmen Begleiterscheinungen an, die eine körperliche Gestalt mit sich bringt. Ihr Geist lebte auf, als das Wesen aus der Äußersten Finsternis sich mit jedem Partikel ihres Körpers vermischte.

Jazzbeaux, Bonney, Jessamyn, Frankensteins Tochter. Sie alle wurden undeutlich und waren kaum noch zu erkennen.

Aber auch der Ewige Widersacher verblaßte, verlor durch die Kraft seiner Hülle an Dichte.

Als Krokodil war er noch nie in Erscheinung getreten. Das stammte von woanders her und verschaffte ihm die ersten Ansätze einer Gestalt.

Im Grunde war sie nie einer der Menschen gewesen, für die andere sie gerne hielten, nie zufrieden mit dem Bild, das sie von sich gehabt hatte.

Jetzt war sie härter geworden, strahlend und scharf wie ein Diamant. Jessamyn Bonney war tot.

Sie war etwas anderes geworden...

Dr. Proctor gab den Kampf verloren und hing schlaff in ihren Armen. Sein Rückgrat hatte sie verschont, dafür seinen Geist gebrochen.

Psychiater hatten seine geistige Gesundheit ausführlich diskutiert. Zu seiner Zerstreuung hatte er in Sunnydale an ihren Debatten teilgenommen. In seiner Meinung über sich war er nach allen Seiten offen.

Jetzt troff ihm ein Speichelfaden aus dem Mund. In seinem Kopf verhallten die letzten Takte von *Lucia di Lammermoor*. Ein kleiner werdender Kreis in Schwarz schloß sich wie eine Iris um Schweinchen Dick.

Jetzt gab es für sie keine Frage mehr, die sie zu lösen hatten. Wenn er beim Verlassen der Anstalt nicht verrückt gewesen war, dann war er es gewiß jetzt, wenn sie ihn zurückholten.

Sie ließ ihn fallen, ohne sich die Mühe zu machen, ihm einen tödlichen Schlag zu versetzen. Was immer aus ihr geworden sein mochte. Insekten unter ihren Füßen zu zertreten war unter ihrer Würde.

In Salt Lake City schrie Nguyen Seth auf, als hätte man ihm Eiszapfen in das Gehirn gerammt. In seinem Innern krallten sich Klauen zusammen und gruben sich immer tiefer in sein Herz. Der Ewige Widersacher war auf Erden, und die Mächte der Finsternis waren verärgert. Taumelnd löste er sich von dem blutgefüllten Taufbecken, während Schmerzen seinen gesamten Körper durchzogen, und doch quälte er sich gepeinigt zur Isolationskammer. Der Tank stand immer bereit.

Er spürte, wie die Äußerste Finsternis nach ihm griff, hörte den Ruf seiner Meister. Ihr Zorn war fürchterlich.

Der Tank ging auf, und Seth ließ seine Robe fallen und hangelte sich hinein. Der Deckel senkte sich, und die Flüssigkeit sickerte herein und umspülte seinen gequälten Körper. Er hantierte mit den Elektroden für den Überwachungsmonitor des Life-Support-Systems und steckte sie mit Hilfe kleiner Angelhaken an seiner Haut fest. Das warme Wasser stieg.

Seth versank in sich selbst, und seine Schmerzen wurden gelindert.

Habicht-Der-Sich-Niederläßt stand auf und ging hinüber. Er wußte nicht sicher, was Jesse jetzt war, aber sie hatte den Teufel besiegt. Sie stand über ihn gebeugt und hegte keinen Groll gegen das gefallene Geschöpf.

Einen Augenblick lang glaubte er ihr Gesicht lang und grün zu sehen, mit den Augen an der Seite und triefenden Zähnen. Dann war sie wieder sie selbst. Sie blutete leicht, und ihr eines Auge war klar.

»Jesse...«

Sie drehte sich um und sah ihn an. Im ersten Moment erkannte sie ihn nicht. Dann lächelte sie.

»Nein, du bist... du bist nicht Jesse.«

Sie zuckte mit den Achseln und wandte sich ab.

Es wurde klarer.

»Was hast du mit ihr gemacht?«

Sie drehte sich um und sprach mit ihrer eigenen Stimme. »Nichts, Habicht. Ich habe mich verändert, aber ich bin immer noch ich selbst.«

»Und wer ist das?«

Dr. Proctor rollte zur Seite und blieb mit dem Gesicht nach oben liegen. Er starrte in die Sonne.

»Wer ich bin? Ich bin deine Jesse, Habicht.«

»Nein, du hast die Prophezeiung des Mondes und des Krokodiles gespielt. Man kann dich unmöglich weiter Jesse nennen.«

»Gut, dann nehme ich einen neuen Namen an, wie eines dieser Kinder aus dem Ghetto, die so gerne ein russischer Musiker sein wollen.«

Habicht fürchtete sich vor der neuen Jesse, aber bekämpfte seine Furcht.

»Ich werde mich...«

Der Himmel war jetzt vollkommen wolkenlos.

»...Krokodil nennen.«

TEIL V
Krokodil

I

Joaquin Salazar nahm seinen Strohhut ab, wischte sich mit einem speckigen Lumpen über die Stirn und blinzelte in die Nachmittagssonne. Habicht-Der-Sich-Niederläßt prüfte die Kartons, die Joaquin in seinem zerbeulten Pick-Up nach Santa de Nogueira gebracht hatte. Größtenteils waren es Lebensmittel in Dosen, dazu zwanzig Fünf-Liter-Plastikkanister garantiert fast reinen Wassers.

»Wird sie den ganzen Tag dort oben sitzen?« fragte Joaquin und linste hinauf zu der Gestalt, die auf dem Dach der Kapelle hockte.

»Möglich.« Habicht zuckte mit den Achseln. »Hilf mir, das Wasser reinzubringen, bevor es in dieser Hitze verkocht.«

»Klar, *Señor.*«

Habicht hob zwei Kanister an und schleppte sie in den Hauptsaal des Klosters.

Drinnen hockte der ausgemergelte Mann. Er saß einfach an einem Tisch und schnitzte mit einem Taschenmesser fein gearbeitete Statuetten von Comicfiguren.

»Ottokar«, sagte Habicht. »Los, hilf uns.«

Dr. Proctor schaute auf, lächelte und ging dann ohne ein Wort nach draußen, um Joaquin zu helfen.

Manchmal hatte Habicht den Eindruck, er teile Santa de Nogueira mit zwei stummen Robotern. Krokodil saß Tag und

Nacht auf dem Dach und blickte zum Horizont. Dr. Proctor beschäftigte sich mit seinen Schnitzereien. Und Habicht-Der-Sich-Niederläßt sorgte für die beiden.

Als das Wasser sicher in den ewig schattigen Tiefen des Gebäudes untergebracht war und Joaquin das Leergut des letzten Monats aufgeladen hatte, fuhr der mexikanische Lieferant davon. Er fühlte sich in der Nähe der Monster sichtlich unwohl und hatte den Tequila, den Habicht ihm angeboten hatte, ohne Zögern ausgeschlagen.

Habicht trank jetzt wieder mehr. Das lag an der Langeweile. Aus dem gleichen Grunde war auch Zwei-Sterbende-Hunde im Reservat der Flasche verfallen. Habicht konnte sich nicht genug Tequila hinaus nach Santa de Nogueira bringen lassen, um ständig so betrunken zu sein wie sein Vater, aber er teilte sich seinen Vorrat sorgfältig ein, so daß es ihm für gewöhnlich gelang, den Nebel im Kopf und das Feuer auf der Zunge zu behalten.

Habicht sah zu, wie Joaquin abfuhr. Er wußte nicht mehr, ob Krokodil oder Dr. Proctor diesen Monat überhaupt etwas gesagt hatten. Wahrscheinlich war Joaquin der einzige, mit dem er sich gelegentlich ein wenig unterhalten konnte. Dabei galten Indianer als Männer der Tat und mit eisernem Willen, die wenig Worte machten.

Der Pick-Up fuhr im Zick-Zack durch die Wüste, blieb auf den felsigen Stellen und hielt sich fern vom trügerischen Sand. Auf seiner ersten Fahrt nach draußen hatte Joaquin seine Söhne mitgebracht und Dr. Proctors Sandraupe mitsamt Inhalt mitgenommen. Damit war der Proviant für sechs Monate abgedeckt. Die Salazars waren vermutlich die Lebensmittellieferanten mit den höchsten Preisen auf der ganzen Welt. Letzten Monat hatte Joaquin verkündet, der durch die Sandraupe erzielte Betrag ginge zur Neige, und Habicht hatte den DeLorean Panzer herausrücken müssen, den Krokodil gefahren hatte, als sie sich kennenlernten. Er hatte Wasser und Lebensmittel für neun Monate herausgeschlagen für eine Maschine, die mit all ihren eingebauten Waffensystemen zwanzig oder dreißig Millionen Dollar bringen dürfte, vorausgesetzt, man schmuggelte sie nach Mexico, um sie dort einem Möchtegern-*Generalissimo* zu verkaufen. Habicht wußte nicht, was er tun würde, wenn die neun Monate um waren. Bis dahin, so hoffte er, würde Krokodil beschlossen haben, es sei an der Zeit, in die Welt zurückzukehren, und sie könnten vielleicht ein paar *Yukaza*-Tankstellen überfallen, quasi als Mundraub. Wenn nicht, würde er sich Pfeil und Bogen basteln und auf die Jagd nach Wüstengetier gehen müssen. Ein- oder zweimal in seinem Leben hatte er bereits eine Rattenkatz gegessen, verspürte aber nicht den Wunsch, zu dieser Art der Ernährung zurückzukehren. Außerdem war er ein grauenhaft schlechter Schütze.

Joaquin hüpfte über den Horizont, und das tuckernde Motorengeräusch erstarb. In Santa de Nogueira war es so still wie auf dem Grund des Meeres. All dies hatte tatsächlich einmal unter einem Meer gelegen. Draußen unter dem Sand konnte man Muscheln finden und fossile Überreste von Meerestieren. Das war, bevor Amerika sich aus dem Wasser gehoben hatte. Habicht hatte gehört, daß der Kontinent sich wieder senkte. Der größte Teil des Südostens lag unter dreißig Zentimetern fauligen Salzwassers, und rings um New York City hatte man eine Gezeitenbarriere errichtet. Mit der Zeit würde das Wasser ablaufen, und alles würde versumpfen. Nach einer Million Jahre würde die Flut wieder einsetzen. In einer der Faxgazetten, in die Joaquin seine Knollen wickelte, las Habicht, Wissenschaftler hätten Spezies entdeckt, die lange als ausgestorben galten. Damals in den Zwanzigern hatte man das Coelacanth entdeckt, mittlerweile gab es bei den Florida Keys ganze Schwärme von Trilobiten. Es war, als hätte die Evolution den Rückwärtsgang eingelegt, als versuche der Planet, sich an eine neue Vorgeschichte anzupassen.

Er wandte sich vom Tor ab und ging zurück zum Saal. Dr. Proctor hockte zusammengesunken an einer der Innenwände und hielt eine seiner *Siestas*, auf dem Kopf einen behelfsmäßigen Lastenträgerhut aus einem Stück Faxgazette. Seine Statur hatte ein wenig gelitten, und er war braungebrannt wie ein Mexikaner. In seinen zerrissenen weißen Pyjamas hätte er ohne weiteres über den Rio-Grande-Deich schlüpfen und sich unter den Latino-Millionen verstecken können, um sich auf diese Weise der ausgedehnten Menschenjagd zu entziehen, die man immer noch gegen ihn durchführte. Seit vergangenem Jahr hatte er niemanden mehr umgebracht, daher führten ihn viele Behörden als ›vermutlich verstorben‹. Krokodil hätte ihn jederzeit töten können, hatte aber nie die Notwendigkeit verspürt. Manchmal fragte sich Habicht, wie harmlos Dr. Proctor seit seiner Niederlage wirklich geworden war. Er verhielt sich wie ein pfiffiger Vierjähriger, blieb meistens alleine, war aber ehrlich darum bemüht zu gefallen. Habicht hielt ihn für kuriert. Wenn er auch die Kur selbst nicht gerne durchgemacht hätte. Die frühere Laufbahn seines Gastes brachte Habicht gelegentlich auf den Gedanken, ihm auf alle Fälle die Kehle durchzuschneiden. Was er aber nicht tat. Er war Indianer und konnte sich nicht von den alten Bräuchen lösen. Die Irren waren von den Großen Geistern berührt worden und daher heilig.

Auch Krokodil hatte sich verändert. Seitdem sie die sechste Ebene der Vergeistigung erreicht hatte, hatte die frühere Jessamyn Bonney mit der Welt nur noch wenig zu schaffen. Sie trank ihr Wasser, aß ihre Bohnen und starrte auf Sonne und Mond wie der Ausguckposten eines Schiffes, der darauf wartet, daß sich im blauen Dunst der Ferne ein Segel zeigt. Ansonsten saß sie einfach da, während ihr die Kleider am Leib verrotteten und das Haar bis zu den Knöcheln wuchs. Sie kam auch nicht mehr an seine Bettstatt, denn sie war mit dem Hinausschreiten über alle anderen Belange der Menschen der Liebe entwachsen. Fünf Mal in den letzten vier Monaten nach Jesses Verwandlung hatte Habicht die beiden Monster für ein paar Tage ihrem eigenen Geschick überlassen und war nach Firecreek gegangen, dem nächsten Dorf, einer Ansammlung von drei Hütten und einer Tankstelle, die sich als Stadt bezeichnete. Dort hatte er Rattenkatzpelze gegen Tequila, Smacksynth und eine Nacht mit einem Mädchen namens Hot Enchilada – halb Mexikanerin, halb Weiße – eingetauscht. Jedes Mal jedoch war er besorgter darüber gewesen, was Krokodil und Dr. Proctor in seiner Abwesenheit anstellen mochten. Er wußte, wenn Krokodils Segel auftauchte, mußte er bei ihr sein.

Sein Vater war im Traum mit halb herunterhängendem Kopf zu ihm gekommen und hatte ihm erzählt, er sei der letzte seiner Familie und müsse bei der Mondfrau bis zum Ende ihres Evolutionszyklus bleiben. Sobald sie die siebte Ebene erreicht hätte, wäre er frei und könne ins Reservat zurückkehren, um Zwei-Hunde in Ehren zu begraben. Übrigens, hatte sein Vater hinzugefügt, ich bin mittlerweile tot.

Trotzdem fragte er sich manchmal, ob sich Hot Enchilada nicht überreden ließ, für eine Weile nach Santa de Nogueira hinauszuziehen.

Dr. Proctor hatte damit aufgehört, ihn ›Tonto‹ zu nennen, aber genauso begann er sich zu fühlen, wenn er für Krokodil kochte, abwusch oder den Haushalt machte. Als sie sich zuerst trafen, war er ihr Lehrer gewesen, und jetzt war er ihr Haussklave, der nie etwas gesagt bekam, von dem man jedoch erwartete, daß er bereitstand, wenn *Kemo Sabe* beschloß, es sei an der Zeit, aus Silver auszureiten und die Viehdiebe zusammenzutreiben.

Es war noch nicht einmal ein Uhr nachmittags. Habicht blickte, wie er es hunderte Male am Tag tat, durch das Fenster auf die Stelle, wo Krokodil sich niedergelassen hatte. Sie saß so regungslos, man hätte meinen können, sie sei eine Statue der heiligen Jungfrau. Ihr Haar umspannte sie wie ein großzügiges Zelt.

Er schlitzte mit dem Fingernagel einen Karton auf und zog eine Flasche heraus. Die vorige war seit einer Woche leer. Er brach das Siegel, schraubte den Verschluß ab und kippte sich die Flüssigkeit in den Mund.

Aaaaagh, dachte er, *Feuerwasser mächtig gute Medizin!*

II

Elder Seth war in jener Nacht, als es Dr. Proctor nicht gelungen war, Jessamyn Bonney zu töten, in ein Koma gefallen. Seitdem war es in Deseret zu einer gewissen Panik gekommen. Roger Duroc hatte eine lange geplante Reise in die Antarktis absagen müssen, um in Salt Lake City zu bleiben. Man befand sich im entscheidenden Stadium des Großen Werkes, und das Fehlen der geistigen Führung von Elder Seth war deutlich zu spüren. Es hatte einen kleinen Aufstand unter den Siedlern der umliegenden Heimstätten gegeben, der ausgelöst worden war von einem fehlgeschlagenen Versuch, durch enzymangereicherten Weizen eine respektable Ernte zu erzielen. Statt dessen hatte der Weizen eine besondere Art der Fruchtfäule unter den Farmarbeitern verbreitet. Die Farmer waren, während ihre Gesichter zerfielen, in ihren Arbeitsklamotten schaurige Mistgabeln schwenkend zum Tempel marschiert und hatten verlangt, Elder Seth solle vor sie treten und zu ihnen sprechen. Duroc hatte einige der Rädelsführer öffentlich von seinem Sicherheitspersonal steinigen lassen müssen, jenen schwarzgekleideten Ältesten, die er höchstpersönlich auf die Durchsetzung alttestamentarischer Vorstellungen von Recht und Ordnung gedrillt hatte. Seitdem war es zu einigen erregten Ratsversammlungen gekommen, und ein paar Familien hatten ihre Zelte abgebrochen und versucht, durch die Wüste zurück in die Vereinigten Staaten zu gelangen. Bislang war es dank Blevins Barricune und den anderen Menschenjägern, die Duroc entlang der Grenze stationiert hatte, niemandem gelungen, die Staatsgrenze zu überschreiten. Zudem hatte es ein Problem mit der Informationssperre gegeben. Er hatte es gelöst, indem er für den Absturz einer ganzen Hubschrauberfuhre mit Presse- und Network-TV-Leuten gesorgt hatte.

Alles hatte sich sehr ausgeweitet. Die Kirche der Josephiner konnte nicht mehr lange ohne ihre Galionsfigur, den Quell ihres Seins, den großen Vordenker, weitermachen. Einen Teil jedes Tages verbrachte Duroc im Tankraum, betrachtete das entspannte faltenlose Gesicht des alterslosen Seth und fragte sich, in welchen Träumen er sich wohl verloren haben mochte.

Er glaubte, es hatte etwas mit dieser Bonney zu tun. Auf irgendeine übersinnliche Art standen sie noch miteinander in Verbindung, und ihre fortgesetzte Existenz beraubte ihn seiner lebensnotwendigen Energien. Er hatte bereits verschiedene Programme zur Beseitigung des Problems durchgespielt, angesichts des Scheiterns der Operationen von Manolo und Proctor wollte er jedoch nichts ohne Seths Einwilligung in die Wege leiten. Zwei Fehlversuche waren mehr als genug. Ein weiterer könnte seine Stellung gefährden. Elder Beach hatte auf den Versammlungen in der letzten Zeit ein wenig zu häufig gegen ihn gesprochen, außerdem hatte sich um ihn eine Splittergruppe gebildet. Beach würde nur zu gerne Seths Augengläser für sich selbst beanspruchen und damit die Last des Großen Werkes auf seine Schultern laden. Er hatte seine Anhänger. Manchmal stellte Duroc in Frage, ob es weise sei, eine Kirche zu benutzen, um das Große Werk voranzutreiben. Die Josephiner zogen zu viele unbrauchbare Fanatiker an, die zwar klar, aber zu beschränkt dachten. Zu viele waren verzweifelt nach dem wahren Glauben suchende verlorene Seelen. Andererseits war Seth an der Gründung der Sekte beteiligt gewesen und hatte sie über hundertfünfzig Jahre lang gehegt. Sie war das Instrument, das er erwählt, geschärft und vorbereitet hatte. Elder Seth mußte es am besten wissen.

Duroc schritt in der Isolationskammer auf und ab. Hier war

es kalt wie in einem Grab und ein wenig feucht, ansonsten erinnerte es an ein neonbeleuchtetes Wartezimmer im Krankenhaus. Der Tank war eine Art Kreuzung zwischen Gefriertruhe und einem ägyptischen Sarkophag mit einer durchsichtigen Scheibe über dem Gesicht. Elder Seths Kleider hingen an einem verschnörkelten Kleiderständer in der Ecke.

Gestern hatte Duroc die Steinigung von Schwester Harrison zulassen müssen, die man beim Ehebruch ertappt hatte. In Nguyens Seths Abwesenheit oblag es ihm, den ersten Stein zu werfen. Coralie hatte ihm in die Augen gesehen, als er den ersten Stein auf sie warf, und ihm den Schmerz gezeigt, noch bevor er getroffen hatte. Er hatte versucht, es kurz zu machen, der Ältestenrat hatte jedoch beschlossen, sie müsse einen Tag und eine Nacht blutend vor dem Tempel liegen bleiben. An diesem Morgen war sie verschwunden. Die Geisteskraft von Bruder Harrison mit dem Froschkinn hatte sie fortgeschafft. Duroc wollte es später nachprüfen. Er war nicht sicher, ob es für die Schwester besser war, zu leben oder zu sterben. Wie auch immer, er durfte mit ihr nichts mehr zu schaffen haben. Er hatte alle Indizien gegen sie gerichtet und seinen Namen aus der Sache rausgehalten, gleichzeitig dafür gesorgt, daß die Schande auf Bruder Shipman und Elder Pompheret fiel. Sie mußte büßen – nicht etwa für ihre Unmoral, das war ein Gedanke, der ihm niemals in den Sinn gekommen wäre –, sondern weil sie in jener Nacht bei ihm gewesen war, als alles schiefzulaufen begann. Sie hatte gesehen, wie er vor Entsetzen zitterte, und diese Erinnerung mußte man ihr austreiben.

Auf der Außenseite des Tanks hatte sich Kondenswasser gebildet, und die Temperaturanzeigen waren beschlagen. Während des Tiefschlafes sog Elder Seth die wenige Nahrung, die er für nötig erachtete, aus der Biolösung, die in das seinen Körper umspülende Wasser gepumpt wurde. Duroc prüfte das Bio-Support-System und wischte über die Scheibe des Infusionsmonitors. Das Kondenswasser ließ sich entfernen, trotzdem blieb die Anzeige undeutlich. Sie war so abgenutzt, daß die Scheibe milchig geworden war.

Er drückte gegen das Glas, bis es splitterte. Ein Splitter mit roter Spitze bohrte sich in das Fleisch seines Daumens. Er saugte ihn heraus und spie ihn aus. Der rote Schaum wirkte beängstigend auf dem sonst weißen Boden.

Es war, wie er vermutet hatte. Die Infusion war verstopft und hatte die Nährstoffzufuhr unterbunden.

Die Doppeltür öffnete sich, und Männer in den schwarzen Kleidern des Ältestenrates drängten herein und umringten ihn. Sie hatten diskret bewaffnetes Sicherheitspersonal mitgebracht.

»Elder Beach?« begrüßte Duroc ihren offensichtlichen Anführer.

»Gesegnet seist du, Bruder Duroc. Es ist entschieden. Ich werde dem Rat vorsitzen, bis Elder Seth sich erholt hat. Wir haben eine Abstimmung durchgeführt. Das Ergebnis war einstimmig.«

Duroc blickte von Gesicht zu Gesicht. Fast niemand zeigte Reue. Nur Elder Wiggs wich seinem Blick im entscheidenden Augenblick aus. Sein Körper spannte sich. Die Enge des Raumes wäre zu seinem Vorteil, und er glaubte, Beach, und die meisten der anderen töten zu können, bevor das Sicherheitspersonal ihn niederschoß. Aber er durfte nicht riskieren, daß ein Querschläger den Tank durchschlug. Elder Seth war vielleicht bewußtlos bis zum katatonischen Stupor, aber er war noch immer am Leben.

»Wir sind gekommen, um Deine Zustimmung einzuholen«, sagte Beach. »In deiner Funktion als rechte Hand des Ältesten ist dein Handabdruck für den Zugang zu den Netzwerken erforderlich. Du mußt verstehen, dies war der einzige Weg, den wir beschreiten konnten.«

Die Maschinerie des Bio-Support-Systems summte, und im Innern gurgelte es. Wiggs deutete mit zitterndem Finger darauf.

»Seht...«

Duroc drehte sich um. Durchsichtige Abwasserleitungen führten vom Tank zum Boden, von wo sie die Abflüsse speisten. Der Tank leerte sich.

Beachs sonnengebräuntes Gesicht wurde augenblicklich blaß. Jemand begann, ein Gebet zu stammeln. Duroc fragte sich, ob er Gott um Seths Rückkehr ins Leben bat oder darum, daß er ihn dem Tod überließ.

»Ich muß deinem Vorschlag meine Zustimmung verweigern, Elder Beach«, sagte Duroc. »Angelegenheiten wie diese fallen nicht unter meine Zuständigkeit. Wenn du den Ratsvorsitz übernehmen willst, mußt du die Angelegenheit mit Elder Seth persönlich klären.«

Man hörte ein hydraulisches Zischen, und das Siegel des Tanks brach auf. Trockeneisdampf puffte heraus und legte sich wie Zuckerwatte über den Boden.

Duroc drehte sich um. Ein dünner, nackter Arm streckte sich aus dem Tank und stemmte den Deckel nach oben.

Nguyen Seth setzte sich auf, und die Elektroden fielen von seiner weißen, unbehaarten Brust.

Elder Seth lächelte. »Ein Begrüßungskomitee?«

Beach machte eine tiefe Verbeugung. »Ja, Elder.«

»Wie erfreulich. Roger, bringen Sie mir meine Robe.«

Duroc reichte ihm einen schwarzen Kimono vom Kleiderständer. Er verknotete ihn um seine Mitte und stieg so munter aus dem Tank, als wäre er gerade erfrischt von einem Mittagsschläfchen erwacht und hätte nicht fast ein ganzes Jahr in einem todesähnlichen Zustand verbracht.

»Elder Beach«, sagte Seth. »Ich werde eine Sitzung des Zentralrats des Tempels einberufen. Sorge du dafür, daß der Zentralrat vollständig in einer Stunde versammelt ist. Das Timing ist von entscheidender Bedeutung.«

Beach buckelte sich rücklings durch die Schar seiner Anhänger, die ihm größtenteils hinterherzockelten und sich in einem unwürdigen Rückzug durch die Tür drängelten. Elder Wiggs blieb sprachlos zurück und starrte Seth an.

»Elder Wiggs?« sagte Nguyen Seth. »Hast Du keine Geschäfte, um die Du dich kümmern mußt?«

Wiggs bat um Verzeihung und zog eilig ab.

Seth mußte lachen, und Duroc spürte die Kälte des Raumes.

»Roger, wir müssen stark sein. Die Arbeit dieses Tages wird weder leicht noch übermäßig angenehm.«

Duroc verneigte sich.

»Wir müssen eine der Kräfte der Finsternis herbeirufen, um mit dieser Mondfrau fertig zu werden...«

Ein Frösteln setzte in Durocs Rückgrat ein, doch er ließ sich nichts anmerken. Er wollte nicht, daß seine Schultern zu zittern begannen.

»Wir müssen den Jibbenainosay herbeirufen.«

III

Dr. Ottokar Proctor war mit seinem Leben zufrieden. Er hatte zu essen, ein Dach über dem Kopf und etwas, mit dem er sich befassen konnte. Weiter brauchte er nichts. Sein Messer bearbeitete das Hartholz und schnitzte die Augen von Michigan J. Frog hinein, der in Chuck Jones *One Frog Evening* (1955) seinen einzigen Starauftritt gehabt hatte. Erst hatte er den Charakter im Holz entdeckt, dann hatte er eine erste Annäherung an die äußere Gestalt herausgeschnitzt, und schließlich besorgte er mit der Messerspitze die Feinarbeit. In den letzten Monaten hatte er die Reste der Möbel weggeschnipselt, mit denen das Kloster noch immer vollgestellt war, und hatte ganze Horden *Bugs Bunnys, Daffy Ducks, Road Runners, Coyotes, Sylvesters, Tweety-Pies, Elmer Fudds, Foghorn Leghorns, Pepe le Pews, Speedy Gonzalezes, Yosemite-Sams* und

Schweinchen Dicks geschaffen. Immer wieder kehrte er zu diesen Archetypen zurück und stellte sie in jeder einzelnen ihrer vielfältigen Stimmungen dar. Er besaß einen Daffy mit gebleckten, spitzen Zähnen in seinem Schnabel, der kurz vor einem Tobsuchtsanfall stand, und einen Coyote mit Augenäpfeln, die doppelt so groß waren wie sein übriger Körper und der entsetzt verfolgte, wie sich ihm sein Untergang in der Form eines unscheinbaren, zwitschernden Vögelchens näherte. Mittlerweile hatte er die Liste der Hauptdarsteller von Warner Brothers durch und befaßte sich mit den weniger bekannten Größen. Vergessene Stars aus den 30ern, wie *Bosko the Talking Kid* und seine Freundin *Honey, Foxy, Piggy* und *Fluffy, Goopy Geer, Buddy and Cookie*, und den Vorläufer von *Elmer Fudd* und *Egghead*; dazu denkwürdige, wenn auch wenig ergiebige Schöpfungen wie *Marvin the Martian, Witch Hazel, Hippety Hopper, Private Snafu, Spike and Chester, Claude Cat, Henery Hawk, Ralph Wolf and Sam Sheepdog* aus: *Ready, Woolen and Able* (1960), und den bemitleidenswerten *Merlin the Magic Mouse, Second Banana and Cool Cat.* Vielleicht fehlte jemand auf der Liste, er wußte jedoch beim besten Willen nicht, wer das sein könnte...

In seinem Kopf fand eine unablässige Verfolgungsjagd statt, während derer seine Schnitzfiguren sich durch Falltüren in der Decke jagten, herunterfallenden Schlachtschiffen auswichen, sich die Köpfe abrissen und wieder aufsetzten, sich als großbusige Animierdamen verkleideten mit dick geschminkten, herzförmigen Lippen und aufgedrehten Löckchen die explodierenden Feuerwerkskörper schluckten, zu Holzkohlenbriketts verschmorten und sich wieder zusammensetzten, sich mit immer größeren Gewehren abknallten und ihre Widersacher atomisierten. Elmer Fudd brachte das Publikum mit seinem ›Seid ganz still, Leute, ich jage Wabbits‹ zum Schweigen, Marvin the Martian löste sich im Strahl eines Disintegrators auf, während Schweinchen Dick höhnisch bemerkte: ›Nimm das, du Wesen aus einer anderen Welt‹. Daffy Duck stürzte 126 Stockwerke in einem Kühlschrank in die Tiefe, während Bugs kicherte: ›Bin ich nicht ein toller Mistkerl?‹ RoadRunner hupte, und Coyote bestellte Pillen gegen Erdbeben, einen Felsbrockenschutzanzug (›Machen Sie Eindruck bei Ihren Freunden – seien Sie ein Fels‹) sowie übergroße Löcher beim 1a-Bestelldienst. Entweder war Karnickel- oder Entenjagdzeit. Ständig lief Musik, die Farben leuchteten, und niemals wurde jemand verletzt. Seine Geschöpfe wurden in der Zeit, die man brauchte, von einem Bild zum nächsten zu wechseln, vernichtet und neu geschaffen.

Dr. Ottokar Proctor lächelte selbstzufrieden. Endlich hatte er die Welt seiner Träume gefunden.

Auf dem Landungssteg jedoch wartete ein Paket auf Bugs und Daffy. Es war den ganzen Weg aus Tasmanien geschickt worden und mit Atemlöchern perforiert. Im Paket leuchteten strahlende Augen vor Hunger, Gier und durch nichts zu begründende oder aufzuhaltende Grausamkeit...

Schon bald würden Bugs und Daffy das Paket öffnen, und der Teufel wäre wieder auf freiem Fuß.

IV

Der Aufenthalt in dem Erfrischungstank hatte Nguyen Seth äußerst entspannt. Sein Geist war an den Rand der Äußersten Finsternis gezerrt worden und hatte sich mit den Kräften der Finsternis vereint. Ba'alberith, der Mythwrhn, Nyarlathotep und der Jibbenainosay hatten sich am Rande jenes Trichters versammelt, der weit und gestaltlos ins Erdinnere führte. Ihre Energien waren zu einer gewaltigen Machtfülle zusammengeflossen, anschließend hatten sie sich als einzelne Wesen wiedererschaffen. Zuviel in der Welt der Menschen verbrachte Zeit hatte Seth der Verehrung jener beraubt, denen er diente.

Es war zu einfach, sich von den armseligen Sorgen der Ältesten der Josephiner ablenken zu lassen, durch das lächerliche Politgehabe der Länder und durch die Bündnisse der Welt, durch das verwirrende Geflecht persönlicher Beziehungen. Seine Gedankenverbindung mit Jessamyn Bonney hatte ihn zu tief in den Sumpf der Menschlichkeit hinabgezogen und sein Ziel mit Haß, Liebe und Verlangen verwässert. Als das Mädchen eins geworden war mit dem Ewigen Widersacher, hatte sein ganzes Sein in unbeschreiblicher Qual aufgeschrien. Fast wäre er aus seiner menschlichen Gestalt vertrieben worden, und er hatte nur überlebt, indem er sich in seinen Trancezustand hatte gleiten, seinen Geist hatte umherwandern lassen, ungehindert durch die Kümmernisse seines Fleisches...

Die Übermacht ihres Feindes hatte die Kräfte der Finsternis verärgert, und Seth erfuhr eine bewußtseinserweiternde Vision der ewigen Kriege, Fehden, Rivalitäten und Allianzen der Äußersten Finsternis. Sein ewigwährendes Leben schien ausschließlich einer Folge von Scharmützeln gewidmet zu sein, die auf einer Ebene ausgefochten wurden, die selbst über sein Verständnis hinausging, zwischen Kräften, die er nur vage begriff. Als Ba'alberith und der Mythwrhn ihre Bestandteile zusammenfügten wie Gase, aus denen eine Flüssigkeit entsteht, erkannte Seth, wie fremd diese Wesen waren, und das nicht nur für seine menschliche Auffassungsgabe – erst ein Zauber in der Äußersten Finsternis erinnerte ihn wieder daran, wie nahe er in Wirklichkeit den Menschen stand und daß er nur einen einzigen Schritt von ihrer Winzigkeit entfernt war –, sondern für die gesamte Materie des materiellen Universums, durch das die Erde sich drehte wie ein vergessener Ball aus Erde und Wasser. Die Kräfte der Finsternis besaßen ihre eigene Geschichte, ihre Kultur, ihre Tragödien, ihre Launen, aber sie gingen bei weitem über sein Vorstellungsvermögen hinaus. Zeit hatte in der Finsternis keine Bedeutung, die gesamte Spanne der Erdgeschichte war jedoch nichts weiter als ein Waffenstillstand im

Krieg zwischen den Drei Stufen der Finsternis und den Kräften der Vernichtung. Eine Unzahl paralleler Universen war von Azathoth, dem schleichenden Chaos, zu einem Knoten verschlungen worden, und die Kräfte der Finsternis drängten in seine Realität, so, wie die Kräfte der Vernichtung andere Zeitebenen infiltrierten. Er erfuhr Visionen anderer Nguyen Seths, die andere Ewigkeiten unter anderen Namen durchlebten, und er konnte die Millionen Stäubchen ausmachen, die all jene Seelen darstellten, die seine Leben berührt hatten.

Zu seiner Unterweisung hatte Ba'alberith ihm gestattet, in eine Alternative einzutauchen, in der er als furchteinflößender Zauberer hinter einer Maske in einem siebentürmigen Schloß am Rande des Großen Reiches verfaulte, gegen Männer des Schwertes, gegen mächtige Magier und eine blutsaugende Dame in den Kampf zog. Seth wurde im Nu durch sein Leben gepeitscht, von einem gewalttätigen Zusammenstoß auf einer ursprünglichen Ebene der Zeit zur nächsten, fünfzehntausend blutgetränkte Jahre später in seinem Schloß. Es war mit einem Augenaufschlag vorbei. Seth erfuhr die Sinnlosigkeit reiner Selbsthingabe. In jenem Leben war er ausschließlich vom Fortgang seiner Existenz, von der Befriedigung all seiner Launen und Regungen besessen gewesen. Bei seinem Tod hatte er in diesem Universum nichts hinterlassen als Staub und schlechte Erinnerungen. Wenn er auf seine eigene Erde zurückkehrte, in den Lauf seiner Geschichte, würde er gedemütigt werden. Er würde ganz dem Geheiß der Kräfte der Finsternis leben, glücklich in dem Bewußtsein, daß sein Leben in Sklaverei einen Sinn hatte. Er war geboren, die Welt zu beenden, und er würde jene Leere hinterlassen, durch die die Kräfte der Finsternis Zutritt in die materielle Welt erhielten, jenem vorherbestimmten Ort ihrer Großen Turniere, jener tödlichen Spiele, aus denen die Drei Champions der Nacht hervorgehen würden, die mit den Kräften der Vernichtung in die Schlacht um das Schicksal des sich auf ewig ausdehnenden Universums des Tatsächlichen und seiner unendlichen Zahl von Schattenzuständen ziehen würden.

All dies lag weit in der Zukunft, weit jenseits allen physischen Seins, auf das er hoffen konnte, dennoch wußte er, am Ende dieser Auseinandersetzung würde er in irgendeiner veränderten Gestalt existieren. Vom Rand des Trichters sah er, wie die Zeitlinien sich spiralförmig in der Finsternis verloren. Die Ballung dieser Kämpfe lag in Reichweite, und dahinter lag die beruhigende Schwärze des Nichts, die das Los der Völker der Erde darstellte. Er würde ihnen gnädiges Vergessen bringen und sie von dem Zwang befreien, einen weiteren Kreis aus Schmerz und Leid zu durchleben, wenn sich die ganze Geschichte wiederholte.

Dies war die Zukunft, soviel wußte er. Gleichzeitig jedoch war es auch die Vergangenheit. Die Äußerste Finsternis stand in schrägem Winkel zum Fortschreiten der Zeit...

An verschiedenen Punkten seiner langen Laufbahn trat er zurück in seinen Körper, bestärkte seine früheren Entscheidungen und löste Handlungsreihen aus, deren Konsequenzen erst mit dem flammenden Ausgehen des 20. Jahrhunderts deutlich werden sollten. Er durchlebte seine schönsten Augenblicke neu. Seine Erinnerungen wurden immer wirklicher, während er durch sie hindurcheilte und wie eine Kanonenkugel durch sein Leben auf jenen Nguyen Seth hinschoß, der in seinem Tank in Salt Lake City wartete.

Wieder in der Welt, ergriffen die Bedürfnisse des Fleisches von ihm Besitz, und er nahm sich die Zeit, sich zu sättigen, bevor er die zwölf Ältesten der Josephiner zum Zentralrat des Tempels zusammenrief.

Am Rand des Trichters sammelte sich der Jibbenainosay, jene fremde Materie aus hundert Universen, die sich im Zentrum seines Nebels konzentrierte. Gewaltige elektrische Entladungen zeigten seine Denkprozesse an.

Seth hatte eine Ranke des Jibbenainosay mit sich auf die

Welt genommen, und nun mußte er das ganze Wesen durch den Trichter ziehen, um es dann freizusetzen...

Als er mit Duroc an seiner Seite durch die Gänge des Tempels schritt, spürte Seth den Schmerz in seinem Unterleib, dort wo die Ranke in einem diamantharten Fragment konzentrierter Materie endete.

Der Schmerz nahm zu, während der Jibbenainosay mit titanischem Gelüste an der Vernichtung seines Widersachers in die Wirklichkeit drängte – des Ewigen Widersachers.

V

Eine Krallenhand griff in seinen Traum und rüttelte ihn wach.

Habicht-Der-Sich-Niederläßt schreckte von seiner Liege hoch. Die Decke glitt von seinem nackten Körper, und die Kralle hielt sein Herz umklammert und drückte zu.

Er vergaß seinen Traum – die Welt, in der er erwacht war, war Alptraum genug.

Das Zimmer war voller Mondlicht, und Krokodil stand da, eingehüllt in ihr Haar.

Was er sah, war eine Frau. Was er spürte, war die Anwesenheit eines Geistes.

Sie sprach mit ihrer alten Stimme. »Es kommt etwas«, sagte sie. »Wir müssen wieder kämpfen.«

Er wußte nicht, was er sagen sollte. Er hatte eine Flasche geleert, bevor er zu seiner Liege getorkelt war. Sein Denken war getrübt von Schlaf und Tequila, und er fühlte sich übler, als hätte ihn der Huf eines Muli am Kopf getroffen.

Sie ging mit wallendem Haar zum Bett hinüber.

Sie kniete nieder. Ihr Haar teilte sich vor ihrem Körper, als sie die Arme nach ihm ausstreckte. Im bleichen Licht des vollen Mondes sah sie wunderschön aus.

Dies war Teil der Geschichte der Mondfrau. Sein Vater hatte ihm viele Male von dem glücklichen Mutigen erzählt, die die Göttin als Liebhaber auserkoren hatte, und von den vielen Heldentaten, die er später vollbringen würde.

Es verlangte ihm nach ihr – nicht nur körperlich, sein ganzer Geist wollte sich mit diesem überirdischen Geschöpf vereinen –, und trotzdem befiel ihn Angst. Als sie ihn mit ihren kühlen Fingern berührte, erstarrte er, zuckte zurück, bis er die kalte Steinwand hinter sich spürte.

Sein Widerwillen schien sie nicht zu kränken. Leicht glitt sie auf die schmale Liege und drückte ihren Körper der Länge nach an seinen.

Unter ihrem Haar war sie nackt.

Sie küßte ihn auf die Lippen und übertrug etwas von ihrer Kühle auf ihn. Sie trug nicht einmal ihre Augenklappe. Er öffnete die Augen, als sie sich küßten, und merkte, daß er vorbei an ihren flatternden Lidern blickte, erst auf ihr klares, grünes Auge, das voller Leben und Intelligenz war, dann auf die blaukristallenen Facetten ihres toten, tödlichen optischen Brenners. Er schloß die Augen, und sie sog seine Zunge in ihren Mund. Mit ihren Händen strich sie über seinen Körper, umspielte die Ränder seiner Narben von den Kämpfen im Sand, betastete die unregelmäßige Stelle unterhalb seiner rechten Lunge, wo seine Rippen gebrochen und nicht richtig zusammengewachsen waren.

Er berührte sie, streichelte sanft ihren Körper. Krokodil fühlte sich anders an als Jesse. Er konnte die Technik in ihrem Innern nicht mehr fühlen. Es war, als wäre sie verarbeitet und vollkommen mit ihrem lebendigen Gewebe und den Knochen eins geworden. Ihre Haut fühlte sich so seidig und kühl wie die einer wunderschönen Schlange an, und ihr Muskeltonus war ausgezeichnet: nicht mehr der einer Soldatin, sondern der einer Athletin oder Tänzerin.

Mit Jesse war die Liebe oft hastig und grob gewesen. Sie war sich ihrer neu gewonnenen Kraft nicht bewußt und hatte ihm so manchen blauen Flecken oder kleine blutende Wunden zugefügt. Sex hatte ihnen Spaß gemacht, aber eine echte Vereinigung war es nie gewesen. Wäre ihr Sohn geboren worden, wäre sein Geist gespalten gewesen, ein Produkt zweier Menschen, die zu sehr in sich selbst gefangen waren, als daß sie vollends hätten füreinander sorgen können. Mit Krokodil war das jetzt etwas anderes. Sie war selbstbewußt genug, es langsam angehen zu lassen, ihn zu streicheln, ihm zu schmeicheln, ihrer beider Höhepunkt hinauszuzögern. Habicht konnte nicht an sich selbst denken, wenn er mit ihr verschmolz. Die Erinnerungen, die dann hochkamen, betrafen sie; nein, es waren die ihren. Sie ließ ihre Vergangenheit in ihn hineinströmen, genau wie sie seinen Geist in sich aufnahm...

Jessamyn, Jazzbeaux, Jesse, Frankensteins Tochter. Er liebte sämtliche Fragmente dieser Person, die sie immer noch zu werden im Begriff war...

...wenn er doch nur Krokodil lieben könnte, überlegte er.

Als es vorbei war, lagen sie sich wach in den Armen. Ihre Körper waren zu satt und entspannt, als daß sie hätten schlafen können. Habichts flüchtiger Geist kehrte zurück und beschäftigte sich wieder mit sich selbst.

Sie bewegten sich nicht. Das Mondlicht fiel auf ihre Körper und scheckte ihre Haut wie eine Krankheit.

Habicht haßte sich dafür, aber er überlegte, ob er belohnt, getröstet oder bestochen werden sollte.

Der Mond ging unter, und das Tageslicht rückte langsam ins Zimmer vor.

»Heute abend«, sagte sie zu ihm. »Es wird kommen. Habicht-Der-Sich-Niederläßt, du mußt mir helfen, mich darauf vorzubereiten.«

VI

Der Zentralrat saß nervös um den Tisch. Elder Beach kritzelte auf einem Notizblock herum; Kreuze, Ziegen und Schädel mit Josephinerhüten. Roger Duroc stand neben der Tür, während Nguyen Seth im Raum umherlief und dabei den Tisch gemächlich einmal ganz umrundete. Hinter jedem der Ältesten schien er kurz stehenzubleiben. Jeder erstarrte dabei, als erwartete er einen tödlichen Schlag.

»Brüder«, sagte Seth seinen Platz einnehmend. »Ich habe Euch hier zusammengerufen, um Euch zu zeigen, daß der Weg des Joseph niemals gerade verläuft.«

Die Ältesten murmelten ihre kollektive Zustimmung. Seth lächelte und rückte seine verspiegelten Augengläser zurecht. Von seinem Aufenthalt im Tank wirkte er immer noch bleich, und die verspiegelten Augenhöhlen ließen seinen Kopf wie einen grinsenden Schädel erscheinen.

»Wir müssen Opfer bringen, wenn unser Großes Werk getan werden soll.«

»Amen«, sagte jemand. Andere nickten.

»Blutopfer.«

Das war nichts Neues.

Seth gab Duroc ein Zeichen, woraufhin der vortrat.

»Bitte nehmen Sie alle persönlichen Gegenstände vom Tisch«, sagte er.

Beach nahm seinen Block vom Tisch. Elder Hawkins, der Rechnungsprüfer der Kirche, schob seine Aktentasche zur Seite. Auf dem Tisch lag eine steife, kreisrunde Wachstuchdecke. Duroc rollte sie ein und legte sie weg.

Darunter waren einige flache Rillen in den Tisch eingearbeitet, die alle in einem Trichter in der Mitte mündeten.

Jeder betrachtete das Loch in der Mitte des Tisches. In der Luft schwebte, durch keine erkennbare Stütze gehalten, ein unregelmäßiger Kristall. Er drehte sich langsam, dabei fingen silbrige Splitter in seinem Zentrum das Licht ein.

Duroc dämpfte das Licht. Voller Verzückung starrte der Zentralrat auf den Kristall.

»Es handelt sich um ein schlichtes Werkzeug zur Konzentration unserer spirituellen Energien«, erklärte Seth. »Es ist nichts Besonderes. Eine derartige Anstrengung unsererseits hatte ich erst zu einem Zeitpunkt erwartet, der unserer Erfüllung wesentlich näher liegt. M. Duroc hat jedoch mit den gegebenen Materialien sein Bestes gegeben.«

Niemand drehte sich zu Duroc um. Er wußte, jetzt ging der Spuk von neuem los.

Der Kristall stieg ein wenig in die Höhe und schwebte ein paar Zentimeter über der Tischplatte. Es hatte angefangen zu pulsieren und schien seine stabile Form zu verändern, je schneller es sich drehte.

»Ich möchte Euch bitten, Eure Gebete auf das Objekt der Bewunderung zu konzentrieren.«

Beach schwitzte, konnte aber den Blick nicht von dem Kristall lassen. Die anderen wirkten größtenteils einfach hypnotisiert und standen völlig im Bann des Cynosures.

Jetzt hatte sich im Zentrum des Objektes ein dunkler Fleck gebildet, ein Fehlen von Materie.

»Roger«, sagte Seth, »bringen Sie ihn her.«

Duroc zog den Dolch aus seiner Tasche. Er war alt. Duroc hatte keine Ahnung, aus welcher Kultur er ursprünglich stammen mochte. Der Griff war einst mit Schnitzereien bedeckt gewesen, aber wegen der Abnutzung durch viele Hände waren sie nur noch zu erahnen. Die Klinge war lang, dünn und perfekt geschliffen. Duroc reichte Seth das Instrument. Elder Seth hielt es in die Höhe, bis er das Licht mit der silbrigen Klinge einfing.

Mit seiner Linken löste er die Schnüre seines Kimono und entblößte seine Brust. Der Zentralrat verfolgte das Geschehen mit Interesse und einem Hauch von Ehrfurcht.

Duroc legte die Hand auf den Griff des Revolvers, der unter seiner Jacke hinten im Gürtel steckte. Er hatte den Befehl, niemanden aus dem Kreis herauszulassen.

»Brüder, mögen die Anstrengungen dieses Tages euch zu Segen gereichen.«

Das allgemeine ›Amen‹ klang zusammenhanglos, ohne Begeisterung.

Seth erhob sich, und seine Robe teilte sich. Er setzte die Dolchspitze auf einen Punkt drei Zentimeter über seinen verknoteten Nabel und ließ die Spitze hineingleiten. Er biß die Zähne zusammen und unterdrückte ein Stöhnen, als er sich das Metall ins Fleisch stieß.

Elder Curran schlug die Hand vor den Mund, um seinen Ekel zu verbergen.

Zentimeter um Zentimeter führte Seth den Dolch in seinen Körper ein. Aus der Wunde lief kein Blut. Seth verkrampfte sich, als er das Innere seines Bauches sondierte, und schluckte immer wieder Schmerzensschreie.

Elder Java versuchte aufzustehen, doch Duroc legte ihm eine Hand auf die Schulter und zwang ihn mit sanfter Gewalt zurück auf seinen Platz.

Seth stieß einen Schrei aus und streckte die Hände vor, um sich am Tisch abzustützen. Der Dolch zitterte und glitt langsam aus der Wunde, *als würde er von etwas in den Organen des Mannes herausgedrückt*.

Er packte den Griff und drehte die Klinge in der Wunde, vergrößerte sie. Aus seinem Innern drang ein weiß-violettes Licht. Er zog den Dolch heraus und ließ ihn fallen. Sein Bauch hob und senkte sich, der Schlitz pulsierte. Etwas in seinem Innern versuchte, geboren zu werden.

Mit den Fingern verbreiterte er den Spalt, und das Licht schoß heraus. Es bewegte sich schnell und prallte auf das Objekt der Bewunderung. Es blitzte, und alle bedeckten die Augen. Duroc betrachtete den Kristall mit zusammengekniffenen Augen. Die

Dunkelheit in seinem Zentrum war dem Licht aus Seths Körper gewichen, und das Licht pulsierte wie ein schlagendes Herz.

Seth hatte einen Gesang angestimmt, in einer Sprache, die Duroc schon einmal gehört hatte, aber nicht identifizieren konnte. Er sprach die Worte eines Rituals, das schon alt gewesen war, als die Kontinente noch jung waren.

Einige der Ältesten schlossen sich seinem Gesang an und schmuggelten neue Gebete in sein Ritual. Worte spielten keine Rolle, die Gefühle zählten. Seth massierte die Wunde, glättete sie, bis sie sich schloß. Sie schien zu schrumpfen und sich zu einem zweiten Nabel zusammenzuziehen.

Aus seinem Mundwinkel rann eine gelbe Flüssigkeit, während er fortfuhr, Worte der Macht zu sprechen.

Elder Wiggs hatte seine Hände traditionell zum Gebet verschränkt und preßte die Augen zusammen. Nichts, was in seiner Macht stand, konnte dem ein Ende bereiten.

Auch abgesehen von der Zeremonie flößte er Duroc großen Respekt ein. Er versuchte, das Objekt der Bewunderung nicht anzusehen, war aber nicht in der Lage, sich abzulenken. Das Kristall dehnte sich jetzt aus, beinahe wie ein Ei schwoll es an, als wollte etwas herausschlüpfen.

Hawkins schrie auf, sein Schrei verlor sich im lauter werdenden Gesang. Aus Seths Mund drang jetzt eine Vielzahl von Stimmen, als säße ein Chor in seiner Kehle. Hawkins faßte sich an die Brust und wand sich auf seinem Platz. Er hatte einen Anfall. Niemand machte Anstalten, ihm zu helfen. Er zuckte, trat gegen die Tischbeine, seine Hände wischten über den Tisch, dann verkrallten sich seine Fingernägel in den Rillen.

Seth hielt den Dolch vor sich und reichte ihn weiter an Curran, den Ältesten zu seiner Rechten. Der frühere Televangelist begutachtete ihn wie eine gute Zigarre, hatte aber keine Ahnung, was er mit ihm anfangen sollte. Duroc trat dazwischen und zeigte es ihm. Er zog Currans Ärmel hoch und fuhr vom Handballen bis zur Innenseite des Ellenbogens.

Er hatte es einmal in einem Vortrag vor den Mitgliedern der Gewaltsamen Tendenz zur Vermeidung von Folter erläutert. »Nehmen Sie einen spitzen Gegenstand, und machen Sie Ihren Arm frei. Und nicht vergessen – quer fürs Krankenhaus. Längs fürs Leichenschauhaus.«

Die Zunge vor Konzentration vorstreckend, stieß Curran den Dolch in sein Handgelenk und riß ihn nach unten. Er stellte sich ungeschickt an, dennoch durchtrennte er die Arterie. Blut spritzte hervor. Er ließ die Hand fallen, das Blut kam weiter herausgepumpt. Der rote Strom strömte in die Rille und von dort zu dem Objekt der Bewunderung.

Wiggs nahm das Messer in die Hand, bekreuzigte sich und stieß mit derartiger Wucht zu, daß er sich fast die linke Hand abtrennte. Er lächelte, als sei er erleichtert, und sein Blut vermengte sich mit dem von Curran.

»Nein«, sagte der nächste Älteste und stand halb aus seinem Sessel auf. Duroc stieß ihm den Daumen in den Hals, zwang so seinen Kopf hinunter auf den Tisch, dann schlitzte er ihm die Kehle auf. Die Rillen waren jetzt voller Blut.

Seths Gesang war zu einem grollenden Donner angeschwollen.

»Joseph ist gnädig«, sagte Elder Java und öffnete sein Handgelenk mit einem chirurgischen Schnitt. »Joseph ist...«

Hawkins war der nächste. Duroc legte ihm den Dolch in die zuckende Hand, aber er bekam ihn nicht richtig zu fassen. Duroc tat, als wollte er den Dolch selber nehmen, plötzlich jedoch bäumte sich der Älteste in einer letzten Kraftanstrengung auf. Er riß die Klinge an sich und stieß sie sich in das brennende Herz. Duroc vernahm, wie Metall über Knochen kratzte. Nach einem kurzen ekstatischen Taumel sackte Hawkins nach vorn. Er war das erste Mitglied des Zentralrats gewesen, das starb.

Die meisten brauchten nicht erst gedrängt zu werden. Wer zögerte, schloß die Augen und tat seine Pflicht, nachdem Duroc ihn berührt hatte.

Beach war der letzte. Er schnitt sich resigniert die Kehle durch, denn er wußte, daß er keine Wahl hatte. Duroc nahm ihm den Dolch weg und wischte ihn mit einem Taschentuch ab.

Seths Gesang wurde ruhiger und war nur noch ein Flüstern.

Die zwölf Ältesten der Josephiner bluteten langsam aus. Ihr Blutstrom bildete in der flachen Schale des Tisches ein kompliziertes Muster. Das Objekt der Bewunderung war rotbespritzt und pulsierte immer noch.

Dann implodierte es hörbar, als Luft in das Vakuum strömte, wo zuvor der Kristall gewesen war, und schrumpfte zu einem roten Punkt. Elektrische Entladungen knisterten, und die toten oder sterbenden Männer wanden sich, Schreie drangen aus ihren Kehlen. Beach stand auf. Ein Latz aus Blut hob sich deutlich von seiner schwarzen Weste ab. Er machte eine halbe Drehung und brach zusammen, als hätte man ihm das Leben plötzlich aus dem Leib geprügelt.

Der Geruch von Ozon hing in der Luft. Duroc beobachtete, wie Elder Currans dickliches Gesicht im Nu schrumpfte. Irgendwie war seinem Körper die gesamte Flüssigkeit entzogen worden.

Der rote Punkt schoß wie ein Glühwürmchen in die Höhe und explodierte. Nguyen Seth beendete sein Ritual und nahm erschöpft zwischen seinen toten Gefolgsleuten Platz.

Duroc sah, wie der rote Punkt unter die Gewölbebögen des Tempels sirrte. Die Mittelkuppel war vierzig Meter hoch, und das Licht fiel schräg von der Decke herein.

Es entstand ein ungeheurer Luftzug. Hawkins' Aktentasche öffnete sich, und seine Papiere wurden wie von einem Tornado aufgewirbelt.

Plötzlich fühlte Duroc sich müde, so als wäre ihm all seine Kraft in einem Zug ausgesogen worden. Mit schwummrigem Kopf sank er auf die Knie und hielt sich an einem der Stühle fest. Ein großes Gewicht schien ihn nach unten zu drücken. Der Boden war mit klebrigem Blut bedeckt.

Er versuchte den Kopf zu heben, nach oben zu schauen, aber es ging nicht.

Über ihm unter der Kuppel des Tempels schwebend, hockte etwas Gewaltiges, das hungrig und nicht von dieser Welt war. Zusammen mit Nguyen Seth hatte es sich dieser Welt aufgezwungen, und es ernährte sich vom Leben der Ältesten der Josephiner.

Duroc war von herunterhängenden Tentakeln umgeben, ganz so, als schwebte eine riesige Qualle über ihm. Die Fäden berührten ihn, taten ihm aber nichts. Die Empfindungen, die sie auslösten, waren vollkommen neu, jenseits von Lust oder Schmerz. Es wäre leicht, für sich immer von ihnen berieseln zu lassen und dieses neue Gefühl auszukosten.

Dann waren die Tentakel verschwunden.

»Roger«, sagte Seth. »Erlauben Sie mir, Ihnen eine der Kräfte der Finsternis vorzustellen, der wir dienen.«

Duroc zwang sich, hochzuschauen zu der gewaltigen formlosen Masse, die über ihnen hing. Sie war grauenerregend, und sie war wunderschön. Er hatte einen Engel, einen Dämonen oder ein Ungeheuer erwartet, aber das hier war nichts davon. Es war ein Wunder, etwas Außergewöhnliches. Er war nicht mal sicher, ob es tatsächlich existierte. Seine Oberfläche wellte sich, als wäre es eine Flüssigkeit oder ein umherwirbelndes, in einem moleküldünnen Ballon aus lebender Materie gefangenes Gas. Es besaß Augen, Gesichter, Münder und Hände, aber sie glichen nichts, was Duroc je bei einem irdischen Geschöpf gesehen hatte. Irgendwo in seinem Innern pumpten Organe, zogen sich zusammen und spritzten Flüssigkeit heraus. Es hatte einen Geruch, einen Geschmack, und man konnte es hören.

Zum erstenmal seit dem Verlassen des Priesterseminars fand Duroc etwas verehrenswert.

Der Jibbenainosay stieg herab. Nein, er dehnte sich nach unten aus und fuhr dabei dicke Fühler mit Spitzen wie klauenbewehrte Mäuler aus. Einer davon kam auf Duroc zugeschlängelt, der jedoch hob die Hand und verscheuchte ihn. Also machte er statt dessen am toten Kopf von Elder Hawkins fest.

Andere Tentakel kamen und suchten die anderen Leichen. Einige bohrten sich durch das schwarze Tuch der Männer, die mit dem Gesicht zuerst auf den Tisch gefallen waren, andere machten an Händen fest, einige an Schultern oder Bäuchen. Einer packte Beach im Gesicht und bohrte sich durch seinen Kopf. Sein Hals schwoll an, als er sich in die Innenseite seiner Brust verbiß.

»Er braucht Fleisch, Roger«, sagte Seth.

»Warum haben Sie ihn hierhergebracht?«

Elder Seth nahm seine dunklen Augengläser ab. Seine Augen funkelten.

»Das Krokodil muß sterben.«

VII

Jetzt brauchte Krokodil ihn. Sie verbrauchte drei Tagesrationen Wasser, um sich zu säubern, und bat ihn, ihr die Haare zu schneiden. Mit einem Stilett, das sie ihm gab, tat er sein Bestes, um ihr schwarzes Haarzelt zu scheren. Was übrigblieb, band sie sich zu einem Knoten hoch. Sie sah ein bißchen aus wie die Frauen im Reservat. Dann suchte sie ihre Augenklappe und setzte sie auf. Sie zog sich saubere Sachen an und setzte sich mit gekreuzten Beinen in den Innenhof. Habicht-Der-Sich-Niederläßt spürte ihre Nervosität, ihre Unsicherheit. Wenn dies die sechste Stufe der Vergeistigung war, dann wollte er gerne vergleichsweise weniger erleuchtet bleiben. Für einen Augenblick war sie wieder die alte Jesse, dann verwandelte sie sich wieder in das kaltblütige Reptil. Der Gesang näherte sich dem Ende. In einem alten Film, den er einmal gesehen hatte, kam ein Indianer vor, der jeden Morgen aufstand, sich umschaute und sagte:

»Dies ist ein guter Tag zum Sterben.« Er hatte das für absurd gehalten. Er hatte noch eine Flasche Tequila übrig, schüttete sie aus und sah zu, wie der Inhalt im Sand versickerte.

»Gentlemen, ich fürchte, das ist mir alles viel zu hoch. Meine Ausbildung beschränkt sich ausschließlich auf die militärische Nutzung der Satellitentechnologie.«

»Mr. President, das ist uns allen viel zu hoch. Es handelt sich um ein unerklärliches Vorkommnis, wie letztes Jahr diese Geschichte im Meer der Stille.«

»Spielen Sie mir die Daten noch einmal ein, General Pendarves.«

»Nun, einer unserer geostationären Spionagesatelliten wurde vergangenes Jahr dank eines elektrischen Versagens aus seiner Laufbahn gestoßen. Seitdem ist seine Umlaufbahn immer ungünstiger geworden, so daß wir vermuten, er wird Ende 1999 verglühen. Wir sind zwar nicht in der Lage, ihn zu steuern, dafür erhalten wir aber immer noch die Daten von seinen Sensoren.«

»Wir haben uns also ein wenig im Hinterhof umgesehen, was?«

»So könnte man sagen. Bis vor kurzem waren wir gerade mal in der Lage, ein paar Wölfe und Fallensteller in der kanadischen Einöde zu verfolgen. Aber vor drei Wochen bekam der Kurs einen neuen Knick, und das verdammte Ding blieb über Utah hängen.«

»Deseret, General. Deseret. Wir haben es umbenannt, schon vergessen? Das war ein wichtiger Punkt meiner Wahlversprechen.«

»Richtig, Sir. Deseret. Da es theoretisch noch ein Teil der Vereinigten Staaten ist, hielten wir es für unbedenklich, einen Blick zu riskieren. Einige der Berichte, die uns erreichten, waren recht beunruhigend.«

»Nguyen Seth genießt mein vollstes Vertrauen, Gentlemen.

Er ist ein echtes Beispiel für jenen Pioniergeist, der dieses Land groß gemacht hat.«

»Ja, ja. Sicher... aber in Salt Lake City geschehen Dinge, für die wir keine Erklärung haben. Mr. Fenin hat sie von Anfang an aufgezeichnet.«

»Es gab ein paar Störungen.«

»Welcher Art? Erdbeben? Wirbelstürme?«

»Vielleicht auch das, Mr. Präsident. Aber zusätzlich dazu gibt es eine Reihe von Phänomenen, mit denen wir nicht das Geringste anfangen können. Mr. Fenin ist aus unserer Abteilung für übersinnliche Wahrnehmung.«

»Mr. Fenin?«

»Mr. President.«

»Wir haben ihm die Daten übergeben.«

»Und...?«

»Nun, ich konnte einige Präzedenzfälle finden, aber nichts, was einen Sinn ergäbe. In Salt Lake City gibt es irgendeine Art gewaltiger Energiequelle, offenbar tief im Innern des Tempels der Josephiner selbst.«

»Aber die Josephiner sind eher rückschrittliche Leute, soviel steht doch fest. Jedenfalls keine Technofreaks. Sie würden doch keinen Kernreaktor bauen, oder?«

»Um diese Art Energie geht es nicht, Mr. President. Es geht um nicht-physikalische Energie. Wir haben eigentlich keinen passenden Namen dafür. Psychische Energie, geistige Energie, nennen Sie es, wie Sie wollen.«

»Die Vereinigten Staaten von Amerika erkennen keine Geister und Gespenster an, Mr. Fenin. Und ich kann mich nicht entsinnen, irgendwelche Ausgaben für eine Abteilung mystizistischer Wirrköpfe bewilligt zu haben.«

»Sir, wie Sie sich erinnern werden, sind die Sowjets auf diesem Gebiet bereits sehr weit. Die vorige Regierung war der Ansicht, es gäbe eine Lücke in der Parapsychologie. Präsident Heston ernannte James Earl Carter zum Leiter der Kommission.«

»Dummes Gewäsch, meine Herren. Davon will ich nichts wissen.«

»Aber Mr. President, es scheint sehr gut möglich, daß irgendeine kataklysmische Energie freigesetzt worden ist...«

»Das ist jämmerlicher Quatsch, und das wissen Sie. Ich glaube, es wird Zeit, Sie Ihres Kommandos zu entheben, General.«

»Mr. President...«

»Ich will nichts mehr davon hören. Mr. Fenin, guten Tag. General Pendarves, Sie werden sich morgen früh hier melden und Ihre neue Aufgabe zugeteilt bekommen. Damit ist der Fall abgeschlossen. Geister... lächerlich.«

Dr. Ottokar Proctor sah, wie der Indianer der Frau die Haare schnitt, und störte die beiden nicht. Anschließend ging er in die Zelle und sammelte ihr Haar auf. Es war weich und duftete süß. Er wollte es haben.

Die Kiste aus Tasmanien in seinem Kopf begann sich zu schütteln. Nägel lösten sich.

Er sah genauer hin. Er arbeitete gerade an Bugs Zähnen, als ihm das Messer abglitt und er sich schnitt.

Er leckte sich die Finger ab und schmeckte Blut.

»Eure Heiligkeit, wir sind der Ansicht, daß der Boden-Nullpunkt im südlichen Arizona nahe der mexikanischen Grenze liegen wird. In der Gila-Wüste.«

Papst Georgi I schaute auf den Kartenmonitor. Pater O'Shaughnessy vergrößerte die Projektion und verkleinerte den Bildausschnitt.

»Hier irgendwo.« Er tippte mit seinem Zeigestab auf den Bildschirm.

»Wie heißt dieser Ort?«

»Santa de Nogueira. Es handelt sich um ein altes Kloster.«

»Von uns?«

»Früher einmal. Aber jetzt steht es seit über anderthalb Jahrhunderten leer. Der Boden gehört uns noch, aber nur aufgrund einer spanischen Übertragungsurkunde, die wahrscheinlich nicht mehr rechtsgültig ist.«

»Lebt dort jemand?«

»Irgend jemand muß dort leben, sonst wäre der Dämon nicht auf dem Weg dorthin.«

»Wer?«

O'Shaughnessy zündete sich seine Pfeife an. »Das, heiliger Vater, weiß ich auch nicht. Kardinal Mapache durchkämmt die Gegend...«

»Der Prophet?«

»Er ist ein Seher, Eure Heiligkeit.«

»Richtig.«

»Er versucht, irgendwelche Erscheinungen im Kloster zu erkennen.«

»Schon Ergebnisse?«

O'Shaugnessy inhalierte. »Unterschiedlich. Im Gebäude befinden sich mindestens drei Personen, möglicherweise auf der Flucht vor Strafverfolgung. Die Wüste ist voll von kriminellen Elementen und jugendlichen Straftätern. Aber Mapache interessiert sich nicht für Leute.«

Der Papst runzelte die Stirn. »Fahren Sie fort.«

»Es scheint dort eine übernatürliche Erscheinung zu geben.«

»Einen Dämon?«

»Schwer zu sagen. Irgendwie hängt sie mit einer der Personen dort zusammen, es handelt sich jedoch nicht um die übliche Form der Besessenheit. Mapache ist der Ansicht, sie bilden eine Art gemeinsame Gestalt.«

»Entspricht das der kirchlichen Lehre?«

»Der Heilige Geist hat schon früher durch Menschen gesprochen. Gottes Sohn nahm die Gestalt sterblichen Fleisches an.«

»Sie liebäugeln mit Blasphemie.«

»Blasphemie und ich, wir sind nur gute Freunde, Vater.«

Der Papst mußte lächeln.

»Können wir jemanden rechtzeitig dorthin entsenden?«

»Mapache meint, nein. Schwester Chantal ist in Kamtschatka beschäftigt, und Mutter Kazuko Hara ist noch immer nicht vollständig genesen. Ich glaube, sonst haben wir niemand, der für eine derartige Angelegenheit qualifiziert wäre.«

»Was schlagen Sie vor?«

O'Shaughnessy breitete die Hände aus. »Beten, Heiliger Vater.«

Duroc verfolgte, wie der Jibbenainosay einem Ballon der Gebrüder Montgolfier gleich im Himmel verschwand, und war erleichtert, daß sich das Ding immer weiter von ihm entfernte. Es zog seine Leichen immer noch wie Puppen hinter sich her, außerdem waren ihm einige anorganisch aussehende Glieder gewachsen, die, so schien es, in der Lage waren, ernsthaften Schaden anzurichten. Er hatte den Eindruck, selbst Nguyen Seth war nicht gerade unglücklich darüber, daß dieser Finsterling sich jetzt auf die Suche nach Jessamyn Bonney machte.

Duroc konnte nicht glauben, daß es tatsächlich so weit gekommen war. Der Jibbenainosay war eine Institution, die man anrief, wenn man die Antarktis versenken wollte, nicht, wenn es darum ging, ein achtzehnjähriges Mädchen auszuschalten. Sicher, die Einsätze von Manolo und Proctor hatten sich als nicht erfolgreich erwiesen. Jessamyn – Krokodil, wie sie sich jetzt nannte – zeigte unerwartete Widerstandskraft. Nun, gegen den Finsterling hatte sie keine Chance.

Danach, so vermutete Duroc, stand Seth dann vor dem Problem, den Jibbenainosay anderweitig beschäftigen zu müssen.

Es regnete nicht mehr, gelegentlich jedoch wurde dieser Teil der Wüste von wilden Sandstürmen heimgesucht. Habicht-Der-Sich-Niederläßt vermutete, daß ein solcher aufzog. Mitten am Nachmittag kam ein leichter Wind auf, und der Sand wurde an die Mauern von Santa de Nogueira geweht. Er hatte Dr. Proctor den ganzen Tag nirgends gesehen, aber das bereitete ihm keine Sorgen. Es war zwar die Zeit, um die Frauen in die Häuser zu bringen, die Fenster zu vernageln und abzuwarten, bis alles vorbei war. Er wußte aber, daß Krokodil nicht die brave Squaw spielen und sich von ihm nicht vor der Unbill der Natur beschützen lassen würde. Sie stand auf dem Dach ihrer Kapelle und starrte unverwandt nach Norden, während der Sand ihr ins Gesicht wehte.

Erich von Richter, geboren als Ethan Ryker, riß den Steuerknüppel nach hinten und steuerte seine Fokker über die Turbulenzen. Seit drei Jahren arbeitete er jetzt mit dem Roten Baron zusammen und gab dem Fliegenden Zirkus bei seinen Überfällen Deckung aus der Luft. Sie besaßen nur zwei Flugzeuge, die anderen kamen jedoch mit umgebauten Kustom-Kar-Bausätzen zurecht, die mit rasiermesserscharfen Doppelflügeln und Propellern mit Macheten als Rotorblätter ausgestattet waren.

Der Konvoi fuhr unten auf der Straße und hatte gerade ein paar Neunachser eingeholt. Heute war er alleine am Himmel, denn der Baron hatte mit den Yaks geschäftlich in Welcome zu tun. In Gedanken rechnete er sich seinen Anteil an der Beute in eine Tankwagenladung Treibstoff sowie in eine Garantieverlängerung für die Fokkers um.

Von Richter liebte das Fliegen, aber von den Luftkunststückchen, die dem Baron seinen Nervenkitzel verschafften, hielt er nichts. Er zog es vor, einen Interstate-Schutz mit einer Napalmdecke zu überziehen oder mit seinen Doppelrotzkanonen Spuren in die Straße zu ballern und die fliehenden Landratten zu durchlöchern.

Sein alter Herr hatte sich seinen Lebensunterhalt mit dem Besprühen von Feldern verdient, als es noch Felder gab. Das hier war allerdings eine viel bessere Möglichkeit, den Himmel zu nutzen.

»He, Rikki«, sagte Heidi in seinem Ohrchip. Heidi war an diesem Tag in der Bodenkontrolle. »Wir haben die Kamele in Sichtweite. Sind Sie soweit?«

»Hier oben weht ein tückischer Wirbelwind.«

»Wenn Sie nicht damit klarkommen, schaffen wir es auch ohne Sie, alter Junge.«

Heidi verhöhnte ihn jedesmal. Sie war scharf auf seine Maschine. »Hier hält mich nichts auf, Sie Straßenkriecherin. Vergessen Sie nicht, Sie haben es mit einem As zu tun.«

Er kippte die Schnauze des Vogels in die Turbulenzen und stieß hinab. Es war schwieriger, als er gedacht hatte. Der Steuerknüppel wurde in seinen Händen hin und her gerissen und scheuerte ihm die Handflächen auf.

Der Motor setzte aus, und die Fokker fiel zehn Meter wie ein Stück Ballast, bevor sie wieder einsetzte.

»He, Flieger, was soll der Unsinn. Wir sind im Kampf. Spritzen Sie ein wenig Feuerzeugbenzin auf die Tankwagen, und den Rest überlassen Sie dem Arizona-Corps.«

Er antwortete Heidi nicht. Dafür war er viel zu sehr mit dem Steuerknüppel beschäftigt. Er versuchte, die Kontrolle über den Doppeldecker zurückzugewinnen.

Plötzlich steckte er mitten in einer Wolke. Unmöglich, Wolken gab es über der Großen Leere nicht. Es mußte Rauch sein. Er war schwarz und dicht, als wäre von einem Augenblick auf den anderen die Nacht hereingebrochen. Es war anders als normale Luft. Die Instrumente reagierten nicht richtig.

Die Temperatur fiel, und von Richter fing an zu zittern. In seiner Fliegerbrille bildete sich Eis, und sein Schweiß erstarrte zu Kristallen.

Der Motor setzte aus, und er versuchte zu schreien. Ein Windstoß ließ ihm die Kehle gefrieren.

Die Fokker fiel nicht. Sie hing in der schwarzen Wolke fest.

»Rikki, was ist das für ein verdammtes Ding hier? Sag mir, daß ich einen GloJo-Flashback habe.«

Von Richter preßte die Daumen auf den Abzug, und seine Maschinengewehre ratterten los und schleuderten Kugeln und Patronenhülsen in die Schwärze. Obwohl sie schnell leer waren, drückte er immer weiter auf den Abzug.

Die Geschichte war verdammt seltsam. Es wurde ernst.

Drei Meter entfernt tauchte ein Gesicht aus der Schwärze auf. Es war mehr oder weniger das eines Menschen. Von Richter kreischte und trommelte mit den Fäusten gegen die gerippte Bespannung.

Das Gesicht öffnete seine dicken Lippen und heraus schob sich ein weißer Schnabel, der sich nach drei Seiten öffnen ließ. Aus dem Schnabel schoß ein violettes Etwas und saugte sich an von Richters Gesicht fest.

Sofort tasteten sich winzige Ranken durch seinen gesamten Körper, und mit einem gewaltigen Ruck krempelte das Wesen sein Innerstes nach außen.

Die Fokker stürzte aus dem Himmel und zerschellte, umgeben von Eisbrocken, im Sand. Rings um das Wrack regnete Erich von Richter stückchenweise vom Himmel.

Der Jibbenainosay raste weiter Richtung Süden. An sein letztes Opfer verschwendete er weniger Gedanken als ein Wüstenwanderer an ein einzelnes Körnchen Sand.

Das Arizona-Corps hielt nicht an, um sein As zu verscharren.

Dr. Proctor war mit dem Wetzen seines Messers beschäftigt. Als der Indianer den Weinkeller betrat, blickte er auf und bleckte wie früher die Zähne.

»Hallo, Tonto«, sagte er.

Der Ewige Widersacher war verwirrt. Sein Wirt war nicht, wie er ihn sich vorgestellt hatte. Er war nicht jenes titanische Wesen, das die Welt beherrschen und von Geist zu Geist mit den Kräften der Finsternis ringen konnte.

Diese Jessamyn Bonney war so zerbrechlich, so dürr wie ein

Schmetterling. Ein kurzer Augenblick des Zweifelns, dann fällte er seinen Entschluß.

Zusammengeschrumpft hockte er jetzt im Innern von Jessamyn, im Innern von Krokodil.

Nguyen Seth saß alleine in seiner Bibliothek. Der Jibbenainosay war los, dem hatte Krokodil nichts entgegenzusetzen.

In seinen Gedanken konnte er sie noch immer hören: tick-tack, tick-tack, tick-tack...

Er schlug ein Buch auf, konnte sich aber nicht auf den Text konzentrieren. Er erkannte nicht einmal die Sprache, in der es geschrieben war.

Dieser Zustand der Unkonzentriertheit mußte bald ein Ende haben. Es gab einiges zu tun. Er mußte einen weiteren Dämon herbeirufen, einen subtileren Teufel, den niederzuringen schwieriger sein würde.

Außerdem würden die Jesuiten allmählich zur Plage. Er würde sich um den Vatikan kümmern müssen.

Der Sand wehte jetzt schärfer und brannte auf ihrem Gesicht. Das war das erste Zeichen des Jibbenainosay.

Sie dachte an ihre toten Feinde: Daddy Bruno, Miss Liberty, der augenlose Holm Rodriguez, Susie ›Büchsenfleisch‹ Terhune, Bronson Manolo. Und Dr. Proctor, der zwar nicht tot, aber unschädlich gemacht war.

Hinter all diesen Gesichtern entdeckte sie Elder Seth.

Das Krokodil in ihr wußte, was sie erwartete, was dieser Jibbenainosay war: Und das Krokodil hatte Angst. Aber das war erst der Anfang. Der Jessamyn Bonney in ihr war alles egal.

Trooper Nathan Stack fuhr die Straße lang, konzentrierte sich auf den Monitor und überlegte, ob er versuchen sollte, wieder eingestellt zu werden. Er wußte nicht, ob es eine gute Idee war, nach ihrer Trennung wieder mit Leona zusammen auf Patrouille zu gehen, andererseits war die Vorstellung nicht zu ertragen, daß ein anderer Mistkerl den Posten bekam. Sergeant Leona Tyree steuerte den US-Kavallerie-Cruiser wie eine Expertin und mit leichter Hand. Sie hatten einen Notruf von einem Konvoi auf der Interstate bekommen, aus Phoenix, östlich von hier. Irgend jemand hatte die Yaks nicht ausbezahlt, und ein höflicher Orientale im Anzug hatte einen zerhackten Anruf getätigt, und schon war das Arizona-Corps wieder unterwegs.

Stack sah auf den Bildschirm. »Genau geradeaus, Leona. Fünf Fahrzeuge. Sie werden aufgebracht.«

Dann leuchtete der gesamte Bildschirm auf, wurde zu einer festen Masse aus Licht.

Der Cruiser geriet ins Schleudern, als Tyree ein Blick zum Radar hinüberwarf, aber sie bekam ihn wieder auf den Asphalt.

Der Defekt war behoben.

»Was war das?«

Stack tippte gegen den Bildschirm. »Nach diesem Schrotthaufen zu urteilen, handelte es sich um ein fliegendes Objekt in der Größe der U. S. S. *Nimitz*.«

Tyree lachte. »Einen Augenblick hast du mir angst gemacht. Ich werde das System ausbauen und überholen lassen, sobald wir wieder in Fort Apache sind.«

»In Ordnung.«

Er hatte eine Idee. »Sag mal, Leona, möchtest du, daß ich es im Logbuch als UFO verzeichne?«

Tyree grinste spöttisch. »Nein, der Witz ist schon ziemlich abgenutzt.«

Der Jibbenainosay zerteilte die Lüfte und fand zunehmend mehr Gefallen an der unvertrauten Sinnlichkeit körperlicher Existenz. Die menschlichen Gehirne, die er verschlungen hatte, verrieten ihm eine Menge über diese Welt. Seine neue Gestalt war in mancherlei Hinsicht ungewohnt, in anderer bot sie jedoch Möglichkeiten.

Nie zuvor hatte er etwas besessen, mit dem er Schmerzen verursachen konnte. Er stellte fest, daß es ein Vergnügen war, jemandem Schmerzen zuzufügen. Noch größeren Genuß bereitete es ihm, diesen nichtigen Abschaum des Lebensfünkchens zu berauben.

Nicht mehr lange, und das Universum würde den Kräften der Finsternis gehören.

»Dr. Proctor, geht es Ihnen...?«

»Besser?« Der Teufel lachte ihm ins Gesicht. »Ja, ich denke schon.«

Habicht-Der-Sich-Niederläßt stand mit dem Rücken zu einem Weinregal. Die Flaschen waren längst verschwunden, aber in ihren Fächern stand eine Reihe von Figuren. Hier bewahrte Dr. Proctor seine Comic-Schöpfungen auf.

Der Teufel hatte sein Schnitzmesser in der Hand und fuchtelte damit ohne Hast dicht unter Habichts Nase herum.

»Es kommt ein Sturm auf, nicht wahr, Tonto? Ich spüre es in der Luft.«

»Ja. Ein schlimmer Sturm.«

»Weißt du vielleicht etwas über die Geschichte deines Volkes?«

Habicht schluckte. Die blitzende Messerspitze befand sich nur um Haaresbreite von seinem Adamsapfel entfernt.

»Natürlich weißt du etwas. Du bist ein Sohn des Geronimo, nicht wahr?«

Habicht nickte.

»Weißt du, was General Phil Sheridan, der Kriegsheld, gesagt hat...«

Habicht wußte, was als nächstes kommen würde.

»›Die einzigen guten Indianer, die ich je gesehen habe‹, hat der alte Phil gesagt, ›waren tote Indianer‹.«

Habichts Blick wanderte zur Tür. Zu weit entfernt. Er würde es nie schaffen.

»Wie würde es dir gefallen, Tonto, ein guter Indianer zu sein?«

Sie mußte daran denken, wie Doc Threadneedle versucht hatte, ihr beizubringen, ein Mensch zu bleiben. Vermutlich wäre er nicht gerade stolz auf sie gewesen.

Der Horizont war jetzt nicht mehr zu sehen. Die Luft war voller Sand.

Krokodil hoffte, es gäbe eine Möglichkeit, es bei dem Doc wieder gutzumachen.

Wo steckte bloß Habicht-Der-Sich-Niederläßt? Er sollte eigentlich dabei sein und zusehen, wie sie die letzten Schritte machte und die letzte Ebene der Geistigkeit erreichte und überschritt.

Es ragte aus dem Sand heraus wie ein Wal und türmte sich über ihr auf. In der Mitte hatte es ein Gesicht.

Sie erkannte die Züge von Nguyen Seth.

Es lächelte. Fühler hingen von seinen Lidern herab.

Sie erinnerte sich an das Lieblingszitat ihres Vaters, von Nietzsche. *Was mich nicht umbringt, macht mich stärker.*

»Komm schon, Jib«, sagte sie. »Mach mich stärker.«

VIII

Dr. Proctors Messer zitterte. Die Spitze befand sich genau unter Habichts Kinn.

Dann stand die Welt plötzlich Kopf.

Der Teufel wurde quer durch den Raum gewirbelt, während die Weinregale sich um ihn legten. Habicht wurde von einem herumfliegenden Ziegel in die Knie gezwungen. Er sah, wie die Steine aus der Decke gerüttelt wurden. Uralter Mörtel fiel als dichter Staub.

Habicht würgte und versuchte, sich mit einer erhobenen Hand das einstürzende Gemäuer vom Leib zu halten. Das gesamte Kloster drohte über seinem Kopf zusammenzubrechen, Tausende von Tonnen europäischen Gemäuers.

Ein Wirbelsturm wehte Sand herein, der einem die Kehle verstopfte. Habicht bedeckte seinen Mund. Dieser dichte Strudel drohte einen zu ersticken.

Er konnte Dr. Proctor nicht mehr sehen, hörte aber, wie er um sich schlug und die Weinregale wie Streichhölzer zersplitterte. Ein geschnitzter Yosemite-Sam fiel ihm ins Gesicht. Eine Menge Trümmer wirbelten umher, als wäre der Keller das Auge einer gewaltigen Windhose.

Der Boden sackte nach unten weg wie ein Flugzeug, das in Turbulenzen gerät. Habicht sackte mit ab und schlug hart auf. Vermutlich hatte er sich den Knöchel gebrochen.

Das war kein Erdbeben, soviel stand fest.

Ein Mauerbrocken aus der Decke knallte auf die Bodenplatten und zerplatzte wie eine steinerne Splittergranate. Habicht hörte den Doktor schreien, als ihn das Schrapnell traf.

Habicht schaute hoch und sah Licht durch das Loch. Mauern verschwanden, wurden in die Höhe gerissen, und durch Sand gefiltertes Sonnenlicht fiel herein. Santa de Nogueira wurde in einem Stück in die Höhe gehoben und auseinandergerissen. Er befand sich im Keller. Habicht konnte sich nicht vorstellen, wie man das Gebäude Stück für Stück auseinandernehmen und die einzelnen Brocken gleichzeitig in der Luft halten konnte.

Dann wurde er von Händen aus Wind gepackt und wie eine Marionette in eine aufrechte Stellung gezogen. Ein Schmerz durchbohrte seine Brust. Bestimmt hatte er sich wieder die Rippen gebrochen.

Der Sand drückte sich in Augen, in Nase und Mund. Er schüttelte den Kopf und versuchte, gegen die alles unter sich begrabenden Böen anzukämpfen. Er hatte keinen festen Boden mehr unter den Füßen, er wurde einfach in die Höhe getragen.

Steine prallten von Kopf und Schultern ab, als er durch den Sturm hindurch in die Höhe stieg. Es war nur eine Frage der Zeit, bis er gegen einen Brocken geschmettert wurde, der groß genug war, ihn ernsthaft zu verletzen.

Durch den Sand hindurch sah er Dr. Proctor, der ebenfalls stetig nach oben trieb. Der Irre schlug kreischend um sich. Man stelle sich vor, er hatte vor diesem Dr. Proctor Angst gehabt, hatte geglaubt, diese armselige Marionette sei der Teufel.

Jetzt hatten sie den Keller hinter sich. Habicht konnte unter sich keinen Boden erkennen, meinte aber, er müßte sich etliche hundert Fuß unter ihm befinden. Sie befanden sich oberhalb der umherfließenden Steineschicht. Das Gerippe des Klosters stand noch, befreit vom größten Teil seines Mauerwerks.

In seinen spirituellen Träumen war Habicht bereits geflogen, aber dies war das erste Mal, daß es ihn derart in die Höhe gehoben hatte. In seinen Träumen war er auf den Winden gelaufen wie der *Wendigo* und die Geister der Adler. Jetzt war er hilflos, ein Drachen ohne Fäden, der mal hierhin, mal dorthin gestoßen wurde. Obwohl er langsam höherstieg, hatte er das Gefühl, aus großer Höhe herabzustürzen und immer schneller auf den eisenharten Boden zuzurasen.

Dann befand er sich auf einmal oberhalb der Sandwolke und schwebte in ruhigerer Luft. Dr. Proctor durchstieß zur gleichen Zeit die Oberfläche des Sandsturmes, und die beiden Männer riefen sich etwas zu.

Hier herrschte Stille, und es wehte nur eine leichte Brise. Der Sturm unten sah aus wie ein Meer aus aufgewühltem Schotter. Steine, Holzbalken und Grabsteine wurden am oberen Rand der Wolken hin- und hergeworfen, in die Höhe geschleudert und wieder in die Tiefe gesogen. Irgendwo dort unten war Krokodil und schwamm durch den Sand. Der Himmel erstreckte sich blau bis in die Unendlichkeit, und die Sonne brannte auf sie herab.

In der wohligen Wärme spürte Habicht plötzlich all die Verletzungen, die er bei seinem Flug in die Höhe erlitten hatte. Sein Gesicht war erfolgreich mit einem Sandstrahlgebläse bearbeitet worden, und eines seiner Beine hing nutzlos herum.

Er hörte nicht, was Dr. Proctor brüllte, aber das spielte keine Rolle. Worte hatten keinen Sinn. All die Gesänge, die ihm Zwei-Sterbende-Hunde gelehrt hatte, nützten nichts. Es gab keine passende Antwort.

Das Wesen, das über dem Sturm schwebte und dessen Ranken in den Sandsturm herabhingen, war fraglos ein *gitche manitou*. Habicht konnte es nicht ertragen hinzusehen, brachte es aber nicht fertig, den Kopf abzuwenden. Der Jibbenainosay war finsterer als alle Finsternis. Habicht mutmaßte, daß so ein schwarzes Loch aussehen müsse, konzentriert und gleichzeitig riesengroß. Das war kein Wesen, mit dem Habicht je das Universum hätte teilen können.

Daneben wirkte der Himmel klein.

IX

Die Kapelle verschonte er, aber ansonsten riß er alles auseinander, was in Sichtweite war. Millionen Tonnen Sand wurden um sie herum aufgewirbelt, sie jedoch befand sich in einer leeren Luftblase. Der Jibbenainosay hatte sich in seinen Wirbelsturm gehüllt, trotzdem spürte sie seine Masse hinter dem Chaos. Das Ganze schien groß genug, daß im Vergleich Godzilla wie eine Zecke auf einem Hund gewirkt hätte. Trotz seiner Größe wirkte er leicht, fast substanzlos. Krokodil wußte, daß er von ganz woanders her kam. Und damit war weder Oz, der Himmel, oder Akron, Ohio, gemeint.

Im Geiste sah sie ihn rufen. Da war Elder Seth, der sich, umgeben von den ausblutenden Toten, selbst aufschlitzte. Und da war der Jibbenainosay, der im Innern einer Kathedrale waberte, sich in das Universum hinauswand – der stinkende Kot seiner anderen Wirklichkeit.

Sie wußte außerdem, daß in ihrem Innern etwas war, das die Kräfte der Finsternis erkannte, das seine geheimen Namen kannte und die Natur seiner vielfältigen Existenz. Das in einem anderen Leben sogar eine gewisse Artverwandtschaft mit dem Jibbenainosay behaupten konnte. Das war es, was ihr geholfen hatte, Dr. Proctor zu besiegen, das sie auf die sechste Ebene getragen und sie zum Krokodil gemacht hatte.

Was immer es war, das von ihr Besitz ergriffen hatte, sie hoffte, daß es über jene Mittel verfügte, die nötig waren, dieses weltverschlingende Wesen zu besiegen.

Eine Ranke schnellte aus dem Sand hervor. Sie wischte sie zur Seite. Der Schweiß der Ranke brannte.

Sie ließ sich von ihrem Platz herab und tauchte ein in den Sand. Sie hatte erwartet, verschlungen zu werden, aber ihre Luftblase verließ sie nicht. Als sie vor der Tür der Kapelle stand, nahm sie ihren ganzen Mut zusammen. Die Kapelle war bestimmt alles, was von Santa de Nogueira noch übrig war. Im Boden, wo der Sturm die unterirdischen Keller und Gänge ausgerissen und herumgeschleudert hatte, befanden sich große Vertiefungen.

Die Luftblase dehnte sich aus, und sie konnte die Ruine sehen, die rings um den Innenhof stehengeblieben war. Die Steinplatten waren verschwunden, und selbst der Sand war abgetragen worden. Die Oberfläche war uneben und übersät mit Schutt. Über dem Gelände wölbte sich eine Kuppel aus sandgefüllter Luft. Krokodil schaute hoch und sah die Leichen, die durch den Sturm hinabsanken und in die zarte Blase stürzten.

Mehrere Beinpaare baumelten in die Blase hinein, gefolgt von menschenförmigen Wesen. Sie hingen wie Marionetten an den Tentakeln und zuckten wie Froschschenkel, die man an elektrischen Strom angeschlossen hatte.

Zwölf Leichen, in blutverschmiertes Schwarz gekleidet,

schlugen unten auf und hingen auf und ab tanzend an ihren Tentakeln. Sie waren auf unterschiedliche Art gebrochen, aus ihrem fauligen Fleisch wucherten jedoch neue Organe. Giftpilze, wie Krokodil wußte, die Stacheln des Jibbenainosay.

Sie standen in Reih und Glied, etwas wackelig, aber größtenteils aufrecht. Die meisten von ihnen hatten keine Gesichter mehr. Die, die sie sehen konnte, waren jedoch ganz gewöhnlich. Sie trugen die Überreste der gleichen Kleidung, in der sie Nguyen Seth immer gesehen hatte. Ein Zombie, der vornübergebeugt hing, weil sich ihm der Tentakel ins Rückgrat gebohrt hatte, hatte sogar seinen breitkrempigen Pilgerhut aufbehalten. Diese Leute waren Josephiner gewesen, genau wie Seths Narren aus Spanish Fork. Sie wußte, daß zum Wohle des Großen Werkes von Elder Seth noch viel mehr geopfert worden waren.

Sie schaute hoch zur brodelnden Sandkuppel der Blase. Da war wieder das Gesicht zwischen den herunterhängenden Tentakeln.

»Verpiß dich«, sagte sie und öffnete ihr Optikimplantat. Die Augenklappe verbrannte, und der Laserstrahl schoß in die Höhe und traf Seths Gesicht genau in der Mitte. Es fiel auseinander, und Sand rieselte in die Blase hinein und bestäubte die Zombies mit schlammigen Schuppen. Krokodil wischte sich übers Gesicht.

Der ihr nächste des toten Dutzend versuchte, sie zu packen, dabei wand sich ein aufgeblähter Skorpionschwanz aus seinem Mund. Sie drehte ihm mit beiden Händen den Hals um, und der Körper sackte leblos in sich zusammen. Der körperlose Kopf und sein giftiger Fortsatz hingen immer noch zappelnd an dem Tentakel. Die Augen traten aus den Höhlen. Mit einem Stoß aus ihrem Brenner versengte sie den Schädel zu Asche, und der Tentakel wurde mit einer peitschenden Bewegung eingezogen.

Sie löste die Maschinenpistole aus ihrem Schulterhalfter und zog sie unter ihrer wattierten Jacke hervor. Es war ein veraltetes Ding. Sie bezweifelte, daß sie damit gegen den Jibbenainosay viel würde ausrichten können, aber ein Teil von ihr dachte immer noch wie Jazzbeaux und sah in den Killerwerkzeugen des 20. Jahrhunderts etwas Tröstliches.

Sie verpaßte den Zombies in Brusthöhe einen Feuerstoß. Wo die Patronen trafen, platzten fleischige Blumen auf. Ein oder zwei hatten einen Totalschaden und hingen einfach nutzlos herab, der Rest war jedoch noch agil genug, um auf sie loszugehen. Ihr nächster Feuerstoß zielte auf die Köpfe, dazu gab sie noch ein paar Laserstiche mit ihrem Brenner ab.

Damit war etwa ein halbes Dutzend ausgeschaltet. Dem Rest war nicht mehr anzusehen, daß es sich einmal um Menschen gehandelt hatte. Einer kam auf Händen und den unzähligen Krabbenbeinen, die ihm aus der Hüfte wucherten, auf sie zugehastet. Sein Josephinerhut tanzte in die Höhe, als er den Kopf in die Brusthöhle zog. Sie leerte ihr Magazin auf ihn, und er hüpfte wie eine mexikanische Springbohne, grüne Flüssigkeit in Spiralen verspritzend. Er bewegte sich, bis sie sein Rückgrat mit dem Stiefel am Boden festnagelte. Ein Schwenk mit dem Laser trennte den Tentakel ab. Der Josephiner wand sich zuckend und erschlaffte. Aus seinen aufgeschlitzten Mäulern platzten Kakerlaken.

Die restlichen fünf Leichen ließen sich zurückfallen und bildeten eine dichte Formation. Sie schob ein neues Magazin in ihre Pistole und verpaßte ihnen einen Feuerstoß. Sie standen immer noch aufrecht, die Arme untergehakt, während sich ihre Tentakel zusammendrehten wie die Stränge eines Taus. Sie wuchsen zusammen, bildeten ein Mischwesen. Arme und Beine reckten sich, um dem beinahe kugelförmigen, vielköpfigen Tier Halt zu geben. Seine Nabelschnur aus Tentakeln war dick und rauh wie der Rüssel eines Elefanten. Die Haut barst, und organische Waffen stachen hindurch: Stachel, Krallen, Mäuler. Eine steife Röhre bespie sie mit Kernen. Die winzigen Dinger explodierten in der Luft und verbreiteten einen übelriechenden Qualm.

Sie hielt den Atem an und wich aus. Sie verpaßte dem Ding einen weiteren Feuerstoß; es schluckte die Kugeln mit Vergnügen. Ihr Feuerstoß hinterließ rauchende, kleine Löcher, richtete aber keinerlei Schaden an.

In dem Gewirr gab es immer noch menschliche Köpfe, und diese flüsterten ihr etwas zu.

Das Ding kam erregt auf sie zugestampft, und sie tanzte zurück zur Kapelle. Ihr fiel auf, daß sie sich immer im Zentrum der Blase befand. Sie konnte nicht in den Sturm hinauslaufen und dort ihr Glück versuchen.

Das Ding wußte, wohin sie ging, und hielt mit ihr Schritt. Der Jibbenainosay spielte mit ihr. Er konnte ihr den Kopf mit einem Streich herunterwischen, zögerte das Spiel doch hinaus.

Ein beklemmendes Gefühl schwoll in ihrer Brust. Ohne zu wissen, warum, öffnete sie den Mund und begann, Luft einzusaugen. Ihre Lungen füllten sich, aber sie sog weiter Luft ein. Sie blähte sich ein wenig auf, hielt es aber aus. Mit dem Wind bekam sie den Geschmack von Macht.

Das Ding hielt an und blieb zehn Meter von ihr entfernt stehen. Seine Fortsätze wehten im Luftzug.

Sie sog weiter Luft ein.

Aus der Mauer der Kapelle lösten sich dreißig Meter entfernt Steine und segelten durch die Luft.

Sie atmete weiter ein.

Sie war Krokodil. Der Ewige Widersacher. Sie lebte nur, um die Kräfte der Finsternis niederzuringen.

Das Ding hatte zu zittern begonnen, da der Wind an seinem Körper zerrte. Seine Tentakel hatten sich verheddert, und die einzelnen Strähnen lösten sich auf.

Durch Mund und Nase, durch die Öffnungen ihrer Augenhöhlen, durch die Poren seiner Haut sog Krokodil Luft an...

Das Ding begann, mit sich zu kämpfen. Einer seiner Bestandteile riß sich los und raste wie ein Mensch auf die Blase zu. Eine Zange schoß hervor und zerteilte sie.

Krokodil wartete und hielt den Atem an. Es herrschte eine grauenhafte Stille.

Dann atmete sie aus.

X

Nguyen Seth saß im Tempel und betete. Er lobpreiste das Opfer des Zentralrats und schwor vor der Versammlung, daß ihr Opfer nicht vergeblich sein würde, daß ihre Leichen zu Grundsteinen für Deserets Größe werden würden. Chöre sangen, während er sprach, und füllten den weiten Raum mit himmlischer Musik. Er war redegewandt. Seine Worte flogen dahin wie Vögel.

Roger Duroc saß fast ganz hinten. Er war zu erschöpft, Elder Seths Rede zu verfolgen. Die Manifestation des Jibbenainosay hatte seine Welt grundlegend verändert. Er war ernüchtert. Jetzt wußte er zum erstenmal das Ausmaß des Werkes zu würdigen, das seine ganze Kraft in Anspruch nahm. Nichts sonst zählte. Nichts, im eigentlichen Sinn des Wortes, hatte in der Geschichte des gesamten Universums je gezählt. Sein eigenes Leben war weniger als nichts, und er gehörte zu den wenigen Männern, die überhaupt etwas zu dem Großen Zweck beisteuern konnten.

Seth riß die Versammlung zu Begeisterungsstürmen hin. Morgen, wenn Krokodil tot war, würde er einen neuen Zentralrat erwählen, und der Initiationsprozeß würde beginnen. Duroc war beeindruckt, wie Elder Seth sich um unbedeutende Einzelheiten kümmerte. Ein geringerer Unsterblicher wäre in der Gegenwart der Kräfte der Finsternis auf die Knie gesunken und hätte alles andere aus seinem Geiste verbannt. Seth dagegen wußte, wie wichtig es war, auch die kleinsten Details des Großen Werkes im Auge zu behalten.

Duroc konnte an nichts anderes als den Jibbenainosay denken. Wenn er die Augen schloß, sah er die Schwärze des Wesens vor sich. Hinter den wunderschönen Harmonien des Tempelchores hörte er das symphonische Dröhnen der Kräfte der Finsternis.

Elder Seth zählte die guten Taten der Märtyrer auf, die extra für diesen Gottesdienst erfunden worden waren, und reihte ihre Namen in die der Heiligen ein. Über ihm, am Kreuz, hing vergessen ein Jesus aus Stein, der seine tränengefüllten Augen von dem Priester abwandte. Mit ihm hatte all dies nichts mehr zu tun.

Dann hielt Seth im Redefluß inne. Er streckte die Hände zum Pult, um sich zu stützen, und schüttelte den Kopf.

Er nahm seine Rede nicht wieder auf.

Duroc war alarmiert und sah nach oben. Er verließ seinen Platz und mischte sich unter den Menschenstrom, der auf Elder Seth zustürmte.

Nguyen Seth zitterte. Er rang mit einem äußerst gefährlichen Anfall. Schon einmal hatte Duroc ihn so gesehen, als Krokodil Dr. Proctor überwältigt hatte. Diesmal jedoch war es noch ernster. Duroc erkannte, daß der Ausgang jener Schlacht, die unten im Süden ausgefochten wurde, Seth stark zusetzen würde, egal wie sie ausging.

Torkelnd entfernte sich Seth vom Altar. Seine Jacke war offen, und Duroc bemerkte, daß er aus der Wunde im Bauch blutete. Gelbliche Tränen quollen hinter seinen dunklen Augengläsern hervor und rannen über seine bleichen Wangen.

Duroc bahnte sich einen Weg durch die Josephiner. Sie wichen ehrfürchtig zurück. Er kniete neben Elder Seth nieder und schlang seine Arme um ihn. Seth zitterte. Duroc hielt ihn fest.

Er machte eine Handbewegung. »Räumt den Tempel«, flüsterte er. Sein Befehl wurde aufgenommen und verwandelte sich in einen Schrei, »Räumt den Tempel! Räumt den Tempel! Räumt den Tempel!«

Die Menschen strömten hinaus, bis die beiden alleine waren.

Seth sagte nichts. Duroc nahm ihm die Brille ab und sah die nackte Angst in den Augen seines Herrn und Meisters.

Seths Hand fand Durocs Arm und umklammerte ihn. Seine Finger bohrten sich schmerzhaft in Durocs Fleisch.

Dann sprach er in einem Schwall von Worten aus einer toten Sprache.

Die Schlacht ging weiter...

Das zusammengesetzte Wesen platzte wie ein zertretener Bofist, als Krokodils Windstoß es traf. Körper schälten sich aus seiner Masse und wurden in den Sandsturm geschleudert, wo sie sich verloren. Der Tentakel riß es vom Boden in die Höhe, seine Glieder zuckten. Knochensplitter und Fleischfetzen wurden herumgewirbelt, bis es endgültig zerstört war.

Krokodil stieß ein Triumphgeheul aus und schien innerlich zu wachsen. Sie war nicht mehr nur ihre winzige körperliche Gestalt, sie war eine gewaltige, energiegeladene Hülle. Ihr Körper war lediglich der Kern.

Ihr Bewußtsein verbreitete sich in ihrer erweiterten Machtsphäre. Sie wuchs aus der Blase heraus, die der Jibbenainosay ihr hinterlassen hatte, und verteilte sich im Sturm.

So konnten sich die Kräfte der Finsternis nicht vor dem Ewigen Widersacher verstecken.

Habicht-Der-Sich-Niederläßt beobachtete, wie Dr. Proctor in das Unwetter stürzte, und fühlte sich unsicher. Ohne Boden unter den Füßen war es schwer, das Gleichgewicht zu halten. Dann stürzte ihm der Sand entgegen und hüllte ihn vollständig ein. Er wußte nicht, ob er fiel, nach oben schoß oder durch den Himmel flog. Auf jeden Fall bewegte er sich.

Der Jibbenainosay wirbelte eine weitere Million Tonnen Sand auf und hielt sie in der Luft, bis die Atmosphäre sich verdichtete. Die Geschichte mit den Werkzeugen der Menschen war eine Finte gewesen, die das Ziel hatte, den Ritter der Vernichtung von diesem weiblichen Sandkorn, Krokodil, zu trennen. Er hatte seinen Widersacher hervorgelockt und plusterte sich auf, um seine Bereitschaft für den eigentlichen Kampf zu signalisieren.

Während seine Erregung wuchs, wurden in den Entladungen seiner Energie Kontinuen geschaffen und wieder zerstört. Dunkle Blitze zuckten allerorten über der Wüste und verwandelten riesige Sandflächen in polierte, kleinstadtgroße Schwarzspiegel aus Glas.

Die Zeit blieb stehen, zuckte zurück und wieder vor. Der Jibbenainosay nagte am Material, aus dem die Wirklichkeit gewoben ist, saugte das Chaos aus dem Jenseits und spie es als schleimige Brocken wieder aus.

Während des ganzen Schöpfungsprozesses dröhnten Kakophonien durch die Luft.

Dr. Proctor hatte seinen Widerstand aufgegeben, als das Unmögliche einsetzte. Er nahm sein Schicksal als Comic-Figur an und ließ die Welt ringsum sich strecken wie Elastofix. Sein Kopf war wie ein Feuerwerkskörper explodiert und hatte sich umgehend wieder zusammengesetzt. Ambosse, Safes und Klaviere fielen auf glücklose Bürger herab, er jedoch stieg wie ein Heißluftballon in die Höhe.

Er wußte, solange er nicht nach unten sah, würde er nicht wie der Coyote auf den Grund des Canyons Meilen unter ihm stürzen.

Der Indianer schwebte vielleicht sechs Meter entfernt auf und ab. Vor Dr. Proctors innerem Auge bestand Habicht-Der-Sich-Niederläßt aus drei Gestalten: einem drahtigen, schlanken, fast mittelalten Navaho in blutverschmierten Jeans, bedeckt von Sand; einem großen Raubvogel mit ausgebreiteten Schwingen und zum Angriff vorgestreckten Krallen; und einer rundlichen Comic-Rothaut mit dicker Nase, einer Feder in seinen öligen, schwarzen Haaren und bauschigen Mokassins an den Füßen.

Im Sturm hörte er, wie ein Warner-Brothers-Filmorchester durch ein Spike-Jones-Arrangement von »*What Do They Do on a Rainy Night in Rio?*« hechelte, bevor es zu »*Tell the Doc to Stick to His Practice, Tell the Lawyer to Settle His Case, and Send the Indian Chief and His Tommy-Hawk Back to Little-Rain-In-My-Face*« überging.

Der Tasmanische Teufel verlangte heulend sein Abendessen. Er verlangte falschen Hasen, teuflisch scharf!

Er sprang den Indianer um sich tretend und mit ausgefahrenen Krallen an. In der Waagerechten sah er die brodelnden Sandwolken tief unten, und er spürte, wie die Schwerkraft an seinem Gesicht zerrte.

Eine Sekunde lang hing er wie erstarrt in der Luft, dann zog ihn der Sog nach unten. Der Sand schlug ihm hart entgegen, als er in ihm versank. Dann stürzte er durch die unbekannte Finsternis einem felsigen Grund entgegen.

Alles würde gutgehen. Vielleicht würde er beim Aufprall plattgedrückt wie ein Pfannkuchen, er würde jedoch doppelt so schnell und gummiartig wieder innerhalb von wenigen Augenblicken seine alte Gestalt annehmen.

Dr. Ottokar Proctor stürzte in die Tiefe...

Überall auf der Erde explodierten im selben Augenblick die Seismographen. Uhren blieben stehen oder rasten auf eine unvorstellbare Zukunft zu. Millionen, die an epileptischen Anfällen litten, stürzten mit Schaum vorm Mund zu Boden, Hunderttausende anderer, bislang nicht Betroffener, taten es ihnen gleich. Es war, als hätte jemand einen saturngroßen Schallwerfer gleich neben dem Planeten aufgedreht.

Weltweit kam eine Anzahl von Menschen um, die der Bevölkerung der größten Megalopolis auf dem Planeten entsprach. Herzanfälle, Spontanentzündungen, Erstickungsanfälle, eine neue Art von Instant-Krebs, Hirnblutungen, massive Entladungen körpereigener Elektrizität und schlichtes Herzversagen waren die Haupttodesursachen, in sämtlichen Kriegsgebieten der Welt nahmen die feindlichen Handlungen zu, und noch Wochen danach fegte eine Mordepidemie wie eine ansteckende Krankheit von Land zu Land.

Die Computerdaten einer großen Gesellschaft, die sicher vor einem nuklearen Holocaust auf einem Gelände unterhalb von Nevada untergebracht waren, wurden gelöscht, wodurch ein Zusammenbruch des internationalen Devisenmarktes ausgelöst wurde, der sogar die soliden Grundfesten des Gen-Tech-Imperiums erschütterte.

Feuerstürme tobten durch die arktische Tundra, und Eisbrocken in der Größe des Silbury Hill bohrten sich durch den Sand der Sahara.

Ein Ring von Spionagesatelliten, die von einer Gottschalk-Gesellschaft in Verbindung mit der Sowjetunion als Gegengewicht zu der Vorherrschaft von GenTech im Erdorbit installiert worden war, brannte durch und verschlang dabei 900 Milliarden ECU. Jede Nation, die Mitglied im längst nicht mehr exklusiven Weltuntergangsclub war, öffnete die Luken ihrer Raketensilos, kettete ihre Knöpfchendrücker an den Konsolen fest und bereitete sich auf einen Angriff aus dem Unbekannten vor.

Ein Stück karibischen Meeresbodens stieg an die Oberfläche. Dabei brachte sie zahllose Schiffe mit sowie die Überreste einer prähumanen Zivilisation. Gleichzeitig schwappte eine Sturmflut über Louisiana hinweg und trug das wenige fort, was doch noch existierte. Sonnenprotuberanzen schossen Millionen Meilen weit ins All.

Jenseits der Galaxis explodierten Sterne zu Supernovas und bliesen damit Zehntausenden von belebten Planeten in einem Feuerwerk, dessen Licht die Erde in einer Milliarde Jahren noch nicht erreicht haben würde, das Leben aus.

Weder auf der Erde noch im ganzen Universum gab es irgend

jemanden, der von den Nebeneffekten dieses Augenblickes unbehelligt blieb.

»Was war das, Wilma?«

»Laß nur, Schatz, das war nur wieder ein Zusammenstoß in der Luft draußen in Edwards. Ich weiß wirklich nicht, wieso die Fliegerheinis sich so abrackern.«

»Lieber Himmel, und ich dachte schon, das Ende wäre gekommen. Fast hätte ich mir in die Hosen geschissen.«

»Keine schmutzigen Ausdrücke, Schatz. Du weißt doch, Mama mag das nicht.«

»Halt den Mund und hol mir noch ein Blurtz, Wilma.«

»*Noch* ein Bier?«

»Wilma...«

»Schon gut, Schatz.«

Habicht-Der-Sich-Niederläßt glaubte waagerecht zu schweben, bis der Erdboden vor ihm wie eine Wand aufragte und er merkte, daß die Schwerkraft ihn dorthin zog.

Ihm wurde schwindelig, dann wußte er wieder, wo unten war, Gott sei Dank. Sein Knöchel war immer noch zertrümmert, und er hatte sich auch noch andere Knochen gebrochen. Aber wenigstens war er nicht als breiige Masse über der Wüste verteilt.

Ringsum fiel der Sand wie Regen herab, und er hatte zu kämpfen, um nicht begraben zu werden.

Es war, als versuchte man, auf dem Meer an der Oberfläche zu bleiben. Er stieß sich nach oben, so daß der Sand unter ihn rieseln konnte, und schlug mit seinem guten Bein und einem Arm um sich.

Dann hörte der Regen auf. Der Wind ließ nach. Irgendwo rangen Krokodil und der Jibbenainosay miteinander. Habicht jedoch war zurückgeblieben.

Er rollte gebrochen herum und sah, wie jemand aus der Wüste kam. Erst dachte er, es sei Dr. Proctor – bereit, ihm den Rest zu geben. Fast tat es ihm nicht einmal leid. Erleichtert riß er sich den Hemdkragen vom Hals. Nach dem heutigen Tag war es besser, ein guter Indianer zu sein, als zu versuchen, am Leben zu bleiben und nicht durchzudrehen.

Aber es war nicht Dr. Proctor. Es war jemand auf einem Pferd.

Er lachte gequält, stützte sich auf seinen Ellenbogen und winkte.

Der Reiter trug einen zerbeulten Stetson und hatte sich ein Tuch vor das Gesicht gebunden. Wie sein Roß war er von einer dicken Schicht Wüstenstaub bedeckt. Aber er war beruhigend massiv. Das Pferd trat sicher auf und trabte vorsichtig über den Sand. Der Reiter gab Habicht ein seltsames Gefühl, so als sähe er die irdische Gestalt eines *Manitou* oder den Geist eines großen Kriegers aus den Tagen seiner Vorfahren.

»Fremder«, rief er, »hierher.«

Roß und Reiter hörten ihn gleichzeitig, und beide Köpfe drehten sich nach ihm um.

Der Reiter verdrehte die Zügel, grub dem Tier seine Hacken in die Flanken und spornte es zu einem Galopp an.

Der Fremde kam auf Habicht zugeritten, und der Indianer fühlte sich wieder sicher.

Gott war im Himmel, in Indianapolis schneite es im Winter, der Präsident der Vereinigten Staaten war ein guter und ehrlicher Mann, man bekam umsonst ein Mittagessen, ein Dollar brachte vier Quarters, der weiße Mann hielt sich an die Verträge, die er mit den Indianern abgeschlossen hatte, niemand bekam Krebs, sein Vater wurde als großer Häuptling bejubelt, Jennifer-Weiße-Taube küßte ihn beim ersten Rendezvous, ein guter Navaho behielt seinen Schnaps immer bei sich und...

»Freund«, sagte der Reiter mit tiefer, wohltuender Stimme, »du siehst aus, als könntest du ein wenig Hilfe gebrauchen.«

...und es gab einen einsamen Reiter.

»Mr. President, die Leitung für das rote Telefon steht. Die Verbindung wird in... diesem Augenblick hergestellt.«

»Boris, sprechen Sie mit mir...«

»Unsere Leute meinen, sie sind auch auf Alarmstufe 3. Die Raketen sind nicht in der Luft.«

»Boris, was zum Teufel soll dieses Spiel? ... Was soll das heißen ›Was habt ihr vor?‹ Mit uns hat das genausowenig zu tun...«

»Er wird im Bunker unter dem Kreml sein, Mr. President. Man hat die sowjetische Kommandokette eingerichtet. Wenn wir den Knotenpunkt in Minsk angreifen, könnten wir vielleicht fünf oder zehn Minuten für unseren ersten Angriff gewinnen.«

»Boris, ich bin umringt von Wissenschaftlern, die mir das Ende der Welt predigen. Wir beide sind die einzigen, die stark genug sind, etwas dagegen zu unternehmen, außer vielleicht ein oder zwei Japcorps und das Vereinigte Europa natürlich, und vielleicht ein paar von diesen Moslems und... verdammt, Sie wissen, was ich meine. Ich muß denken, Sie wissen, was hier läuft. Was...? ›Was läuft‹? So sagt man hier bei uns. Bedeutet ›Was passiert‹, schätze ich...«

»Soll das heißen nein, Mr. President?«

»Ja, Alex, verdammt noch mal. Ich meine, ja, das heißt nein... Boris, tut mir leid. Hier brüllt ständig jemand dazwischen.«

»Der Denk-Tank ist der Ansicht, Sie sollten handeln.«

»Hören Sie, Boris. Ich möchte es mal so formulieren. Sie blasen die Geschichte ab, wir blasen die Geschichte ab, vielleicht kommen wir dann Ende nächsten Jahres dazu, gemeinsam zur Jahrhundertwendefeier zu gehen.«

»Unsere Schläfer bei Gentech Tokio sind gerade aktiviert worden, Sir. Sie melden, daß die Corps sich dieses Fenster zunutze machen, um ein paar russische Schiffe im japanischen Meer zu versenken. Wir könnten uns ihnen anschließen...«

»Halten Sie den Mund, Alex. Hören Sie Boris, wir sind im Besitz von Informationen, die für Sie von Nutzen sein könnten.«

»Sir, wir haben einen Geheimvertrag mit GenTech, der für den Fall eines Firmenkrieges mit der Sowjetunion unsere Neutralität festschreibt. Aufgrund dieser Abmachungen ist es Ihnen untersagt, das Nachrichtenmaterial, das Sie gerade von mir erhalten haben, Premier Jelzin mitzuteilen.«

»Ich bin hier der Präsident, Alex. Ich kann tun und lassen, was ich verdammt noch mal will... Boris, sehen Sie hinter sich. Direkt vor Ihrer asiatischen Küste. Das hat nichts mit uns zu tun. Ich gebe nachrichtendienstliches Material an Sie weiter, verstehen Sie das? Wir helfen Ihnen, und jetzt bitte, ziehen Sie Ihren Einsatzbefehl zurück, dann ziehen wir auch unseren Einsatzbefehl zurück... Boris, Sie wissen doch, daß ich kein Russisch spreche.«

»Mr. President, ich biete Ihnen hiermit meinen Rücktritt an.«

»Halten Sie verdammt noch mal den Mund, Alex! ...Haben Sie das, Boris? Wir schicken Ihnen Pläne von den Satellitenschaltungen. Im japanischen Meer. Sorgen Sie dafür, daß Ihre Marine sie bekommt.«

»Sir, sie sind auf Alarmstufe 2 runtergegangen.«

»Boris, ich danke Ihnen! Ich liebe Sie! Boris? Boris? Er hat aufgelegt! Er kann doch nicht einfach auflegen, der verdammte Kommunistenbastard!«

»Sir, wie sind immer noch auf Alarmstufe 3. Wir könnten Minsk immer noch angreifen. Dadurch gewinnen wir volle zwölf Minuten.«

»Ich bin der Präsident! Da kann er doch nicht einfach auflegen, oder?«

»Sir...«

»Oh, verdammt, Alex. Besorgen Sie mir einen Schreiberling von der Presse. Ich brauche jemanden, der mir eine Rede schreibt...«

Dr. Proctor war die Maus. Über ihm hatten sich eine riesige Hauskatze und eine ebenso riesige Bulldogge zu einem Knäuel verbissen.

Er stolperte durch die mit Trümmern übersäte Wüste und versuchte, nicht unter die Tatzen der knurrenden, fauchenden, miauenden Monster zu geraten, die sich zu einem zerstörerischen Kampf ineinander verschlungen hatten.

Jagen, Fangen und Fressen! Das war der Kreislauf allen Lebens, ein Kreislauf, der bis in alle Ewigkeit andauern würde. Jagen, Fangen und Fressen!

Heute würde Dr. Proctor nicht gefressen werden. Er war ein zu kleiner Happen.

»Eure Heiligkeit, wir haben die neuesten Daten aus Mapache. Ich bin nicht sicher, aber vielleicht bekommen wir Hilfe. Inzwischen haben wir einige Berichte von unserem Mann in Salt Lake City bekommen.«

Papst Georgi studierte den Computerausdruck. Kardinal Brandreth, der Camerlengo, nahm ihn ihm aus der Hand und studierte ihn selbst.

Der Petersplatz draußen war voller Menschen. Die Leute hatten einfach alles stehen- und liegengelassen und waren zum Vatikan geströmt. Sie wußten, daß etwas geschah, waren aber nicht sicher, was.

Der Papst überlegte. »Wir müssen Schwester Chantal nach Arizon entsenden. Lassen Sie sie rufen.«

Pater O'Shaughnessy verbeugte sich und küßte den Ring des Papstes.

Elder Seth war in Jessamyns Kindheit zurückgekehrt, als die Striemen auf ihrem Rücken brannten. Die Alpträume strömten herein, als er sich an seine Schülerin heftete.

Das Zentrum seines Körpers, dort, wo der Jibbenainosay sich einquartiert hatte, war wieder offen, und die Finsternis drängte hinein. Er selbst wurde zu einem Tor in die Äußerste Finsternis.

Im Jenseits schwärmten die Kräfte der Finsternis aus.

Der Jibbenainosay wand sich unter dem Gegenangriff. Der Ewige Widersacher richtete seinen Körper gegen ihn. Er merkte, wie wenig er von der materiellen Existenz dieses Universums wußte. Er mußte sich konzentrieren, um die schützende Finsternis um den Kristall zu legen. Der Ritter der Vernichtung war mit der Frau verschmolzen und war ihm in diesem Universum überlegen. In der Äußersten Finsternis hätte der Jibbenainosay den Widersacher in den Schatten gestellt, hier jedoch war der Kampf beunruhigend ausgeglichen. Er konzentrierte seine ganze Kraft in ein Tentakel, bohrte ihn durch das Energiefeld des Widersachers und pumpte die Finsternis hindurch...

In der Monster's Row war der Teufel los. Voorhees hatte seine Tür aus den Angeln gerissen und mußte von einem Dutzend Wachmännern niedergehalten werden. Rex Tendenter hing nackt an seinen Gitterstäben wie ein Affe und schnatterte wie ein Wahnsinniger. Staig, Mizzi, McLean und Brosnan heulten wie wilde Tiere. Etchinson lachte hemmungslos und zupfte sich nacheinander alle Wimpern aus. Myers starrte nur gegen seine Zellenwand. Ihn berührte dies alles nicht.

Voorhees gelang es, einem der Beamten einen Rinderschokker zu entwinden und bohrte ihn in eine uniformierte Brust. Als das Blut spritzte, klatschte Hector Childress in die Hände und verlangte eine Zugabe. Tendenter sprang auf den Boden. Seine Gitterstäbe waren blutverschmiert. Gierig leckte er das rasch trocknende Rot ab und beschmierte sich das Gesicht damit. Colonel Reynard Pershing lag auf seiner militärisch perfekt gemachten Koje. Die Zunge hing ihm aus dem Mund, und sein Gesicht verfärbte sich schwarz. Er hatte gleich zu Beginn des Aufstandes eine Herzattacke erlitten, und eine geplatzte Arterie hatte ihn niedergestreckt. Herman Katz kreischte mit schriller, weibischer Stimme.

Voorhees hatte bislang fünf der Wachmänner getötet. Tränengaskanister explodierten. Staig schluckte seine Zunge und erstickte prompt. Drei wuchtige Wachmänner in Transpex-Kampfanzügen kamen durch die Tür getrabt und legten an. Gummikugeln prallten von Voorhees breiter Brust ab und sprangen klackernd gegen die Gitter.

»Keine Spielereien«, brüllte ein Sergeant, der versuchte, seinen Arm an der Schulter zu halten, »legt das Schwein um.«

Herman Katz zuckte ob der derben Ausdrucksweise zusammen.

Die Krawallspezialisten legten ihre Halbautomatik an und pumpten Voorhees' Brust voll. Der bullige Trottel torkelte weiter nach vorne.

»Kommt, Leute«, brüllte der Sergeant, »knallt das fette...« Der nächste Feuerstoß brachte ihn zum Schweigen. Querschläger bohrten sich in seinen Körper, und er verstummte. Sein Arm glitt in seinen Schoß. Drei weitere Beamte kamen bei diesem Frontalangriff ums Leben. Voorhees war immer noch auf den Beinen.

Die Krawallspezialisten jagten Voorhees Stoppermunition durch die Augen. Sein kahler Hinterkopf explodierte.

»So eine Schweinerei«, beschwerte sich Herman. »Das geht nicht mehr raus. Mein Anzug ist ruiniert.«

Sie brüllten immer noch. Tendenter tauchte seine Finger in den Brei aus Voorhees' Blut und Hirn und führte die Brocken gierig an die Lippen.

»Scheiße«, meinte Officer Kerr, »wird Zeit, daß wir diesem Bastard ein für allemal das Maul stopfen.«

Er schoß Tendenter zwischen die Augen. Der ewige Junggeselle sackte, immer noch lächelnd, in seiner Zelle zusammen.

Childress merkte, was gespielt wurde. Er rannte vor die

Rückwand seiner Zelle und versteckte sich hinter seiner Koje. Wachmänner schoben ihre Gewehre durch die Gitterstäbe und erschossen den Kettensägenmörder durch die Laken.

»Wer hat die Schlüssel?« fragte Kerr.

»Niemand.«

»Dann machen wir es durch die Stäbe«, sagte Kerr. »Sandall, Sie erledigen Myers mit der Automatik. Er ist der Schlimmste.«

Sandall bugsierte seine Waffe durch die Gitterstäbe und blickte in die leeren Augen des Horrors aus Haddenfield. Selbst ohne Maske war sein Gesicht vollkommen ausdruckslos. Sandall entsicherte die Waffe, doch der Mörder war zu schnell für ihn. Plötzlich wurde er gegen das Eisen gerissen. Sein Kopf paßte nicht durch den Zwischenraum, Myers zog ihn trotzdem in die Zelle. Ohren, Haare und ein paar Fleischfetzen blieben am Metall hängen.

»Myers hat eine Waffe. Macht ihn fertig.«

Die Sirenen hörten auf. Weitere Wachmänner trafen ein. Myers schmiß die Waffe auf den Gang hinaus und nahm wieder Platz.

»Was ist hier los?« fragte Crighton, der Stellvertreter des Chefs.

»Die Mons… die Insassen haben versucht zu fliehen, Sir.«

»Ich will, daß der Fall lückenlos aufgeklärt wird, Kerr.«

»Jawohl, Sir.«

Crighton blickte die Monster's Row entlang und betrachtete das Durcheinander der Leichen entlang der Wände.

»Donnerwetter, was für eine Sauerei! Das ist schlimmer als das, was uns der Tasmanische Teufel hinterlassen hat.«

Rex Tendenter wurde auf dem Anstaltsgelände begraben. Eine größtenteils weibliche Trauergesellschaft von über 300 Menschen legte großzügige Blumengebinde vor den Mauern der Einrichtung nieder. Die Witwe von Wachmann Lyndon Sandall, eine der fünf Trauernden bei seinem bescheidenen Begräbnis eine Woche zuvor, warf eine Benzinbombe in die

Menge. Es gab sechzehn Tote, einundvierzig erlitten schwere Verbrennungen, und Clara Sandall zog in den Sicherheitstrakt der Anstalt ein.

Das Heim hatte Dr. Proctor die ›Arrestzone‹ freigehalten, für den Fall, daß er je wieder eingefangen werden sollte. Eigentlich wollte ihn niemand zurück.

In der Zwischenzeit verschwand Voorhees' Leiche aus dem Leichenschauhaus.

Krokodil spürte, wie der Jibbenainosay ihr mit dem Arm tödlichen Unrat in ihren geistigen Körper pumpte. Sie konzentrierte sich, kehrte den Strom um und schickte die Finsternis durch den Tentakel zurück in den Körper des Dämons.

Körperlich stand sie einfach da, und der Jibbenainosay überragte sie. Geistig jedoch umschloß sie den Finsterling, hüllte den Eindringling in ihre Energie ein.

Dies mußte die Siebente Ebene sein.

Dr. Proctor meinte, es sei an der Zeit, nach Hause zu gehen. Er vermißte seine Bücher, seine Zeichentrickvideos, seine Anwälte, Psychiater und die Leute, die ihn interviewten.

Er wandte sich von dem Kampfgeschehen ab und spazierte in die Wüste. Irgendwo dort draußen war sein Zuhause.

In der Surfside Pyramide stand Gari, der Guru, hob die Arme, und die Gemeinde stimmte ein gedehntes ›Ommmmm‹ an. Das Gotteshaus lag am Strip, in Sichtweite des besten Surfstrandes an der Küste.

Gari verklickerte seinen sonnengebräunten Schäfchen mit den vollkommen gleichmäßigen Zähnen, daß es völlig okay sei, Geld zu machen, und daß man dabei durchaus spirituell gesund bleiben könne. Er brachte sie in Kontakt mit ihrem Selbst und reinigte sie von allen noch vorhandenen Schuldgefühlsresten, die sie vielleicht angesichts ihres weltlichen Erfolgs befielen. Er brachte ihnen bei, sich voll und ganz zu verwirklichen, ohne ständig darauf zu schielen, was die anderen taten. Schließlich gab es im Leben Gewinner und Verlierer, nur daß es für die Verlierer keine Götter gab.

Unter seinen Zuhörern befanden sich drei führende Köpfe von Medienmultis, vier betont anonyme Filmstars, ein Schönheitschirurg aus Beverly Hills, der von sich behauptete, nach Dr. Zarathustra der Beste auf seinem Gebiet zu sein, Sonny Pig von den Mothers of Violence, Shirley McLaines persönlicher Astrologe, eine Clique Surfmiezen und -typen, die – Gari könnte darauf schwören – entlaufene Sexklone waren, der Chef der GenTech-Tochtergesellschaft in L. A., der Westküstenchefredakteur von *Guns and Killing*, ZeeBeeCee-Star Lynne Cramer, der Bestsellerautor Derek Duck, Spezialist für Roadaction, der Bonsai-Tykoon Mike Myagi, der Klangskulpteur Ritchi Basset, der Vizegouverneur von Kalifornien sowie der Korrespondent für religiöse Angelegenheiten der *Los Angeles Times*, Harlan Ellison, der in seiner Kolumne ›Kirche der Woche‹ einen wohlmeinenden Artikel über die Pyramide bringen wollte.

»Ich möchte heute mit euch über einen früheren Bruder von uns sprechen«, sagte Gari und fuchtelte dabei mit seinem diamantbesetzten Amtsstab herum.

Er zog das postergroße Bild von Bronson Manolo herunter. Der Op stand mit einer Bikinimieze neben einem Surfbrett. Die Kamera hatte die beiden erwischt, als sie gerade herumalberten. Seine Zähne blitzten, und die implantierten Brusthaare auf seiner Brust wirkten wie gemalt. Durch die Schwimmhilfe in seiner Badehose wirkte er so sittsam wie Michelangelos David.

»Leute, wenn ihr euch Bronson Manolo anschaut«, sagte der Guru, »dann möchte ich, daß ihr wißt, daß ihr einen Verlierer vor euch habt!«

Die Pyramidenanbeter zischten wie Dracula, dem man ein Kruzifix vorhält.

»Verlierer, Verlierer, Verlierer«, stimmten sie an. Einige warfen mit Gegenständen von geringem Wert: goldenen Füllfederhaltern, Diamantohrringen, Armbanduhren vom letzten Jahr. Gari würde sie später einsammeln lassen.

»Er schien es drauf zu haben, aber innerlich war er eine Null, ein Verschwender, sonst wäre er nämlich heute unter uns.«

Die Menge fing an zu brüllen, sie schrie dem Ausgestoßenen ihren Haß entgegen.

»Denkt immer daran, Leute, die Schönen sterben nicht!«

»Sterben nicht! Sterben nicht! Sterben nicht!«

Gari war glücklich. Er hatte seine Leute da, wo er sie haben wollte. Die später folgende Kollekte sollte seine bislang beste werden.

»Gewinner sterben nicht«, schrie er, »sterben nicht, sterben nicht, sterben nicht!«

Er hörte auf zu schreien und ließ die Lobhudeleien der Pyramidenanbeter über sich ergehen. Es wirkte auf ihn wie ein Kokainflash, nur besser. Sein Penis begann, seltsam zu jucken, und er wußte, dieses Gefühl konnte er in alles mögliche umwandeln. Nach dem Gottesdienst konnte er jeden von ihnen haben, alle zusammen, wenn er wollte. Wenn man den Leuten ewiges Leben versprach, gab es nichts, was man nicht von ihnen haben konnte. Nichts.

»Sterben nicht! Sterben nicht! Sterben nicht!«

Gari entblößte die Zähne und breitete die Arme aus. In seinem vielfarbigem Gewand fing sich das Licht.

Gari, der Guru, stand hinten in der Pyramide und blickte durch das Glasfenster hinaus auf den Strand. Er war der einzige, der die Flutwelle kommen sah.

»Sterben nicht! Sterben nicht! Sterben nicht!« sangen die Pyramidenanbeter.

Schade, daß Bronson Manolo tot war. Er hätte alles gegeben, um ganz oben auf dieser Welle mitzuschwimmen.

Der Jibbenainosay verausgabte sich in seinem wutschnaubenden Kampf gegen den Widersacher und schwand dahin. Seine Materie wurde in sich zusammengepreßt, ein Vorgang, bei dem er zum erstenmal spürte, was Schmerzen waren. Er spürte, wie sich ihm das ganze materielle Universum entgegenstellte. Er wußte jedoch, daß es keine Möglichkeit gab, in Ehren in die Äußerste Finsternis zurückzukehren.

Der Ewige Widersacher drückte zu...

»Hier ist Lola Stechkin. Wir unterbrechen unser normales Sendeprogramm und stellen die Frage, die am Nachmittag dieses 8. Oktobers 1998 jeder auf den Lippen zu haben scheint. Was zum Teufel ist eigentlich los? Später werden wir in unser Wetterbüro umschalten, zu unseren Korrespondenten in Washington, Moskau, Tokyo und Rom, zu unseren Spezialisten von den Universitäten dieser Welt. Und wir werden Sie bitten, sich an das Datennetz anzuschließen, damit Sie uns Ihre Meinung sagen können. Aber zuerst ein paar Neuigkeiten von GenTech...«

...und drückte zu...

»Master Banks, Master Banks, es ist so fürchterlich, ganz fürchterlich. Wally der Wal lebt, er lebt, er lebt. Und die Geburtstagsparty des bolivianischen Gouverneurs in seinem Bauch ist immer noch im Gang. Wir sind dem Untergang geweiht!«

»Verpiß dich, Jock, ich zähle gerade mein Geld!«

...und drückte zu...

»Chantal, hier ist Pater O'Shaughnessy...«

»Ich freue mich, von Ihnen zu hören, Pater. Ich habe diese Glenzugge-Theoreme durchgearbeitet, und dabei sind mir ein paar Ideen gekommen.«

»Papst Georgi möchte dich sehen. Es ist wichtig.«
»Ich bin sofort da.«

...und drückte zu...

Dr. Proctor stolperte durch den Sand. Er hatte einen seiner Schuhe verloren und hinterließ blutige Fußspuren.
Er quälte sich weiter. Die Wüste schluckte ihn.

...und drückte zu...

Nguyen Seth zuckte zusammen und riß die Augen auf.
»Roger, wir sind verloren.«
Das war einfach nicht möglich.

...und drückte zu...

Habicht-Der-Sich-Niederläßt war immer wieder für kurze Augenblicke aus seinem Koma erwacht. Jetzt fuhr er mit einem Mal hoch. Der Reiter war nicht mehr da, aber seine Wunden waren verbunden. Das Unwetter war vorbei.

...und drückte zu...

Der Ewige Widersacher hielt die in sich zusammengefallene Masse des Jibbenainosay in seiner Aura gefangen und spürte, wie dem Finsterling das Universum entglitt. Das Wurmloch tat sich auf, und der Jibbenainosay wurde durch es hindurch nach innen gesogen. Sein Wesen löste sich auf, als er durch den Trichter in die Äußerste Finsternis raste. Dort erwarteten ihn bereits Ba'alberith, der Mythwrhyn und Nyarlathotep, bereit, ihn für sein Scheitern zu bestrafen. Durch seinen Sieg gestärkt, begann der Ewige Widersacher zu schrumpfen und zog sich spiralenförmig in sich selbst zurück.

Krokodil stand alleine in der endlosen Weite der Wüste. Die Überreste des Klosters Santa de Nogueira waren gut eine Meile entfernt.

Sie war erschöpft, aber unverletzt. Das Wesen, das sie in ihrem Innern entdeckt und freigelassen hatte, ruhte wieder sicher zusammengerollt in ihrer Brust.

Zu ihren Füßen lag ein Stück Kristall, durchsichtig zwar, aber durchzogen von roten Fäden. Sie hob es auf und geriet in Verzückung...

...sie schwebte, inmitten einer ewigen Finsternis, spürte titanische Erscheinungen, wurde Zeugin ihrer ewig währenden Auseinandersetzungen. Äonen verstrichen, und die Schlacht tobte über die Weite der mannigfaltigen Schöpfung hinweg und wieder zurück, aber es änderte sich nichts. Die Kräfte der Finsternis und der Vernichter kämpften noch, aber so etwas wie einen Sieg gab es nicht, auch wünschte keine Seite wahrhaftig die Auslöschung der anderen...

...sie ließ den Kristall fallen und sank in den Sand.

Diese Erfahrung wollte sie gerne noch einmal erleben, aber ganz ohne Eile.

»Nein«, sagte Seth. »Wir haben nicht verloren. Noch nicht. Die Kräfte der Finsternis sind erbost, aber ihr Zorn gilt einem der ihren. Wir sind entschuldigt. Das Große Werk geht weiter. Roger, wir müssen uns darauf vorbereiten, einen Dämonen herbeizurufen. Und zwar rasch. Du mußt ihn mit deinem Blute nähren. Wir müssen losschlagen.«

Seth erhob sich und setzte seine verspiegelten Augengläser zurecht. Innerlich hörte er immer noch das Ticken des Krokodils.

Er führte den Knöchel seines rechten Zeigefingers an die Lippen und biß zu. Der Finger löste sich und fiel ab. Ein dünner Blutstrahl spritzte auf den Tisch; damit malte er ein Zeichen des Schutzes.

Er nuckelte an dem Stumpf. Der Finger würde bald nachwachsen.

Habicht-Der-Sich-Niederläßt setzte sich auf und sang den Gesang seines Lebens. Er verspürte kein Triumphgefühl, denn im Grunde hatte er nichts besiegt. Aber er lebte. Und das, obwohl er keine Chance gehabt hatte. Von nun an war sein Leben heilig. Es war das Geschenk eines Manitou. Er mußte vorsichtig damit umgehen…

Krokodil hörte ihn und irrte durch den Sand, um ihn zu finden.